燧人氏
—— SUI REN SHI ——

为你钻取
智慧之火
Get the fire of wisdom for you

岭南弦歌

LING NAN XIAN

弦歌

叶曙明 —— 著

SPM 南方传媒　广东人民出版社
·广州·

图书在版编目（CIP）数据

岭南弦歌 / 叶曙明著. -- 广州 : 广东人民出版社,
2025. 5. -- ISBN 978-7-218-18546-0

Ⅰ. Ⅰ267

中国国家版本馆 CIP 数据核字第 2025DC1769 号

LINGNAN XIANGE

岭南弦歌

叶曙明　著

出 版 人：肖风华

策划编辑：汪　泉
责任编辑：汪　泉　李幼萍
责任技编：吴彦斌
封面设计：奔流文化
排版制作：萨福书衣坊

出版发行：广东人民出版社
地　　址：广州市越秀区大沙头四马路 10 号（邮政编码：510199）
电　　话：(020) 85716809（总编室）
传　　真：(020) 83289585
网　　址：https://www.gdpph.com
印　　刷：佛山市迎高彩印有限公司
开　　本：787 毫米 ×1092 毫米　1/16
印　　张：18.25　　字　数：280 千
版　　次：2025 年 5 月第 1 版
印　　次：2025 年 5 月第 1 次印刷
定　　价：68.00 元

如发现印装质量问题，影响阅读，请与出版社（020-85716849）联系调换。
售书热线：(020) 87716172

不能忘怀的年代

　　编这本《岭南弦歌》的缘起，是我的《广州传》和《中山传》出版以后，编辑汪泉建议我编一本散文集。我对他出版城市传记系列的眼光与努力，是万分敬佩的，也非常感谢他给我这样一个机会。我开始认真琢磨，这本散文集该怎么编呢？我写过不少有关广州的文史类文章，是不是把它们汇编在一起，变成一本浓缩版《广州传》？

　　这是最初的想法，但很快就被我自己否定了。因为当我静下心来，开始整理这几十年间写的散文时，我感觉好像又回到了四十多年前，那个年轻的、激荡和绽放的年代。不仅旧有的城市人文景观正在快速驳落和褪色，旧有的思想体系也进入了更新换代的蜕变期。各种新思潮、新观念汹涌而至，让人目不暇给。

　　我就是在那个时候，进入出版行业的，亲历了那个不寻常的年代。在我的思想与文字中，不可避免会留下那个年代的深刻印记。

　　我还记得，那时几乎每个月都有台湾、香港的朋友来广州游玩，我带着他们逛北京路、长堤、中山大学、暨南大学。他们总说大陆的图书便宜，一进新华书店就不肯出来，每次走都买一大摞。我们一起聊历史、聊文学、聊生活，聊两岸三地的未来。那时的我们，是那么自信，那么开朗，笑声不断，觉得历史的伟大变迁已不可阻挡地到来了，真以为自己就是新时代的催生婆。

　　有一晚，我和台湾的两位年轻朋友在白云宾馆聊天，一直聊到深夜。

然后我们走出宾馆，漫步在环市东路的马路中央，这个钟点已经没有汽车经过了。这位台湾朋友突然搂紧我的肩头，对着空荡荡的马路大喊一声："我喜欢广州！"那时我觉得大陆与台湾竟如此接近，简直不像隔了一道海峡，而只是隔了一条街。这些台湾朋友就像我儿时的玩伴一样。

我那时写的小说被解读为"先锋小说"，在广东没什么读者，但在北方和台湾却得到不少回响。台湾派了记者到大陆采访我。这位记者其实是香港人，第一次来广州，看什么都觉得新鲜。看到环市东路的茂密路树，他羡慕地说："台湾、香港都没有这么舒服的马路。"看到东风东路快慢车道中间有树木相隔，他又大惊小怪地说："真是天才设计。香港怎么就没有？"我们一起上白云山，山上很荒凉，一个游人也没有。我们推着单车到山顶，然后骑着单车，松开手刹直往山下冲。山风猛烈扑打面庞的感觉，到今天我也没有忘记。那是一种无所顾忌、自由奔放的状态，总觉得下一秒钟就可以飞起来。

在本书中，有多篇记述我与台湾文坛朋友交往的文章，都是在20世纪八九十年代写的旧文，时间虽然已经久远，但它们是那个年代的忠实记录，从中可以感受到那时人们的所思所想，可以一窥其精神风貌，让我们在很多、很多年以后，仍能记住那个绽放的年代，是那么绚丽、那么鲜美。

活在那个年代的人，都很有个性，每个人都有一张清晰的面孔。他们的音容笑貌，永远不会被岁月所磨灭。李士非的豪爽热烈，岑桑的干脆利索，林振名的温文尔雅，杨小彦的大大咧咧，林耀德的侃侃而谈……他们在本书中，共同构成那个年代的一组人物群像，让我对那个年代充满敬意，充满怀念。

我决定，在这本散文集中，不再为自己强设一个内容范围，而是追随自己回忆与思绪的脚步，它把我带到哪里，我就走到哪里。在这本书里，我不仅可以重温历史变迁的脉络，还可以尝试寻找背后的原因。其中一些读史札记，就是我在缅怀历史时的思考。不记得在哪里看过这样一段话："过去可能几代人才完整经历一个时代，现在一代人要经历两三个不一样的时代。"几十年后，当人们再回忆起今天这个时代，相信他们会有更深刻的感受与思考吧。

目录

◇ 观棋谈史

◇ 浮生微痕

◎ **风雨故人**

◎ **蠹鱼在案**

岭南弦歌

越秀，一座两千年古城的起点

说起广州市越秀区，人们往往会联想起越秀山，其实，"越"字所蕴含的历史，与青铜器时代一样悠久。相传夏朝已有关于"越"的记载，与商朝文献中的"南越"、周朝的"扬越"、战国的"百越"，皆泛指长江以南的民族。经过山川陵谷、沧海桑田的巨变，直到今天，仍保留源自四千年前的称谓，不仅在含义上一脉相承，而且直接以"越"字作为行政区划正式用字的，在古百越地区恐怕也不多见了，而越秀区便是其中之一。其深远的历史渊源与丰富的人文内涵，堪称瑰宝，足以自豪。

广州古称番禺，得名于番山、禺山，这两座山都在越秀区内，现在虽已荡然无存，但遗迹依然可寻，禺山西起今广大路，经财厅前、南越国宫署遗址、城隍庙，东至仓边路止。番山乃南北走向，北连禺山，向南经今广州市第十三中学、孙中山文献馆、广州市第一工人文化宫而至禺山市场一带。

公元前214年，秦统一岭南，设郡县，秦军统帅任嚣为南海郡尉，当时的郡治（俗称"任嚣城"），便建于番、禺二山东侧，今中山四路一带，南临烟波万顷的珠江，北枕延绵巍峨的白云、越秀诸山，以番、禺二山为城，以珠水、文溪为池，山水气脉，环回绕抱，葱郁胜景，岭表之冠。

其后赵佗以任嚣城为基础，踵事增华，扩筑越王城，东至芳草街，西至吉祥路，奠定了广州城的中心位置。汉武帝平南越后，越王城去掉"王"

字，改称越城。复经历朝历代的修葺、扩建，宋代筑子城、东西二城、雁翅城，明代三城（子城、东西二城）合一、筑外城，至清代以筑东西二鸡翼城为标志，广州的筑城史告一段落，约9700米的城墙之内，俗称"老城区"的，便是后来越秀区的基本范围。从百步梯登越秀山，上五层楼（即镇海楼），俯瞰大地，街衢纵横，屋宇参差，绵延十里，望如烟海，晨昏之间，千变万状，纵凡夫俗子，亦不禁陡生一腔摘斗摩霄、目空今古的豪情。

1960年，广州市调整行政区划，设立越秀、东山、荔湾、海珠四个城区。越秀区的命名，凸显了它与"南越""越王城""越城"的文化血缘关系，让人对这片古老而生机勃勃的城区充满了历史的遐想。2005年，因东山区的并入，越秀区得以再次扩容，东伸延至广州大道，西至人民路，北到白云山山脚，南面大江横陈，总面积达32.82平方公里。

越秀区不仅是广州城的摇篮，而且一直是广州的行政中心、商贸中心和文化中心。在广州市18个国家级文物保护单位中，越秀区占了11个；在27个省级文物保护单位中，越秀区也占了16个，足以彰显越秀区在广州历史中的显赫地位。

在中山四路、中山五路、北京路、西湖路一带的繁华闹市下面，至今埋藏着一个巨大的南越国文化层。1975年，在中山四路发现秦代造船工场的遗址；1988年，在中山五路新大新百货大楼下发现属于南越国的建筑地基，有万岁瓦当和云树纹瓦当；1995年和1997年，在与秦代造船工场相邻之处，发现一座大型石构水池和石构曲渠，为南越国王宫御苑的人工园林水景遗迹，还有大批陶、砖、瓦、木的遗物和砖石构件。这是目前我国发现年代最早的宫苑实例，价值无与伦比。2000年在西湖路兴建光明广场时，又挖掘出一座西汉水关遗址。虽经两千年岁月尘封，但那些气象万千的桂殿兰宫、龙楼凤阁，依旧在我们的想象空间中闪耀着华丽而炫目的光华。

位于北京路与中山四路交界处的广州市儿童公园旧址不仅是南越国宫署遗址，而且是隋朝的广州刺史署所在地，唐朝的岭南道署、广东节度使司署和清海军节度使司署所在地，也是南汉的皇宫所在地。而原儿童公园西侧的人民公园，则是元代的广东道肃政廉访使署所在地、明代的都指挥司署所在地，还是南明绍武皇帝的皇宫和清代的巡抚衙门所在地。广州的政治中心，一直在这方圆几百米范围内，可以肯定，在南越国文化层的上面，还叠压着隋、唐、南汉、宋、元、明、清等朝代的文化层。2002年对北京路进行大整修时，从现代的路面底下，发掘清理出唐代至民国的11层路面，便是一个明证。

在中国近现代史上，越秀区更一度成为全中国的政治中心。它是鸦片战争的重要见证者，是孙中山组织兴中会、同盟会，搞革命活动的主要基地，也是国民革命的策源地。在广州市越秀区内11个国家级文物保护单位中，与中国近代史息息相关的有：黄花岗七十二烈士墓、中国国民党一大会址、广州农民运动讲习所旧址、中华全国总工会旧址、广州公社旧址等。一砖一瓦，无不见证着1920年代大革命的那些峥嵘岁月。推翻帝制！省港大罢工！北伐！打倒军阀！打倒列强！这些壮怀激烈的往事，为中国掀开了历史的新一页。

越秀区作为广州的商贸中心，在历史上具有举足轻重的地位。海珠中路与大德路交界处，是宋代六脉渠的总出口，古称西澳，也是唐、宋时代重要的外贸港口，每年东北季风起，中外商船都满载中国的茶叶、瓷器、丝绸、白糖，从这里扬帆出海；等到来年春天吹东南季风时，又纷纷踏浪而至，把海外的象牙、犀角、珊瑚、琉璃运到中国。

广州凭着海上丝绸之路的畅通，远洋商船越过蔚蓝色的大海，远达印度洋、波斯湾和东非海岸，生意兴隆达四海，到广州做生意的大食（阿拉伯）人和波斯人，舳舻相继，络绎不绝。常年侨居广州的蕃商，多达12万~20万人。唐开元二十九年（741），朝廷在广州城外划了一块地方，作为蕃商居住的"蕃坊"，并设"蕃坊司"和蕃长进行管理。惠爱街（今中山六路）、光塔街都在蕃坊范围之内。

宋代的蕃坊，人丁兴旺，百业繁荣，不仅有专供蕃坊居民买卖的市场（蕃市），还有由政府兴办，专收蕃商子弟的学校（蕃学）、清真寺、养育院等机构。蕃坊最繁盛时期，光塔路至中山六路一带，聚居着"蕃汉万家"。如今在中山六路南侧，还有一条玛瑙巷，就是阿拉伯人和波斯人当年买卖玛瑙的市场。

明、清两代，由于朝廷屡屡实施海禁，广州几度成为海上丝路的唯一通道，几乎垄断了中国至欧美和南洋的全部航线，由经过朝廷特许的"公行"，也即大名鼎鼎的"十三行"，总揽对外贸易，代理外商报关缴税，并负责转达、承办官府与外商的一切交涉。

时至今日，"十三行"已成专有名词，在辞典中也以一个词条出现，但事实上，"十三行"从来不是一个固定的数目，因经营环境变化，行商今天开张，明天倒闭的事情，时有发生，景气时多达26家，萧条时只有五六家。从成立洋货公行的清康熙五十九年（1720）至十三行消亡的一百多年间，行商数目刚好为13家的，只有清嘉庆十八年（1813）和清道光十七年（1837）这两年而已。而在清道光十七年（1837）的十三行中，最财雄势大的怡和行、天宝行、广利行，都在今越秀区内。

清康熙朝《香山县志》说："凡夷船趁贸货物，具赴货城公卖输税。"文中的"货城"，就是广州，当时粤海关设在今越秀区泰康路附近。一座城市能够被冠以"货城"之称，其商业的发达程度，可想而知。难怪有人形容广州是"百货之肆，五都之市"，也有人惊叹它是"金山珠海，天子南库"。直到今天，越秀区仍然是广州最繁华的商业中心之一。

越秀区是广州的文化中心。早在南汉时代，广州就已经自立学校，开贡举，设铨选，一切都武步盛唐规摹。现在虽已无法确认南汉的学校与贡院具体位置在哪里，但根据其城池范围推断，很可能在今中山四路、中山五路一带，因为作为朝廷设立的最高学府与贡院，理应在城里。

到了宋代以后，广州的文化教育更是日新月异地发展起来。最著名的广州府学、南海县学、禺山书院、番山书院、濂溪书院，都在这一时期创建。按照传统习惯，书院通常建在城郊泉林幽静之处，唯独在广州，书院人部分集中在繁盛的城市中心，也就是今越秀区范围之内。

书院兴起的同时，一批杰出的文化人才，也如熠熠群星，在广州横空出世。被广东儒林尊为学术领袖的崔与之，南宋绍熙四年（1193）中进士，成为岭南由太学取士的第一人。他的词章被认为是"开岭南宋词之始"，他所开创的"菊坡学派"，也被公认为岭南历史上第一个本土产生的重要学术流派。崔与之的故居遗址，就在朝天路崔府街内。

崔与之的学生李昴英，广州人，南宋宝庆二年（1226）中进士，是广东历史上第一位探花，官至吏部郎官，性格刚直不阿，曾以"一身祸福所不暇计"的勇气，上疏弹劾京兆尹贪残害国，并在朝堂之上，直言上陈。理宗皇帝置之不理，拂袖而走。李昴英竟不顾朝仪，跑上前扯住皇帝的袍袖，继续慷慨陈词。李昴英的故居遗址，就在中山四路大塘街内。

元朝是中国历史上最沉闷的朝代之一，不仅经济发展缓慢，且文化亦陷于低迷。盛唐遗风，在中原早已尘消烟灭，文人趣味沉溺在纤巧颓靡的风气中。然而，这时的岭南文风，依然圭臬盛唐，元气浑然。明、清两代，随着经济重心的南移，学术也在南移，岭南文化终于平地冒起，如日中天，四面照射，闪耀出满天彩霞。

陈献章是明代心学的开山祖师，也是唯一能够在孔庙中从祀的广东人，足见其崇高的学术地位。陈献章曾经卜居于今北京路的白沙居。陈献章的弟子张诩，也是一位大学问家，他在今诗书路的"看竹亭"隐居了二十年。明代大学士方献夫曾在今观绿路筑赐书楼和阁老府，收藏《明伦大典》。

陈献章的得意门生湛若水，是与王阳明齐名的一代大儒。王阳明在吏部讲学，对湛若水的文章学问，一见倾心，后来两人在广州同倡"圣人之学"，凤飞，群鸟从以万数。由湛若水主办和捐助的书院，遍布江南，门生弟子多达3900多人，其中不乏朝野口碑载道之士。湛若水的府邸故地与他一手创办的天关精舍，都在今法政路（湛家大街与原天官里）。直到清代道光年间，这里还是群星璀璨，出入的都是当世名人：张维屏、杨荣绪、黄培芳、谭莹、陈澧、冯询……光听这些名字，已让人怦然心动。他们的存在，为广东深厚的历史文化，铺陈了一段气象万千的光辉岁月。屈大均概括地说：岭南文化"始然于汉,炽于唐于宋,至有明乃照于四方焉。故今天下言文者必称广东"(《广东新语》)。这与今越秀区源远流长的人文传统,不无关系。

清代以嘉庆二十二年(1817)阮元督粤为标志,广东文化大兴,阮元创办学海堂(原址西关,后迁往越秀山),是当时广东的最高学术殿堂,担任讲席的吴兰修、赵均、林伯桐、曾钊等,都是岭南顶尖的鸿儒硕学。由学海堂培养出来的学生,如陈澧、朱次琦、侯度、金锡龄、潘继李等人,后来都成为学术界的一代宗师。

当时号称"广东三大书院"的粤秀书院、越华书院与羊城书院,都设在今越秀区内。越华书院是一家官办书院,始创于清乾隆二十年(1755),由官府和商人捐建,它最特殊之处在于以收商人子弟为主。这在全国都是少有的,恐怕只有广州这种发达的商业城市,才会有以收商人子弟为主的官办书院。

清光绪年间,两广总督张之洞兼署广东巡抚。他在今黄华路创办广东钱局,第一次在国内以机器铸银元、铜元,对金融业有着重大影响。他在清水濠畔南园抗风轩兴建六所校书堂,并以十峰轩为总汇,集合学术名流在这里校刻"广雅丛书"。后来提学使于式枚把十峰轩扩建为名动儒林的广雅书局藏书楼,典藏之富,岭南首屈一指。

南海举人康有为,于清光绪十七年(1891)在广州开办"万木草堂",主持完成了《新学伪经考》和《孔子改制考》等重要著作,"大发求仁之义,而讲中外之故,救中国之法",呼吁从最高层的王权入手,由上而下改造中国。位于今中山四路的万木草堂,成了全国变革维新的思想温床。

在广州建城两千多年的历史上,越秀区本身就是一个不朽的传奇,一部波澜壮阔的史诗,一个创造奇迹的地方,一个诞生英雄的地方。每条老街老巷,每条长长的骑楼,每座东山别墅,每座古老大屋,每一间老字号商店,都记录着千百年来的生死轮回、兴衰成长,写满了这个城市的沧桑。

发现越秀,就是发现广州的历史;掌握历史,才能掌握我们的明天。

2010年

读懂广州这座城

广州人从哪里来的

要读懂广州这座城市，首先要读懂广州人。广州人的来历，就是广州的来历；广州人的气质，就是广州的气质；广州人的性格，就是广州的性格。

先秦时期，在南方生活着被中原称为"百越"（或作"百粤"）的土著族群。顾名思义，百越族是由许多小部族组成的，它们分布在浙江、福建、江西、湖南南部及两广地区，各自独立，互不相属。虽然统称"百越"，其实成员之间区别甚大。

据古书考证，越族的祖先可以追溯到大禹，传至夏朝中原少康之世。唐代张守节《史记正义》引贺循《会稽记》云："少康，其少子号于越，越国之称始于此。"而另一种说法，则见之于《国语》中韦昭注曰："勾践，祝融之后，允常之子，芈姓也。""芈"是羊的叫声，作为姓的始祖，可溯至甘肃、陕西乃至河南一带的季连部落。季连部落曾与以牧羊为业的羌族有大规模的联姻，因此，季连部落亦以"芈"为各部落的共姓。

商朝兴起时，剿杀季连部落甚烈，其族众七零八落，四处逃亡。在季连部落中，有一个重要的氏族——罗氏，他们逃亡至河南东南部（今信阳市罗山县）隐藏，得以休养生息。武王伐纣后，周天子裂土分茅，罗氏被封为子爵，其封土在湖北房县。在春秋时代，罗国被楚国所灭，罗氏南下至洞庭湖一带。公元前391年，楚国南平百越，罗氏不得不继续南徙，直到岭南。有学者认为，如今在两广交界地区，保留着大量带"罗"字的地名，如罗定、罗傍、罗董、罗岭、罗欧山、罗霍山、罗马山等，均为罗氏族人南下经过此地的遗痕；甚至广州的"羊城"之称，也源自季连部落的共姓"芈"。

温州一带古称"东瓯"，温州古称"瓯越"，闽越与浙越关系较为密切，在越王允常时代，即有越人进入福建定居。若根据史籍蠡测，岭南越族与浙越、闽越，似乎同出于季连部落。但这种观点，仍带有中原中心论的偏见，它无法解释：在季连部落到达岭南之前，岭南是否有人类的活动？季连部落是岭南文明的开创者，还是中途介入者？距今14万年前出现的封开峒中岩人，谁是他们的后裔？

中华文明是多元发展起来的，是多个地方各自独立地发生、成长，并非以中原为"一元始祖"，从中心向四面散播。各地的文化在成长的过程中，互相融摄，参伍成文，始成大方之直。封开是岭南文化最重要的发祥地之一。考古学家在封开曾发现大量东周、春秋、战国时代的戈、矛、镞、刀、钺等物，证明西瓯曾经是一个相当强盛的部族。它的文明早在中原人到达之前，已经存在，并非纯由中原人带来。如果说季连部落罗氏一脉确实从中原南下，那么，它也必须与当地土著相结合，才得以在岭南发荣滋长。

秦始皇南行的足迹，最远止于洞庭，再往南去，便是瘴雾缭绕、让人望而生畏的五岭了。秦始皇生平未曾涉足，大部分北方人也没去过。去过的人几乎都没有回头。他们对岭南的一知半解，多半靠道听途说，诸如"民如禽兽""其为人人面有翼，鸟喙"之类。岭南越人被描绘为一群断发文身、禽声鸟语、干栏巢居的野蛮人，谁也不相信岭南是一个有文明存在的地方。

然而，当秦始皇遣兵南征时，才发现岭南越人显然比东南部的越人强悍得多。五十万秦军遇上西瓯越人的顽强抵抗。秦军屡屡大败，甚至连统帅屠睢也被西瓯人砍下了头颅。屠睢死后，秦始皇派任嚣、赵佗率军继续征讨岭南，并不惜动用十万军工，开凿灵渠，使长江的船只，得以由湘江，过灵渠，入漓江、桂江，再转入西江，顺流东下，直达番禺，公元前214年，终于实现了他征服岭南的宏愿。

几十万的秦军再也没回到北方，他们永远留在了岭南，留在了桂林、象、南海三郡，开边殖民。沿着秦军入粤的路线，西江一带便成了这批移民落脚最为密集的地方，然后向珠江三角洲逐步扩散。这是中原人口第一次大规模南迁。

广州建城，始于任嚣。身为秦军将领的南海郡尉任嚣，在病榻弥留之际，嘱咐继任人赵佗："番禺（即广州）负山险，阻南海，东西数千里，颇有中国人相辅，此亦一州之主也，可以立国。"（司马迁《史记》）这是任嚣留下的唯一遗言，其言虽然简单，但意味深长。

任嚣所说的"中国人"是指中原汉人。如果岭南没有一定的文明基础，单凭一群离乡别井的逋亡人、赘婿、贾人，能够开宗庙、立社稷吗？对这一点，任嚣、赵佗都看得很清楚，中原人只能起"相辅"的作用，要开发这块土地，还得依靠岭南越人土著。

赵佗的伟大之处在于，他建立南越国后，采取"百越和集"和"变服从俗"的政策，并不强行推广中原冠带，反而虚怀以容纳越俗，任命土著越人做丞相，带头与越人家族联姻。中原汉人与土著越人的通婚，在朝野成为很普遍的事情。

广东地区最大的族群——广府民系，便是在这种南北联姻基础上，渐次形成。其方言以秦军所使用的"军话"为基调，亦因不断融入当地的越语，慢慢从方言岛的存在形态，沿着西江流域，开始了向广府话（粤语、白话）演变的进程。

事实证明，"百越和集"和"变服从俗"，并没有令中原文化在岭南湮灭，反而为其注入了新的内涵，养成了广州这座城市开放性的先天基因。赵佗治理南越国长达六十年，开物成务，草创经营，史书上称赞他"居南方长治之，甚有文理"（班固《汉书》）。这种文理，反映在舟车、文字、音律、冕旒、衣食、人伦、政治等等方面，都为广州乃至岭南文明开创了一片盎然的生机。

听广州的市井方言

方言是我们的身份标记之一。中国广土众民，十里不同风，百里不同俗。大家都是黑头发黄皮肤，在日常生活中，根据什么来辨别"你是哪里人"呢？经验告诉我们，不是根据书面文字，也不是根据相貌、衣着，主要是靠听口音、方言来区分的。

方言承载着文化历史，是宗族血脉传承的一个象征，就像每个人的出生证一样。对中国人来说，历史具有宗教般的崇高意义，房屋可以不要，田地可以不要，人也可以四海为家，但祖宗的语言是绝不能丢的。

广东方言以广府粤语、潮汕闽语和客家话为主。所谓粤语，乃指以广州话为本的广府方言。清代广东学者陈澧认为，粤语形成于隋唐，"盖千余年来中原之人徙居广中，今之广音实隋唐时中原之音"（陈澧《广州音说》）。其实粤语的历史，远早于隋唐，它是当年南征的秦军带来的，在封开落地，然后从粤西沿西江流域，传至广西梧州和广东珠三角地区。

虽然从广州人的血统上看，岭南越族占主，粤语却以中原音为本，证明任何强势语言的背后，都有强势的政治与经济实力做支撑。谁在政治与经济上占主导地位，谁就有"话语权"，决定用哪一种语言作为官方语言。任嚣、赵陀平定岭南后，中原文化是强势的，它决定了岭南要采用中原的"雅言"为交流媒介。

所谓"雅言"，是春秋战国时期，北方在官方场合（包括讲学与祭祀）使用的语言。秦军把雅言带到岭南，初期他们只是在西江流域驻扎屯田，雅言的流行，也局限于西江至珠江之秦军戍区内，即肇庆、佛山、广州、中山、珠海、东莞、深圳、香港及梧州、贺州等地。俟汉武帝平南越国后，始在更大范围内推广，远及交趾刺史部所辖区域。

一种语言须与周边语言互相吸收、融合，才有生命力。那些认为北京话受满族语影响，已非正宗汉语的人也说不清：谁的语言才是正宗古汉语？雅言也有一个嬗变的过程。广东的方言千变万化，五里异音，十里各调，即使同属粤语，听起来也有差别。今天广州的粤语，与香港的粤语就有差异。

古人说："北人避胡多在南，南人至今能晋语。"（张籍《永嘉行》）两晋以前，中原没受到"胡人"（游牧民族）的侵扰，晋语依然是古汉语的嫡传。但晋代以后，先有"八王之乱"，继而"五胡乱华"，中国出现近三百年南北分治的局面。游牧民族作为一种政治与军事的强势力量入主中原，导致北方汉族语言出现大量游牧民族的语音，与中原雅言渐行渐远。但这时从北方逃到岭南的中原士民，反而把承自东周的雅言再次带进这个相对稳定的地区，其与西汉以来岭南地区所流行的雅言，本来就是同源，自然易于融合。

首先从音韵上看，目前所见最早的一部音韵学著作，乃成书于隋初的《切韵》。众多学者认为，该书所记为南北朝时士大夫阶层所采用的音系，即晚期雅言音系。比照今天汉语七大方言，大部分方言已改曲易调，唯粤语丰富、完整地保存了这个音系的元素，被称为古汉语的"活化石"亦可无愧。

中原雅言是没有卷舌音的，粤语也没有，但普通话中则有很多，显然是受北方游牧民族阿尔泰语系影响。粤语在演化过程中，吸收了一些越语成分，但古汉语的特点至为明显。语音方面，保留了最多古汉语的发音；声调方面，在保留古汉语平、上、去、入之外，还衍生出一个中入调，一共有九个声调，是古汉语入声保留最完整的方言。

曾任中山大学校长的邹鲁说："以腔调虽变，而其中原音韵仍然不变。欲知其音韵不变，最好以诗韵证之。今任觅诗韵中之一韵，若知其广州音之韵中一字，即可推而知其他各字之广州音，以七阳八庚等最明显。"（邹鲁《回顾录》）语言学家李如龙在谈到粤语特点时亦指出："中古之塞擦音声母的分化，鼻音韵尾的合流，塞音韵尾的弱化和脱落、浊上归去、入派三声这些在许多方言普遍发生的变化都被粤方言拒绝了。"（李如龙《方言与文化的宏观研究》）

从词汇上看，粤语保留了大量古雅的古词古义。有学者声称，广州人日常口语中，方言出现频率高达五六成。但哪些属于方言？哪些不是？根据什么而定？显然是以普通话为法脉准绳。如果以古汉语为标准，则广州人把"粘"说成"黐"，把"吃"说成"食"，把"走"说成"行"，把"脖子"说成"颈"，把"他"说成"渠"，把"晚、迟"说成"晏"，把"节省"说成"悭"，把"火锅"说成"打甂炉"以及惯用感叹词"嗟""噫"和语气助词"嘅"，等等，严格而论，这些都不是方言。黐、食、嗟、噫、嘅，都是古汉语的用字，甂炉也是古代的一种炊具。它们才是正宗嫡传的汉语。

再从语法与词序上看，广州话中有大量倒装句，把形容词置于主词之后；形容词做定语放在名词前；指物宾语在前，指人宾语在后；修饰动词或形容词的副词放在所修饰的词之后，趋向动词直接接宾语之类的用法，比比皆是。普通话"你先走"，广州人说"你行先"；普通话"很感谢"，广州人说"多谢晒"；普通话"太高了"，广州人说"高过头"；普通话"多吃一些"，广州人说"食多啲"。如此等等。古汉语中也有大量倒装句，如"何罪之有""时不我待""吾谁欺"之类。粤语中常见的反序构词，也与古汉语多有契合，如普通话说"要紧"，粤语反过来说"紧要"，这与《论语》中"且将《论》《孟》紧要处看"是一致的。古书中，"紧要"的用法比"要紧"常见得多。探索其内在的关联，当有语言学上之意义。

一种语言流行与否，与其政治、经济的强弱有密切关系。在粤语的形成地封开一带，古代雅言音系的因素保存得更为明显，但在人们的观念之中，却不以封开粤语为正宗，而以广州西关（上下九、第十甫一带）的粤语为标准音。西关粤语能够取得这种地位，完全是历史上广州作为岭南政治、经济中心所致。

由于广东华侨遍布世界每个地方，因此，粤语在世界的流行，几乎到了"有华人的地方，就有粤语"的程度。甚至让许多外国人产生误解，以为粤语就是中国的官方语言。改革开放初期，因广东是改革开放的先行者，香港经济与文化强势进入内地，为中国的经济改革助推起跑，令粤语以前所未有的势头，迅速浸透到其他方言区，成为一种时髦的用语。

至今最为人津津乐道的是，当年粤语流行歌传遍大江南北。广州成为香港流行音乐的跳板，粤语流行歌曲在封闭了几十年的内地刮起了一股旋风。1980年代初，无论是白山黑水，还是河西走廊，无论是皇城根儿，还是十里洋场，大街小巷都在传唱着粤语流行歌曲，乃百年不遇的奇观。在某种程度上说，粤语已不仅仅是一种交流媒介，更成为一种身份的象征，是生活富裕的象征。

但是，近十年来，内地经济快速崛起，相形之下，香港的经济实力与文化影响力，都大不如前，广东作为改革开放前沿阵地的优势，亦不复当初，粤语在北方的热度，随之迅速消减。再次印证了一个道理：任何强势语言的背后，都有强势的政治与经济实力做支撑。

有人说，广州人很抗拒普通话，其实这是误解。作为一个国家，必须有一种通行全国的共同语，在法定的正式场合作交际用语，使不同的方言地区，都能够互相沟通，这是毫无疑义的。广州人很早就接受以北方汉语为本的书面语言，尽管这种书面汉语与他们的日常口语有较大差异，他们仍乐于使用，并无窒碍。

1980年代以来，南方人北上谋生，北方人南下谋生，人口的流动空前频密。整个形势瞬间全变。改革开放以后，普通话在广州的普及率，比之前一百年都要高。事实证明，两种语言——甚至三四种语言——完全可以和平共处，并行不悖，不是你死我活的对立关系。但越来越多的广州人相信，如果对弱势语言不加尊重和保护，那么，弱势语言的消亡，就是难以避免的。每一种方言，都是人类成长的历史记录，是一座民族文化的宝库。方言的消亡，不是一种工具的消亡，而是一种文化的消亡。

从性格看广州

在论广州人的性格之前，不妨先从两个历史的细节作切面的粗浅思考。

其一，岭南佛教传播从牟子开始，传至惠能而彰显于天下。惠能目不识丁，主张即心即佛，不立文字，当下一念，见性成佛，"生缘断处伸驴脚，驴脚伸时佛手开"。孟子说"人皆可以为尧舜"，陆象山说"吾心即宇宙，宇宙即吾心"，王阳明说"个个人心有仲尼"，文异而义同。所谓圣人满街走，是东方文化的精义所在。

惠能这套理论，在北方受到抑制，佛教史上有"南顿北渐"之争。北宗认为人的佛性为客尘所覆，必须透过时时修习，拂尘除垢，才能成佛。这种修习过程，烦琐冗长，许多人穷尽一生，可能连门槛尚未摸到。而以惠能为代表的南宗，带有很浓的草根色彩，修持方法通俗易行，重在顿悟，阿猫阿狗皆可成佛，无须理会那些烦琐的义学。这种北繁南简的现象，从文化上观察，别有深长意味。北方讲究繁礼多仪，循序渐进，有时仪式比结果更重要；而南方则喜欢避繁就简，舍名求实，只重效果而不在乎虚文缛节。

其二，在广州有一种居所叫"古老大屋"，因大多在西关，也叫"西关大屋"。其在中国的传统建筑中，独树一帜。西关大屋大量出现于清末民初，屋主多是当时的达官缙绅、富商巨贾。很多人把西关大屋与名门望族联系起来，仿佛只有上流社会的富人，才住得起西关大屋，其实不然。

西关大屋并不是殷商富绅的代名词，它的第一代主人也许是豪门大族，但到第二、第三代，在同一扇坤甸大门内，已是五方杂厝。有钱人家，不过是在中堂多挂几幅字画，多摆几张酸枝桌椅，桥台上陈列几件名瓷罢了；没钱人家，家具寒酸破旧一点，几户人合住一间大屋。但有钱人家和升斗小民的住宅，并没有鲜明的畛域界限。富商、豪绅、名医、红伎、优伶，往往杂居一巷，都是左邻右舍，低头不见抬头见，不存在森严的等级之别。平民化、世俗化，是西关大屋的灵魂所在。

这两个例子，从侧面反映出广州人某些典型的性格特征，喜欢简单、实际，讨厌繁复的条条框框，与人相处喜平和、平等，过得自己过得人，不喜仗势凌人、居富傲人。

当然，任何一个城市、任何一个族群，都是由许多个性、学识、阅历迥异的人组成的，生活方式多姿多彩，思想观念千差万别，所谓龙生九子，各不相同，任何以简单的标签将其归类的尝试，都会失于偏颇。但作为一个族群，长期生活在相同的生态环境与人文环境中，又必然会形成一种族群共同的自我意识，包括社会心理特征、人格特征，是为身份认同的基础。

广州人的心理性格，往往被归纳为：低调、务实、包容、灵活、开放、平和、冷漠、重利等。翻遍历朝历代广东各地的府志、县志，最常见的评语是："质朴""淳厚""简俭""勤劳""犷悍""好勇"。广州人虽然天赋极高，富有聪明才智，他们创造的许多新观念、新思维，曾深刻地影响着时代的走向，但由于性格内敛，讷于言而敏于行，习惯于用"事实胜于雄辩"来避开争论，因此，常被人视为"整体素质偏低"。

在明清十三行时代，广州人为了和外国人做生意，努力学习外语，他们发明了"广东葡语"，使用它来和葡萄牙商人打交道；又发明了"广东英语"，使用它来和英国商人打交道。后来盛行于上海的"洋泾浜英语"，就是广州十三行商人发明的。可见广州人并不排斥母语以外的语言，关键是看对自己谋生有没有帮助。

广州不仅对海外商人有巨大的吸引力，对国内商人也有同样的吸引力，仿佛这片土地特别适合经商。十三行的行商，不少就是从福建移居来的。他们在家乡时不过碌碌庸流，但一到广州便如飞龙在天，鱼跃大海，成就了一番轰轰烈烈的事业。广州，永远是天下英雄创业的最好平台。

如果要广州人说出自己好的性格特点时，他们通常会把"讲实际"摆在第一位，而干净整洁、思维活跃、性情活泼、待人处事有热情，都是值得推崇的性格优点，而广州人最讨厌的缺点，则包括懒惰、冷漠、迟钝、粗野、好斗等。这些性格特征，使广州人在社会出现急遽变革之时，比较乐于接受新知识，较易适应社会的变化。

一个城市或族群的性格形成，与水土有莫大的关系。广州受到海洋的影响，气候温暖潮湿，春夏的东南季风带来充沛的雨量，是全国最多雨的地区之一。一水（珠江）一山（白云山）是广州的生命线，而水尤为重要。

以前古越人是一个"水处舟行"的族群。北方人说：车到山前必有路；广州人说：船到桥头自然直。北方人说：送佛送到西天，广州人说：摆渡摆到岸边。北方人说：床头打，床尾和；广州人说：船头打，船尾和。北方人说：墙倒众人推；广州人说：趁势踩沉船。广州人满脑子都是"船"，这是因为广州人的生活，与江河大海关系殊深。孔子说："仁者乐山，智者乐水。"用"智者"来形容广州人，也十分贴切。

且看广州传统园林建筑，无不带有浓厚的世俗物质享受色彩，大量运用舶来品材料，风格中西结合，既体现了豪华富丽的建筑艺术，也反映着最物质化的生活艺术，玩赏之余，又颇实用。发源于番禺的广东音乐表现着广州人乐观向上的精神，节奏明快，音色明亮，轻快如高山流水，热闹如花团锦簇。再看广州刺绣中的盘金刺绣，以金线为主，构图饱满，金碧辉煌，绚烂夺目，其气质令人联想起广东音乐；而丝绒刺绣开丝纤细，色彩细腻微妙，针法丰富多变、纹理分明，绣出的花鸟尤其精美，风格则与岭南绘画相近。凡此种种，无不投射出广州人的性格特征与文化价值取向。

广州地区是岭南园林、粤乐、粤剧、广彩、广雕、广绣等民间艺术和工艺的发源地，这些看似五彩斑斓的地方文化，实则具有相同的气质，探讨其文化特色，可以更充分地了解广州这座城市的性格特点。

2004年，中国科学院心理研究所一支研究团队，陆续公布一项进行了十几年的有关中国人性格的调查结果。调查范围涉及华北、东北、西北、西南、华中、华东、华南七大区以及香港特别行政区，被调查人群按1990年中国大陆地区人口普查结果进行抽样，涉及20岁以上人群多达几千人。在人格测验中有500多道题目。

在"宽容、刻薄"与"灵活性"量表上，广州人比西安人得分高，在"情绪性""阿Q精神"量表上，广州人比西安人得分低。显示广州人与西北地区的人相比较，具有更多积极品质，更有利于建立更好的人际关系，更好地适应社会，保持情绪稳定。他们能灵活地解决问题，在人际关系中更为和善。广州人也显示了较少与情绪和行为问题相关的心理痛苦，诸如焦虑、狂躁、猜疑、反社会行为、性适应问题以及病态依赖等等。（载《北京科技报》2004年11月4日）这项调查对了解广州人的族群心理与性格，不无裨益。

广州人擅长用多种方法灵活地化解难题，此路不通，便另辟蹊径，条条大路通罗马，不会一条路走到黑。亲戚朋友有困难，他们也乐于相助，但会在自己的能力范围之内，不会硬充大头鬼，不会死要面子活受罪。他们不拿生意、事业来交换人情。人情归人情，数目要分明，反而更易建立稳定和长久良好的人际关系。他们善于把握尺度，尊重人的差异性，尊重个人的私人空间，特别重视人与人之间的距离感，既不会太密，也不会太疏。

对性格豪爽的北方人来说，朋友相处，就得两肋插刀，吱噔嘎噔冒紫血才叫哥儿们；朋友的事就是自己的事；朋友的事再小也是大事。因此，他们觉得广州人的这种性格特点，显得"人情淡薄"，不够义气，他们常不屑地把广州人叫作"小市民"。但恰恰是这种小市民平淡无奇的日常生活，如细水长流，润物无声，对社会、政治、伦理、道德，有潜移默化的滋育之功。

广州气质是怎么炼成的

每个族群都有自己独特的体质特征及气质、性格特征。作为一个群体的这些特征，与他们长期生活的生态环境——包括地理、气候、饮食等——均有密切关系。

关于南人与北人的区别，很多人做过生动有趣的表述。作家林语堂在形容南方人时说："他们充满种族的活力，人人都是男子汉，吃饭、工作都是男子汉的风格。他们有事业心，无忧无虑，挥霍浪费，好斗，好冒险，图进取，脾气急躁，在表面的中国文化之下是吃蛇的土著居民的传统。这显然是中国古代南方粤人血统的强烈混合物。"（林语堂《中国人》）

社会学家潘光旦也认为："南方人喜欢远游，容易采取新的见解，求智识的欲望很深切，容易受人劝导，风俗习惯富有流动性，做事很有火气，他们的政治思想和政治手腕倾向急进的一方面。"他更详细谈到对广州男女的观察："她们的言谈举止也很活跃，足以表示她们的生活并不十分愁苦"，"再看广州的男子……他们走路很快，比较别的地方在同等纬度内的居民大都快些；热带里的居民大抵行动迟缓，广州也在热带范围以内，然而却是例外……我们已经不能不佩服他们的奋发有为了。"潘光旦对南方人总体的印象是："比较富裕，比较奢华，比较好逸恶劳，比较喜欢声色货利，比较慷慨，也比较不修边幅。"（潘光旦《北中国与南中国》）

鲁迅在广州生活工作了八个多月，对广州人有近距离的观察，他说："北人的优点是厚重，南人的优点是机灵。但厚重之弊也愚，机灵之弊也狡。"他认为"缺点可以改正，优点可以相师"。（鲁迅《北人与南人》）这些观察的结果，不乏切近得当之论，也有偏颇之处，但作为一个族群的集体性格、群体人格，要"改正"或"相师"，却都不是容易的事情，因为这些差异的产生，在很大程度上，与族群的生活环境相关。

岭南文化首先是一个地理的概念，然后血缘、民族、礼制、风俗、语言、艺术等人文概念始有所依。所谓"一方水土养一方人"，水土是先于人存在的。如果人们有机会在中国作一次穿越南北、横贯东西的旅行，他们将会发现，在这四个方位之间，居然存在着如此巨大的不同。

以地理环境而言，东南方平畴千里，水腻山春，河流如网，湖泊如星。天气受亚热带季风气候影响，温暖潮湿，雨量充足，在沿海地区有大量的冲积土，土质肥沃，人口稠密。而中国的西北方则受温带大陆性气候影响，即使在夏季，来自海洋的夏季风也不易进入。因此，这里的西风气流非常强盛，空气干燥，冬天气温寒冷，春天则风沙弥漫。

东南方拥有漫长的海岸线，纵横交错的内河。这对发展贸易十分有利。当欧美现代文明东渐之际，这里无疑会得风气之先。而西北方地处亚陆腹地，受层峦叠嶂之阻，交通不便，资讯贫乏，外部世界的影响，到达这里已经微乎其微。

由于地理环境不同，南北民俗和民风也各异。南方有五岭之隔，背山面海，天高皇帝远，一直是朝廷流放罪犯和谪臣的地方。历史上，北方凡进入周期性的天下大乱之际，就有大批北方士民逃难到南方。经过千百年的沉积，形成了南方人倔强、坚忍、充满生命力、具有叛逆精神、敢为天下先的性格，对命运有一种天然的反抗，不肯轻易屈服。他们的文化也是自出机杼，成一家风骨。

屈大均曾说："粤处炎荒，去古帝王都会最远，固声教不能先及者也。"（屈大均《广东新语》）似乎离帝王都会的远近，成了文明的指标，离帝王都会近则文明程度高，离帝王都会远则文明程度低。然而，历史已经证明，帝王都的声教，并不是文明的唯一代表。各地都有自己的文明，其是生活在不同地区的人，以自己独特的生活方式创造出来的。这才是最恒久的、最基本的文化之源。越是平凡庸众的生活方式，越具有普遍意义。

这种生活方式，包括了饮食。饮食是造成南北文化差异、南北人性格差异的重要原因之一。南北以秦岭—淮河一线为水稻区与小麦区的分界线，秦岭—淮河一线同时也是南方文化与北方文化的分界线，这不是偶然的。南人杂食，越往南走，杂食特点越明显。明代的《五杂组》写道："南人口食，可谓不择之甚。岭南蚁卵、蛳蛇，皆为珍膳，水鸭、虾蟆，其实一类……又有泥笋者，全类蚯蚓。扩而充之，天下殆无不可食之物。"

广州人所钟爱的粤菜，最大特点就是用料五花八门，无所不包，飞潜动植皆可口，蛇虫鼠鳖任烹调。许多人对此看不惯，其实，广州人之所以什么都敢吃，不是因为贪吃，而是千百年来，岭南就是一个山水交错之地，良田有限，但野兽众多，出没伤人，人们要在这里生存，就得以命相拼，与野兽争夺地盘。弋猎捕鱼，成为人们祖祖辈辈的生存之道。这是环境造成的。

要探讨广州人任何一种性格特点、风俗习惯、生产方式、宗教信仰、社会动机、价值取向，都必须与当时的生活环境相结合，才有可能理解它的产生根源和嬗变方式。否则，南北文化的差异，很容易造成相互间的歧视和排斥，南方人看不起北方人，北方人也看不起南方人，则有违研究地域文化的初衷。

作为广东三大族群的广府人、潮汕人、客家人，来到岭南的时间长短不一，在北方的原籍不同，生活环境不同，生活的时代不同，他们来到岭南后，与本地文化的融入程度也深浅不一，所以他们之间也有千峰万壑的差别，不能以"岭南人"或"南方人"一概而论。

广府人形成得早，古越族血统较多，到潮汕人进入岭南时，真正意义上的土著古越族已经不多了，到客家人来时更少。三大族群不同的历史发展脉络，以及其在岭南地区定居地的地理条件、定居时间的长短，都会直接影响他们个性的形成。广州人、潮汕人滨海而居，他们的性格中，有更多的海洋属性（激荡、流动、自由开放等），而客家人是大山的儿女，山岳的特征（沉稳、深邃、埋头苦干等）更为鲜明。

居住环境与职业取向有直接关系，职业取向又与价值取向有直接关系。人们对三大族群的历史形象普遍会有这样的印象：潮汕人喜欢经商，一说起潮汕人就联想起红头船、潮帮商人等；广府人喜欢办实业，洋务运动以来办了很多机器厂、缫丝厂、纺织厂；而客家人比较喜欢做学问，考功名，当学者。

兴办实业与行船贸迁，都与海洋有关。近代中国的工业化进程，就是从沿海地区起步的，而中国对世界的认识，也是从海贸开始的。因此，在广州、潮汕这些地区，可以清晰地感觉到，地方文化的取向，是面朝大海的，海洋是其托命之所。而客家人的特点，则是读书用功，渴望考取功名，其文化取向有更强烈的中原情结。

广州人虽然务实、低调，但不乏远大的追求；虽然热爱世俗层面的享受与快乐，但同时也创造出无数具有超越性价值的文化理念。他们希望踏踏实实过自己的日子，自由自在地生活，不喜欢过于宏大、虚无的乌托邦理想，而更乐于持一种单纯而自由的生活态度，独立、创造性地经营生活和事业，无论是自己还是自己的财产，都处于增值的状态，就是一件令人快乐的事情了。

天地吐纳万物，消息盈虚，一晦一明，日改月化，继往开来，无有止境，一片生机盎然。明天离我们已经不太远了，我们可以为历史作一个见证，见证着这座古城两千多年来的大起大落，大悲大喜，欢乐与痛苦，自豪与愤怒，失望与期待，光荣与梦想；见证着广州古城的苏醒与崛起。

老城之殇

二千二百多年前，当第一任南海郡守任嚣站在越秀山上，举目四眺，他所看到的，是怎样一幅图画呢？前有大江如海，浩浩茫茫，与巨洋相通；后有云山如屏，郁郁苍苍，与五岭相接。天地间，虎啸猿啼，鱼跃鸢飞，好一派山高水长的壮丽景象。

任嚣、赵佗相中了这片风水宝地，以山为城，以水为池，兴建家园。二千二百多个寒暑过去了，一代一代的先民，在这片负山带海的土地上，一起网耕罟耨，筑围造田，播下生命的种子，承受一切兴衰、荣枯、祸福、得失、贫富、贵贱、吉凶、生死的人生际遇，始终不离不弃，无一息之停，历尽风霜，备尝忧患，终于建成了今天这座雄伟而繁华的大都市——广州。

这是一座有故事的城市。每条街道，每条巷子，都写满了岁月的沧桑。光孝路让人想起"未有羊城，先有光孝"的民谚，西村还飘着汉代茉莉的一缕清香，仙湖街因南汉西湖的万顷碧波而留名，六榕路以北宋苏东坡的墨宝而著称，在崔府街有南宋崔与之归家的足音，在法政路有明代湛若水讲学的身影，在越华路可倾听清代书院的琅琅书声，在骑楼街可重温民国时代的红尘喧哗……

尽管历朝历代都留下众多鸿儒硕学的足迹，也诞生过不少世界级的豪商巨贾，但广州在骨子里却是一座平民化城市。那些在麻石小巷里长大的广州人，也许不知道李昂英是谁，却清楚地记得在巷口卖爆米花的阿叔，他像神奇的魔术师，把大米倒进一只黑乎乎的大铁蛋里，然后使劲摇着风箱，催旺炉火，几分钟后，用麻袋把黑铁蛋裹住，打开，只听"嘭"一声，缕缕白烟升起，倒出来的大米都变成了香喷喷的爆米花，把半条街都香透了。那是童年的气味。

也许他们连湛若水的名字都没听过，却清楚记得街尾那家副食品店，散装的生抽、老抽、陈醋、白醋，用大玻璃瓶盛着，层层叠叠摆在货架上，每只瓶子外都挂着一只竹制的筒形勺子，不论你买一斤豉油，还是五两白醋，还是三两五加皮，店员用勺子一舀，总是不多不少，锱铢无误，简直是神人也。哪家小孩来买生抽，一时忘了该买多少，店员会说："是半斤吧，你家每次都是买半斤的。"买五柳菜的小孩，若在路上偷吃，他还没回到家，妈妈已经从街坊那里知道了，正叉着腰在门口等他呢。

也许他们已不记得伍秉鉴了，却清楚记得校门口的糖果铺，临街柜台摆着一排玻璃瓶子，装满了五颜六色的糖果，都没有包装，看上去更真切、更诱人。那是童年的色彩。谁要买，店员打开玻璃瓶的盖子，用个小铲子铲上一把，拿纸角包好给你，有时还会附送一两颗话梅，让你觉得有意外惊喜。那时的小店都没有收银机，钱放在一只吊在半空的篮子里，店员收钱后伸手一拉，便把篮子拉下来。找赎完了，一松手，篮子又升回半空中。

也许他们早就忘掉了潘仕成，却清楚记得那些顽皮的街童，常骗邻家小孩上街口的药材铺买"执药龟"，自己躲在一边看热闹。"执药龟"是对药店店员的嘲笑，如果谁真跑去买"执药龟"，店员一定会板起脸，举手作打人状，把倒霉的孩子吓得抱头鼠窜。不过也没见哪个小孩真被打过，因为大家都是街坊。

这一切，宛如一幅充满诗意与温情的市井生活图，如今已渐渐淡去。"旧城改造"运动长风一振，广州人家宁静的生活，从此一去不返。这里成了开发商的天堂，这里是设计师的乐园，有权改造城市的人，以"最高"为美，以"最大"为荣，孜孜追求着世界最高的楼、最大的广场、最宽的马路、最豪华的歌剧院、最昂贵的豪宅。

用玻璃幕墙包装的"石屎森林"，正以雷霆万钧之势，扩张着它的地盘。抓钩机隆隆推进，摧枯拉朽，老房子被大片大片推倒，许多构成地方特色的传统建筑，一扫而光；老街老巷被涂上无数个"拆"字，然后像贪食蛇面前的豆子，被瞬间吞食。"巷""坊""里""约"，这些曾经构成城市的基本单元，终有一天会完全消失，人们只能从字典里查找它们的释义。几十年的老街坊、老村民不得不各散东西，分手时依依相约得闲饮茶的声音，犹在耳畔，但熟悉背影已被滚滚的车流所淹没。

近代广州经历过三次大规模的城市改造浪潮，第一次在1918年前后，第二次在1930年代初，第三次从1990年代开始，迄今高温未退。兴建于第二波浪潮的骑楼街，大部分消失在第三波浪潮中。1993年，广州地铁一号线正式破土动工，随后中山路长长的骑楼街几乎被全线夷平；2007年，有"广州最美老街"之称的恩宁路，被纳入"荔湾新天地"的旧城改造项目，轰轰烈烈的拆迁又开始了，183户老居民联名上书，呼吁保护恩宁路，试图用自己微弱的声音，为子孙留下一点老城的记忆。

然而，现实之中，没有什么能够挡得住抓钩机的铁臂。2003年3月，广州大学城正式征地拆迁，被誉为"广州市唯一一块没有被现代工业所侵扰的千年净土"——小谷围湿地，仅一年时间就被从地图上抹掉了，被一大片现代化的大学校园建筑和柏油马路所覆盖。2007年以后，因为要举办亚运会，有更多的旧城改造项目匆匆上马，有更多的村庄与农田，被城市化浪潮席卷而去，猎德村拆了、冼村也拆了；2010年11月，广州亚运会降下帷幕，但改造工程依然热火朝天。2012年，杨箕村同样不可避免地被拆了。

保护历史文物建筑与城市改造，似乎已形成两套互不相干的话语系统，说起保护，从上到下，人人举双手赞成，但在现实之中，历史文物建筑却一幢幢消失。诗书路的金陵台、妙高台内，有两栋具有一定历史价值的民国建筑，2012年广州市国土房管局要求开发商暂缓拆除。但2013年6月10日深夜，老屋依然在抓钩机的钢铁臂膀之下，轰然倒塌。

当老街老巷被拆除时，消失的何止是房子？住宅不断向高空发展，被刷新的又何止是容积率？传统的生活方式、商业模式，乃至社会的价值体系，都发生着一连串的深刻变化，如同蝴蝶效应一般。每一间大型百货公司和shopping mall（大型购物中心）的出现，都是以无数小百货店、山货店、副食品店和饮食店的生存空间为代价的。当初拆除中山路骑楼街时，政府保证会妥善安排搬迁沿线的老字号商店，但事实上，几乎没有一家老字号在搬迁后能获得新生，它们的处境只会更加艰难，前景愈发黯淡。另一方面，不断涌现的"地王"，挟资本以令天下，在其巨大的阴影之下，社会文化生态的多样性，已岌岌可危。

城市千城一面，好像是同一条流水线生产出来的产品，城市的个性特征，它的历史、文脉、尺度、肌理、韵律，却在洪水般的开发建设中，渐渐被侵蚀、淹没，以至消失殆尽。到处是同一风格的高楼大厦，走在广州和深圳街头，简直没有什么分别。所有大城市都像孪生兄弟一样。

早在1982年，国务院就公布广州市为历史文化名城，但很长一段时间内，人们并没有意识到"历史文化名城"这六个字的分量，更没有意识到，对于一个有两千多年历史的城市来说，最重要的，是保有自己独特的文化遗产。这是它与其他城市的区别所在。一个有魅力的城市，需要有与其他城市不同的建筑、不同的街道、不同的人群、不同的生活方式，向人们展示着不同的文化模式。真正能够吸引人的，不是它与别人的相同之处，而是相异之处。

广州注定还将在争议声中继续前行。旧城改造的步伐不会停止，新的"地王"已蓄势待产。如何妥善保护好那些承载着丰富集体记忆的传统建筑和生活习俗，使得广州的人文脉络在现代化过程中，不至于出现断裂，而可以绵延不绝，浑然天成，无间无断，将是我们一个不可回避的任务。

2019年

广州有容乃大

广州从来不是一个排外的城市

广州是一个惹人争议的城市。

争议并非洪水猛兽，往往有提神醒脑之效，它给城市带来观念上的撞击，带来活力和动力。北京、上海也惹人争议，有人看不惯北京居高临下的文化优越感，有人看不惯上海大模大样地把别人锅里的饭都舀到自己碗里，且不管这些看法有无道理，但显然都是出于对北京、上海艳羡的心理，不像对广州的争议，到现在还在争它有没有文化，吃东西的习俗是不是很野蛮，广州人说的是不是"鸟语"，是不是排外等等，翻来覆去，还是两千多年前汉武帝时代的话题。

其实，广州从来不是一个排外的城市，相反，从南越国到现在，它一直是个包容度极高的城市，在全国几无一地能与之相比。历史上，广州一直为北方逃避战乱的百姓、流放戍边的罪犯、失宠被贬的官员提供安身立命之所。随意翻翻广府、潮州、客家三大族群的族谱，也都能找到些"太丘世泽、颍水家声"之类的渊源。

那些浪迹天涯的人，仿佛一踏上广州这片神奇土地，也忽然萌生起落地生根、开枝散叶的念头，而不想再流浪了。任嚣、赵佗都是从北方来了就不想走的；广州十三行行商中，有10家祖籍福建，他们的祖上在来广州之前，也不过是碌碌庸流，但一到广州，便如飞龙在天，鱼跃大海，成就了一番轰轰烈烈的事业。试问有谁听过伍秉鉴、潘振承、吴天垣、谢有仁，或任何一个十三行富商抱怨广州人排外的？

改革开放以来，广州又为无数怀着美好梦想南下创业与谋生的人，提供了天高任鸟飞的平台。以2000年第五次全国人口普查的结果来说，北京、上海、广州的外来人口，分别为282万、319万、318万，占城市总人口的比例分别为20.0%、19.4%和30.0%。广州外来人口的比例最高，说广州排外，它排谁了？

按一般逻辑来说，一个有排外传统的地方，应该没什么外来人口，即使有也难以进入主流社会，但看看今日的广州，在主流社会中发挥着积极作用的外地人还少吗？奇怪的是，愈是城门大开、五方杂处的城市，愈容易招来排外的非议，那些搬个小板凳往家门口一坐，看着满街都是乡里乡亲的地方，反而没人会骂它排外。

其实，广州人并不排斥外地人，川菜、湘菜、鲁菜、粤菜、泰国菜、葡国菜，在这个城市都能各随所好，一荣俱荣，有钱齐齐揾；客家人、潮汕人、广府人、北方人要和睦相处，也不是什么难事，只要互相尊重，平等相处就行了。南越王赵佗是河北人，但他尊重岭南本土文化，推行"百越和集"和"变服从俗"的政策，广东人便尊他为岭南的人文始祖。这叫你敬人一尺，人敬你一丈。

千万不要以为只有自己才是上国衣冠、文化使者，别人都是蛮貊鸟语。广州公交用粤语报站，你就说是歧视外地人；广州媒体把"贝克汉姆"译成"碧咸"，你又说这是对北方文化缺乏包容。样样都看不顺眼，到底是广州人排外呢？还是某些不了解广州的人在"排穗""排粤"呢？须知世界是多元的，文化也是多元的，大家都有保持自己方言和生活习俗的权利。如果一味以蛮横的方式扰乱别人的生活，硬是把自己的生活方式强加于人，谁不接受谁就是排外，也未免太霸道了吧？

恩怨分明的广州人

以往人们在谈论十三行时，往往只说它如何崛起，如何昌盛，却很少谈论它是怎么消失的，或者含糊地用一句"毁于鸦片战争的炮火"轻轻带过。其实十三行是广州人自己放火烧掉的。

广州人有一种恩怨分明、宁折不弯的性格。在全国城市中，广州与海外通商时间最长，如果广州人排外，就不会有十三行了，就不会成为"金山珠海，天子南库"了。我们看看近代史，不难发现一个奇怪的事实，鸦片战争前，广州对来正常进行贸易的外商，不管他是欧洲人、波斯人，还是南洋人，大门都是敞开的，所以才会出现"洋船争出是官商，十字门开向二洋。五丝八丝广缎好，银钱堆满十三行"的盛况。美国商人亨特在《广州番鬼录》中也承认，由于在广州做生意很便利和广州人"众所周知的诚实"，让外商"形成一种对人身和财产的绝对安全感"。

但鸦片战争后，广州人突然收起了友好的姿态，来了个180度大转变，站到了抵抗外国侵略的最前沿，不仅一把火烧了十三行，而且还发起了长达二十年的反洋人入城斗争，万众一心，牢不可破，决不让洋人再踏进广州一步。

为什么会出现如此强烈的反差？难道这些反洋人入城的广州人，不是当初在珠江岸边热情招待洋商的广州人了吗？

城还是那座城，人也还是那些人，变了的是洋人，不是广州人。这时的洋人，已非当初坐着哥德堡号来做买卖的茶叶商、瓷器商、丝绸商了，他们带来了鸦片，带来了掠夺和欺凌，带来了战争。这一切侵略恶行，已为天下人所共知，这里亦无须再一一赘述了。因此，不是广州人不想赚钱了，不是他们灵活的生意头脑突然不灵了，也不是他们忽然盲目排外了，而是广州人就是这么"硬颈"（犟），宁愿一拍两散，不做生意了，也不让你奸计得逞。洋人百般无奈，只好纷纷改到上海做生意，上海才有机会取代广州成为中国第一大商埠。

广州人的举止看上去好像很蠢，竟然自砸饭碗，把这么好的贸易基础毁了，把这么大一座金矿拱手让给上海。但是，如果他们为了继续做生意，就忍气吞声让洋人进城，就不叫广州人了。他们守护家园，捍卫民族、国家、文化命脉的决心，就是如此坚强，如此不惜代价。有些当代学者，批评当年广州的反入城斗争是盲目排外。依我所见，绝不是一句"盲目"可以概括得了的。它是当时具体的政治、社会、文化背景和广州人性格碰在一起，所发生的必然反应，不能仅以今天的纯法理观点去评判功过。否则，连废除不平等条约，恐怕也会因缺乏法律依据，而成为"盲目排外"的"证据"了。

今天，广州人既没有、也不会盲目排斥外地人，凡是来创业、打工的，无不欢迎。广州人所痛恨的是那些来打家劫舍、偷讹拐骗、作奸犯科，破坏他们正常生活秩序、破坏他们家园的害群之马。广州治安之坏，往往为人诟病，但有统计数字表明，在广州的犯案的不法分子，八成是外来人员，这是一个无法否认的事实。再好客的人，也不可能要求他欢迎强盗吧？

人们习惯于一说外来人员就是"弱势群体"，但如果没有制度的保护，广州人也强势不到哪去。几年前，有几个广州人敢在火车站流连？那时每当我看见那些被飞车抢夺后，坐在马路边无助痛哭的广州市民时，我就会想：这些就是所谓的"强势群体"了吗？

因此，所谓"排外"问题，根子并不在普罗广州人那儿，而在于制度。一个城市能否让人安居乐业，有没有一个和谐的环境，归根结底是一个制度问题。有了完善的城市管理制度，人们自然可以各安其位，各尽其责，各得其所。与其一味责备广州人排外，不如多想想怎么改善我们的管理制度吧。

广州人为什么不崇洋

我发现一个有趣的现象，广州是全国接触外洋最早、通商时间最长的地方，但广州人所向往的生活方式，却始终是西关老街老巷里简单、朴实的市井生活，十里洋场的奢靡并不曾令他们心动。从沙面在广州人心目中的地位，就可以清楚看出这种特点。

沙面是当年洋人在广州的租界，至今还保存着不少美轮美奂的欧洲风格建筑，但广州人对沙面却完全没有上海人对租界那种迷恋、倾慕之情。当初上海、汉口、天津的租界建起来后，种种建设都比华界先进，商业也比华界繁荣，人们大都喜欢往租界里挤，唯独在广州，是华界比租界繁荣的，沙面冷冷清清，既没有什么大的商业，也没有几间高级的酒楼食肆，到了晚上，华界这边的十三行、长堤、西堤，灯火通明，一片兴旺，反衬出租界里的漆黑衰败。

1930年代有几位旅游者，到广州转了一圈，深有感触地写道："沙面租界里冷落得与华界的弄堂差不多，大的商店找不出，繁华的市场看不到，到夜晚黑丛丛地简直不知道是个什么鬼地方，反观我们这面的华界里，电灯照得如白昼一样的亮，大商店一幢幢地排立着，那气象真能压倒外国人的一切恶气焰。这也可算得广州的一桩怪事情。"

他们感叹："目前香港和澳门都被外人据守着，无异是大门口的监视哨，换别个地方，就不知外人的势力已经有多大，在广州不但外人的势力极微薄，甚且在广东人的坚毅勇为中竟至一筹莫展。无怪外人一说到广东人就头痛，广州人一提到外国人就拍起胸膛说：'怕米耶（什么）？外国人咬我？'"（见杨天石等《西南旅行杂写》）文章写得很生动，广州人的性格与气魄，跃然纸上。

广州人不会因为自己拿刀叉的姿势不对而冒汗，不会因为没有一两件世界名牌时装就不敢见人，也不会因为洋人觉得"龙"凶恶，就想把自己的民族形象改为绵羊。但这并不是说广州人闭关自守，他们比别人更清楚西方文明的先进性，也比别人更乐于向西方学习，当年华界的繁荣，正反映着广州人向西方文明学习的结果。西堤、长堤不少充满欧洲风格的宏伟建筑，都是广东人自己设计的；大商店里也有琳琅满目的"来佬货"。对西方文明，他们更多是取"拿来主义"，而不是顶礼膜拜。

广州人的这种心态，与上海人是完全不同的。上海旧租界到今天仍是小资们趋之若鹜的圣地；那些出生于1980年代的人，仍不断地在想象中重塑着1930年代纸醉金迷的生活。

尽管随着城市的大规模改造，广州老城区日渐消失，广州人传统的生活方式也在被迫改变着，但那种源远流长的文化精神，我相信还会继续传承下去的。

方言才是我们的母语

方言就像一条敏感的神经，有时一碰就会全身抽搐。我们到底该不该保护方言？方言与普通话是什么关系？我们的母语是方言，还是普通话？这些问题，常常让人一触即跳，一跳即吵。

我是力挺普通话的，但也力挺方言。推广普通话是一项国策，作为一个国家，必须要有一种能够通行全国的语言，使不同的方言地区，能够互相沟通。这是毫无疑问的。但并不等于方言可以不要了，方言与普通话，完全可以并存不悖。如今懂几门语言的人多得很，我不明白那些认为保护方言就会阻碍推广普通话的人，为什么觉得掌握两种口语是那么困难的事情。为什么我们的教育，宁愿让孩子们去学别人的母语——英语，而对自己的母语却视如秕糠？

什么是母语？按《现代汉语词典》的解释，一个人最初学会的一种语言，就是母语，当然也包括方言。广州人最初学会的语言是粤语，粤语就是他的母语。方言是宗族血脉传承的一个象征，就像每个人的出生证一样！

有位北方朋友很诚恳地问，我来到广州生活，很想了解广州文化，但我不懂粤语，你们为什么不能讲普通话，让我能够和你们沟通呢？我也很诚恳地建议他，如果你来广州只是旅游，逛街购物，说普通话足矣，广州人一般都能听能说普通话，你不嫌他们发音不太准就行了，但如果你真想在广州生活，深入了解广州文化，那还是学学粤语吧，因为方言承载着每个地方的文化历史，你不懂方言，就不可能体验得到真正原汁原味的地方文化。

早在十三行时代，洋人为了和广东人做生意，就知道要拼命学习粤语，由外国传教士编的《广东土话字汇》，在洋商中大受欢迎；广州人为了和洋人做生意，也努力学习外语，最初他们发明了"广东葡语"，用来和葡萄牙商人打交道；后来又发明了"广东英语"，用来和英国商人打交道。大名鼎鼎的上海"洋泾浜英语"，其实就是广州人发明的。可见广州人很实际，只要对"揾食"（粤语，指谋生——编者注）有帮助，从不排斥母语以外的语言。

广东作为改革开放的先行地，汇聚了天南地北的创业者。普通话在广州的普及率，比之前一百年都要高。根本无须担心广州人会排斥普通话，值得担心的，倒是如果我们把不同的语言对立起来，那么，弱势方言的消亡，也就是早晚的事情了。粤语有这样的危险，那些比粤语更弱的方言，同样有被粤语吃掉的危险。每一种方言，都是人类成长的历史记录，是一座民族文化的宝库。方言的消亡，岂止是一种工具的消亡，还是一种文化的消亡。

广州文化是靠"黐"长大的

许多广州人为了保护自己的母语，都热心为粤语"正本清源"，以确立最正宗的粤语。"昨天"在粤语中究竟是"沉日"还是"琴日"？"你"应该读"尼"还是"理"？"我"应该读"饿"还是"哦"？这一类微小的差异，也往往争得不亦乐乎。

能够正本清源固然是好事，但如果已经约定俗成，难以改变了，亦无须痛心疾首。粤语的"懒音"，也是受其他语言的影响而发生的变化。语言的互相渗透，是不可避免之事。所谓的正宗粤语，不是从天上掉下来的，也是慢慢演变而成的。就算粤语源于当年秦军所说的关中汉语，但关中汉语又源于哪里呢？它就一定正宗了吗？广东方言千变万化，五里异音，十里各调，

本来就是它的特点。

有人问我，岭南文化与西北文化有什么区别？打个简单的比喻，西北文化就像一株小树苗，长成参天大树，是靠自身细胞不断分裂、不断发育壮大起来的；而岭南文化则是滚雪球式的，靠吸收四面八方的东西，愈滚愈大。

沿海文化都有"滚雪球"的特点，上海文化也是融汇各种外来文化而成的，但不同的是，它的"兼容并包"带有鲜明的选择性，它对看得起的东西就兼收并蓄，对看不起的东西就拒之千里。对北方的优越文化，上海是心怀敬畏的；对西方的繁荣发达，也是倾心羡慕的，因此，对这些它会虚怀乐取，但要是对"苏北文化"，它大概就会嗤之以鼻，一句"伊是江北人"，便坚决划清界限了。

广州是不管三七二十一，把一切在"滚动"过程中碰上的东西统统"黐"（粤语，指"粘"——编者注）过来，不管它来自何方，是好是丑，鸿儒硕学也罢，贩夫走卒也罢，秦关汉月也罢，欧风美雨也罢，一律来者不拒，大小通杀，是典型的"波罗鸡——靠黐"（波罗鸡是波罗诞庙会期间制作的工艺鸡，以纸、竹及羽毛等粘贴而成，因而衍生出此歇后语。——编者注）。黐并非坏事，广纳百川，优势杂交，取彼之长，为我所用。黐过来以后，马上与原有的东西发生化学反应，变成了自己的新东西。

所以，对西北文化的发展，我们通常是可以预期的，正如从树苗可以预期它长大以后的形态。但对广州文化则是难以预期的，因为它不断从外面吸收新东西进来。广州文化的这种特性，决定了它永远是动态的、变化着的，充满了新鲜活泼的生命力。

广州肚大能容，广州有容乃大。

2007年

东方天籁在岭南

岭南自古是音乐之乡

两千多年前的南越国，虽然没有留下太多的文献记录，但赵佗治理南越国长达六十多年，开物成务，草创经营，史书上称赞他"居南方长治之，甚有文理"（班固《汉书》）。这种文理，反映在舟车、文字、音律、冕旒、衣食、人伦、政治等等方面，都为岭南文明开创了一片盎然的生机。

广东人有着热爱音乐的传统，远在汉代，就有一位番禺的歌手，在皇宫中为汉惠帝演唱。他的名字叫张买，唱的是"越讴"——用粤语演绎的地方曲谣。他的歌声音韵悠扬，妙不可言。歌中传达民间疾苦，往往暗寓规讽。吕后当政时，封了张买为南宫侯，屈大均称赞他"开吾粤风雅之先"。广东人为了纪念这位歌手，曾在番禺建了一座秉正祠祭祀他（位于今天的广州秉政街），这是广州历史上有文献记载的第一座祠堂。

中国人的祭祀，乃出于一片崇德报功之心，感谢有功德者对于社会文化的施与。人们祭祀一位歌手，是因为相信音乐也可以"正色立朝"。生活无论如何艰苦，人们都能忍受，但不能忍受没有音乐的日子。十番锣鼓、木鱼歌、龙舟歌、南音、潮州音乐、畲歌、秧歌、客家山歌等，从粤东到粤西，从山区到平原，一年四季，弦歌不绝。

以前潮州人在上元节有斗畲歌的风俗。至今潮州人还把你一言我一语的斗嘴，叫作"斗畲歌"。客家山歌就更有名了，高亢嘹亮，节奏自由流畅，唱腔变化万千，仅梅州就有百多种腔调，"山歌紧唱心紧开，井水紧打紧有来，唱到青山团团转，唱到莲花朵朵开"。正如屈大均所说："粤俗好歌，凡有吉庆，必唱歌以为欢乐。"（《广东新语》）

人们常说，柔弱纤细是南方人的特点，这是完全不正确的。这种印象是从南方人的身材得来的，因为与东北大汉相比，广东人体形似乎普遍较瘦小，但他们的性格决不柔弱，恰恰相反，长年与大海相搏、与大山为伴的广东人，性格粗犷、坚毅、豪爽、乐观向上，这从广东音乐中就可以找到证据。

广东人最常用的乐器是什么？既非二胡，也不是古筝、笛子，而是大鼓。"粤之俗，凡遇嘉礼，必用铜鼓以节乐。"（屈大均《广东新语》）作为世界非物质文化遗产项目的粤剧，广府人惯称之为"锣鼓大戏"。雷州半岛有一种民间活动叫"雷州换鼓"，击铜鼓以祭雷神。端午节赛龙舟，咚咚的鼓声更是不能少。震耳欲聋的大鼓，令人血脉偾张。潮州音乐最出名的就是锣鼓。大鼓、斗锣、苏锣、月锣、应锣，加上深波、大钹、唢呐、横笛……演奏的花灯锣鼓、潮州大锣，节奏强烈，高亢奔放。

一些粤乐行家认为，广东方言对广东音乐有着直接的影响。广东方言有九声之多，与只有四声的北方方言相比，语音上更加丰富多变，具有更强的音乐感，这种差异决定了广东音乐与外地民乐的不同，广东音乐在旋律、华彩等方面，音域更为广阔，能够把广东人强壮、硬朗和乐观的性格表现得更为淋漓尽致。

比如《雨打芭蕉》《赛龙夺锦》《步步高》等，都是人们耳熟能详的名曲，轻快如高山流水，热闹如花团锦簇，表达着一种开拓向上的精神特质。

一些原本沉郁悲凉的古调，经粤乐大师们一改编，也变成了明亮欢快的曲子。寡妇倾诉心中哀怨之情的《寡妇诉怨》，被扬琴名师严老烈改编成欢快活泼的《连环扣》；表达宫女悲愁情绪和寂寥清冷意境的《汉宫秋月》，被改编成曲调和谐优美、广阔丰满的《三潭印月》；经何博众整理的

《雨打芭蕉》，运用顿音、加花等技巧，把人们久旱逢雨的欢乐表现得畅快淋漓。

许多富有地方色彩的事物，诸如广东人喝凉茶、穿木屐、睡瓷枕、住骑楼等等，推敲起来，无不与水土有关，音乐亦然。

乐坛的"何氏三杰"

诞生于番禺的粤乐（广东音乐）是流传较广、较受欢迎的音乐种类，它的影响已越过五岭之隔，覆及全国，乃至世界凡有华人的地方。它起源于明代万历年间，成形于清代光绪年间，它孕育、形成、发展的过程，就是一个博采众长的过程。

南宋时，随着朝廷南迁，百戏杂技、梨园歌舞广泛流传于南方。乡人趋之若鹜，据古书记载，当年"逐家聚敛钱物，豢优人作戏，或弄傀儡，筑棚于居民丛萃之地，四通八达之郊，以广会观者；至市廛近地，四门之外，亦争为之"，可见受欢迎的程度。

在漫长的岁月中，由于政治、经济等因素的影响，不少中原人入粤经商或落籍岭南，在他们的带动下，琵琶谱、古琴、筝曲以及诗词、词牌、江南小曲小调等在珠三角地区广泛流行开来。到明清两代，省外戏班纷纷入粤演出，这一时期，南腔北调在南粤大地上高低错落回荡——这些省外音乐文化为粤乐的形成提供了充足的资源。

到19世纪中后期，"私伙局"（即广东音乐民间社）的产生，更是极大地促进了粤乐的发展。"私伙局"最大的特色，就是自娱自乐、生根民间，玩家们不以音乐表演作为盈利的手段，活动均在业余的闲暇时间进行，一般是每周两到三次。

据有关史料记载：三百多年前，番禺著名诗人和琵琶演奏家王隼和妾侍、女儿及女婿曾组成一个一家四口、有弹有唱的典型"家庭私伙局"。已故著名曲艺名家陈卓莹曾说：一大班人拿着私人的乐器到私人住宅演奏或演唱称为"开局"。据悉，清代一些富有大户人家，常邀请一些民间艺人到府内厅堂唱曲，好客的主人在门口挂一灯笼，表示欢迎邻里和乡亲前来听曲。若取下灯笼则表示已满座或唱局已完，这种唱局称为"灯笼局"。若一伙人自娱自乐"开局"，不欢迎外人听赏的，为区别于"灯笼局"就称为"私伙局"。

起初，"私伙局"只是在某些场合吹奏粤剧的一种曲目"牌子"以衬托气氛，作为粤剧的"过场音乐""过墙谱"或"小曲"存在。1860到1890年间，出现了一大批广东音乐名家，他们创作了大量作品，为广东音乐的发展、成熟和传播作出了不可磨灭的贡献。

说起这批广东音乐的名家，就不得不提番禺沙湾。沙湾古镇始建于南宋，因地处古海湾半月形的沙滩之畔，故名"沙湾"。当时的广东音乐名曲，不少是出自沙湾何氏族人之手。

"沙湾何，有仔唔忧无老婆。"这是沙湾本地的一句谚语，反映的是当地的大宗族何氏族产多，生活富足。据何氏族谱记载，其始迁祖何人鉴于南宋绍定六年从广州迁居沙湾，何人鉴育有四子，其中长子何起龙是宋淳祐庚戌进士，从此奠定了何氏沙湾望族的基础。在元末明初，何氏第五代族人何子海先是中举，随后在明洪武年间登进士，令何氏一族显赫一方。至民国时期，何氏所有的沙田已达600顷，是珠三角地区拥有祖产最多的大宗族之一。

何氏家族经济基础雄厚，其子弟不用劳动亦能过宽裕的生活。族内的长辈只希望子弟们博取功名学位，何氏子弟不少人在取得功名后，一不去做官，二不去管理田务，更不用参加劳动，只过着悠闲的生活，很多人便培养起品茗弄弦的雅兴。年深日久，相互影响，爱好者越来越多，当中不少人后来成了名伶和音乐名家。

何博众是沙湾何氏二十二世孙，他的"十指琵琶"技法在乐坛如雷贯耳，曾有一位号称"江西琵琶王"的人，不远千里，前来与何博众切磋。琵琶王最拿手的是《封相头》，何博众从来未弹奏过这首曲，一曲奏毕，听得如痴如醉，请琵琶王再弹一次。听了两回，乐谱、指法都已烂熟于胸，到他上场，弹、挑、轮、扫，第一次弹奏此曲，便演绎得淋漓尽致，琵琶王自知望尘莫及，甘拜下风。

何博众的孙子何柳堂是个武秀才，熟娴弓马，自幼受祖父的熏陶和教育，完美地继承了"十指琵琶"演奏技法和祖传的音乐创作技巧。他苦心孤诣地将何博众的《群舟攘渡》进行修改，后与何与年、何少霞、陈鉴等反复研究，四易其稿，令音乐的感染力更为强烈，最终成稿，《赛龙夺锦》成为了广东音乐人开始以个人创作为主的成功范例，在广东音乐发展史上有承上启下的作用。《赛龙夺锦》的引子部分先由唢呐演奏出雄赳赳的旋律，有如将军出场，主体部分则以弹拨及拉弦跳动的音调，配合铿锵的锣鼓节奏，展现一幅龙舟健儿全力以赴夺标的场面。它以现实主义的手法实现了艺术上的突破，把中国传统乐曲所要表现的意象性发挥得淋漓尽致。

何与年也是何博众的孙子，从小耳濡目染，接受音乐训练，他不仅善于琵琶、三弦、二胡、扬琴等乐器演奏，并受西方音乐的影响，是"何氏三杰"中最高产的作曲家，有作品《晚霞织锦》《垂杨三复》《午夜遥闻铁马声》《团结》等。

何少霞从小受远房叔父何柳堂、何与年的影响，得名师传授，擅弹二弦，尤其精通"十指琵琶"，而南胡的演奏造诣，几乎无人可及。更难能可贵的是，何少霞幼承庭训，熟读唐诗宋词，把古典文学融入到音乐创作之中，他的作品《陌头柳色》《白头吟》《夜深沉》等，都可以令人感受到淳厚的古风习习而来。

何少霞收藏的广东音乐工尺谱手稿极有价值，堪称广东音乐史上绝无仅有的资料。所谓"工尺谱"，是民间传统音乐记谱法之一，用合、士、乙、上、尺、工、反、六、五等字样作为音高符号，相当于sol、la、si、do、re、mi、fa、sol、la。在广东音乐和粤剧里，工尺谱字音实为粤语：何、士、意、省、车、工、返、了、乌。

何柳堂、何与年、何少霞合称乐坛的"何氏三杰"，他们以精湛的演奏艺术将广东音乐推向辉煌。

1920年代，无声电影兴起，常用广东音乐在现场伴奏，因此影响甚巨，被称为"国乐"。唱片进入中国后，成为传播广东音乐最有力的媒介。大中华留声机器公司1924年录制了第一张广东音乐唱片《到春雷》，在市场引起轰动，其他唱片公司纷纷效法，争录广东音乐，而何柳堂等名师，更是成为各个唱片公司争夺的对象。

1926年，粤乐名宿、有"大喉领袖"之称的钱广仁，应大中华留声机器公司之邀，从香港到了上海。"粤剧伶王"薛觉先劝他：与其加入大中华留声机器公司，不如自立门户，闯一片自己的天下。钱广仁接受了薛觉先的建议，独资创办新月唱片公司，以"倡国货，兴粤曲"为宗旨，在他的号召下，何柳堂、何与年、何少霞及各地名师吕文成、尹自重、黎宝铭、陈绍等，都云集到新月唱片公司旗下，一时人才济济，星光熠熠。

据不完全统计，20世纪二三十年代，各唱片公司出品的78转粗纹粤乐唱片，就收录了526首、903首次的广东音乐乐曲；有49个团体240次参与了录制；而参与演奏的乐手有186人。其中何与年录制了121张，何柳堂录制了69张，均位列前十名之内。

广东音乐人的不断创新

"文化艺术是人性精神的外化"，岭南音乐源源不绝的生命力，与广东人"敢为天下先"之秉性和广东历代音乐人的不断创新是一脉相承的。

在广东音乐、粤剧中常用的高胡，就是广东音乐人自创的乐器。

被尊为"一代粤乐宗师"的吕文成是广东中山人，幼年随父亲到上海谋生，在银匠店当过童工，到10岁才有机会入读免费的广肇义学。吕文成从小就爱唱粤曲，在粤乐队做杂工期间，经常借机听乐社的老艺人演奏音乐，不到20岁，粤乐功底已相当了得。值得一提的是，吕文成还曾向留美返沪的小提琴演奏家和制作家司徒梦岩学习了小提琴和西洋乐理。

1930年代，作为演奏家的吕文成大胆改革，考虑到二胡音域太窄从而限制了乐曲的表现力，受到小提琴音域宽广的启发，他将小提琴移把奏高音的技巧移到二胡上，让二胡的音域迅速拓宽。

这次创新大大增强了他的自信心，随后他又继续研究，发现二胡筒放在大腿根部演奏时换把不太方便，于是，他试着采用两腿夹琴筒的演奏方法，使得琴音音质变得既高亢又柔和。他又大胆地把二胡的定弦提高四度，这一改动大大丰富了二胡的表现力。怀着兴奋的心情，吕文成带着他的"高音二胡"参加"五架头"乐队，试奏了一曲易剑泉的《鸟投林》，在高把位处模仿鸟叫，栩栩如生，妙不可言。大获成功后，听众把他称为"二胡博士""二胡王"。1949年前后，吕文成创造的"高音二胡"被正式定名为"高胡"。

改革后的高胡增强了民乐的表现力。由吕文成等三人演奏的《雨打芭蕉》，乐谱最早载于20世纪初丘鹤俦所编《弦歌必读》，后由潘永璋整理，曲子惟妙惟肖地模拟出初夏时节雨打芭蕉淅沥之声，气氛热烈欢快，极富南国情趣。

此外，广东音乐不但积极地向其他兄弟乐种学习，更把目光投向西方文明，不断地吸收它们的精华，来铸造自己不同于其他乐种的现代品格。

粤剧是广东最大的剧种，不仅受到昆、戈、汉、徽、秦、湘等剧种的唱腔影响，南音、粤讴、木鱼、龙舟、板眼等广东民间说唱元素，都在粤剧里留下了一点痕迹。粤剧的伴奏，向以二弦、竹提琴、高胡、椰胡、大笛、文锣等为主。但在1930年代，粤乐大师马师曾和薛觉先以"第一个吃螃蟹"的勇气，突破陈规，大量引入外来乐器以及各地民族音乐、各类歌曲和西洋音乐的旋律，带给观众无尽的听觉惊喜。马师曾首设西乐部，引入大提琴、色士风、小提琴等西洋乐器；薛觉先演出《白金龙》时，采用电吉他伴奏。在借鉴本地民间说唱和各种小曲的同时，还利用广东音乐填词演唱，使粤剧的

曲调大为丰富。

尹自重，原籍广东东莞，年少时期投身于小提琴家李嘉士顿门下，专攻小提琴，是继司徒梦岩之后将小提琴引入广东音乐演奏的粤乐名家。他创造性地把粤乐弓弦乐器传统的"加花""滑音"规律及指法、弓弦、揉弦等演奏技巧与小提琴演奏技巧结合起来，并改变小提琴的定弦使其民族化、融入民族乐器群中演奏。

司徒梦岩是广东开平人，曾到美国留学，拜奥地利小提琴家尤根·格鲁恩贝格为师，学习小提琴演奏；又拜鼎鼎有名的美籍波兰小提琴制造家戈斯为师，学习制造小提琴。司徒梦岩亲手造出了第一把出自中国人之手的小提琴。他曾尝试用小提琴演奏广东音乐，直接用西洋乐器表现南国风光，效果极佳；又把粤曲《燕子楼》、京剧《天女散花》、器乐曲《汉宫秋月》《旱天雷》等，由工尺谱翻记成五线谱；把舒曼的《梦幻曲》、黑人民歌《老黑奴》、爱尔兰民歌《夏日最后的玫瑰》从五线谱翻记为工尺谱。经他对译的曲谱多达千余首，音乐在他的琴弦之下，已无国界之分。

1962年，广州的小提琴兼高胡演奏家骆津，在首届羊城音乐花会上，用小提琴演绎《凯旋》。他那细针密缕似的弓法指法，行云流水般的滑音垫音，变幻无穷的色彩加花，加之最后一段碎弓颤弓，宛如天籁，被听众叹为一绝。音乐界人士评论他："把粤剧、粤曲、粤乐之神韵及旋法驾轻就熟地、生动地展现在小提琴演奏技艺上，洋为中用，民族化到了'出神入化'的境地。"

用音乐再塑丰碑

在1980年代，不时听到有人宣称，传统的广东音乐必将走向式微。由于市场被流行音乐占去半壁河山，广东音乐的专业乐团演出机会愈来愈少，大部分因无法自给自足，被迫转行的转行，下马的下马。究其原因，其时社会处于急剧的转型当中，充满乡社味的传统戏曲、音乐，是从农业社会这个母体中生长起来的，当农业社会开始向工业社会转型时，它们怎么可能独善其身呢？工业化意味着城市化的大规模崛起，而流行音乐则是城市文化的重要元素之一，因此传统的广东音乐必将被现代流行音乐所取代。

广东原有一个民间音乐团，是地方音乐的中坚力量，后来因改制被撤销；"文革"前夕，一批著名艺人积极筹备恢复广东民间音乐团，可惜风暴一来，顿时化作泡影。直到1982年，艺人们才有机会重新拿起他们的"五架头"，在羊城音乐花会上，一展风采。1987年的第四届羊城音乐花会，还举办了全国广东音乐演奏邀请赛。

1989年，广州举办"第一届民间曲艺私伙局交流大赛"，报名参加初赛的民间乐社就有80多个，遍布广州八区四县。1994年，广州再举办"羊城国际广东音乐节暨国际广东音乐研讨会"，海内外民间乐社纷纷登台献艺。

2014年，广东音乐馆在沙湾落成——那里不仅有着众多与音乐相关的历史遗迹，而且这些音乐仍是鲜活的，仍生动地流传在人们的生活之中。今天，光是在番禺区曲艺家协会注册的私伙局就达89个，私伙局包罗万象，表演锣鼓、粤剧、粤曲样样拿手，而且是"全面开花"——不管是老人、青年还是小孩，都参与其中，成为广东音乐爱好者的展示平台和外地游客了解广东音乐的重要窗口。同时，沙湾镇被评为"中国民间文化艺术之乡""广东省民间文化艺术之乡"。

丝竹声声，乐韵绕梁，白云将红尘并落。

文化在于交流。无交流即无文化。多元文化对广东人的性格，起着深刻的改造作用。一方面是历朝历代南下的北方文化，对岭南文化起着深耕易耨的作用，不断注入新鲜血液和精神养分；另一方面因对外通商和华侨的出洋，近代西方文化对广东亦尝有"西潮东卷"的全方位冲击，也刺激着本土艺术的不断推陈出新。这是岭南文化的一个特点，对外来文化、异质文化恒抱开放包容心态，但同时又严守传统精神，务求二者涵摄贯通。

在内外文化双重的作用下，广东人的性格也随着时代的变迁，发生着持续不断的嬗变，在不同的时代，不同的历史条件下，也会有不同的表现，有时这方面的特征表现得强烈一些，有时那方面的特征表现得强烈一些。因此，在音乐的世界里，既诞生过像冼星海创作的《战歌》《救国军歌》《牺盟大合唱》《在太行山上》等一系列狂飙烈火般的抗日歌曲，以及荡气回肠的英雄篇章——《黄河大合唱》；也诞生过像马思聪创作的《思乡曲》《宋词七首》《山林之歌》《西藏音诗》《阿美组曲》一类千回百转的优美乐章。

　　江山不老，粤乐常春。

2018年

让音乐响起来

    1980年代愈来愈近，大门已缓缓开启，许多人朝它奔跑，争先恐后，朝同一方向狂奔，有人张开双臂，有人高声叫喊，就像在赶一趟即将出站的火车，生怕一旦错过，就永远上不了车一样。这趟火车叫作"改革开放号列车"，车轮已在缓缓转动。

    按照传统习惯，列车出站时，总要有音乐伴随。1978年1月29日，广州市文艺创作室举办一场音乐作品讲座、欣赏会，播放《世世代代铭记毛主席的恩情》《华主席给了我青春的歌喉》《铁蹄下的歌女》《保卫黄河》《春江花月夜》《双声恨》和《匈牙利狂想曲第二号》《宝贝》等中外音乐。有人惊疑不已，"文革"中被扫除的"封资修"音乐，为何重现乐坛？是不是搞复辟？音乐家协会广东分会、广州音乐专科学校、广播电台音乐组、市文艺创作室的音乐工作者们，几乎倾巢而出，开办讲座，讲解音乐作品的"思想性与艺术性"，帮助听众建立起"对传统曲目正确地批判继承的分析态度"。

    但一般人听完讲座，对什么是"思想性与艺术性"还是不甚了了，对如何"正确地批判继承"也兴致缺缺。音乐好听就多听几遍，不好听就不听，搞那么复杂干吗？当卡式录音机、录音带进入家庭后，音乐的翻录，变得非常简单，连小学生也能做到，彻底打破了唱片的局限，从此音乐的传播形式，发生了颠覆性改变，普通人用低廉的价钱，就可以获得音乐的自主选择权，并且无限传播。这是电台时代、唱片时代，乃至以往任何时代都没有过的，为流行音乐的传播，提供了无限广阔的天地。六二三路开了一家百花磁带厂服务部，做起翻录卡带的生意，主要是歌曲、语言、粤曲之类，每盒收费0.6元至1元；如果顾客自备母带，每盒可少收0.2元。每天来翻录磁带的人踏破门槛，生意好得让人害怕。

广东是港台流行音乐的登陆点，那一年，凤飞飞的《月朦胧鸟朦胧》、罗文的《小李飞刀》、邓丽君的《小城故事》、刘文正的《兰花草》，还有德德玛的《美丽的草原我的家》、于淑珍的《我们的生活充满阳光》、李兆芳的《沂蒙山小调》等歌曲，都很流行。虽然风格和立意都大相径庭，但你有你唱，我有我唱。晚上，在大学校园的草坪、树荫里，在宿舍的天台上，七七、七八级的同学围坐成一圈一圈，吹着口琴，拉着小提琴，朗诵自己写的诗，轻声吟唱："我来唱一首歌，古老的那首歌，我轻轻地唱，你慢慢地和……"这两届大学生有个特点，就是带点文学青年气息，哪怕是学理工科的。他们喜欢唱歌和写诗，枕头下压着抄录歌词的笔记本，记下了邓丽君、罗大佑、许冠杰、徐小凤的名字。

流行音乐带着光，带着风，还带着一丝海水的咸味，悄悄进来了。当墙外的光没照进来时，大家都在酣睡，光照进来了，大脑听觉皮层被激活了，就再也不能入眠了。1970年代末成长起来的广东音乐人，几乎异口同声说，他们起步时，是受港台流行音乐影响，受海外音乐影响。但当时只能叫"通俗音乐"和"通俗歌曲"，连"流行"二字都不敢提。

出生于粤剧家庭、任职于广东民间曲艺团的吴国材，从1972年就开始听港台歌曲，他把传统广东音乐与港台流行音乐结合起来，谱写了一首优美的《星湖荡舟》乐曲，由粤剧编剧蔡衍棻填词，陈浩光、王莉演唱："水似万尺锦缎接远天，岩如七星飞降落山前……"广东第一首本土粤语流行歌曲，就在1978年诞生了。但吴国材说，这不是流行歌曲，不是港台歌曲风格，不是传统广东音乐，是两种基因结合的产物。

　　人们在追述广东流行音乐史时，往往会提到1978年10月1日中山纪念堂一场国庆演出。那天的演出没有什么特别，都是一些普通节目，但中间穿插了广东省歌舞剧院一支十人小乐队的表演，演奏了两首轻音乐，一首是《蓝色的爱情》，另一首是《送你一枝玫瑰花》，竟在四千七百多名观众中，掀起一场风暴，人们的反应近乎疯狂，掌声如雷，经久不息。这十个年轻人激动万分，甚至有点不知所措，他们只准备了两首乐曲，多一首也没有，只好重复演奏一遍《送你一枝玫瑰花》。掌声，掌声，还是掌声。整场演出，毫无疑问，是属于这十个年轻人的，是属于轻音乐的。

　　毕晓世是小乐队的领头人，也是这两首轻音乐的编曲者，出身于军人家庭，因为不愿上山下乡，又受一些小伙伴影响，14岁开始学小提琴，高中毕业后，考入了省歌舞剧院。当时占据艺术舞台半边天的，是那几个样板戏，"吃大锅饭"的歌舞剧院，既无市场压力，也不需艺术创新，只要老老实实演好几个规定节目就行了。对血气方刚的年轻人来说，这种生活闷死人，他们从为数不多的进口电影，像《金姬和银姬的命运》《卖花姑娘》《瓦尔特保卫萨拉热窝》里，贪婪地吸收音乐养分，幻想有一天自己也创作出优美的音乐。

　　这时，墙壁忽然开了一扇窗，1977年，省歌舞剧院前往香港演出交流，带回了一张开盘带，法国保罗·莫里哀乐队的音乐飘进来了，香港太阳神乐队的音乐飘进来了，尤其是嗓音甜美得"不可思议"的邓丽君的歌声也飘进来了，袅袅不绝，荡气回肠，对年轻人的吸引力，如同魔法一般，"豁然地打开了另外一个世界"。毕晓世在回忆往事时说："刚开始就是业余时间的爱好，一切都是听了境外的东西才有想法，广州这个南风窗也是因地理位置所决定的，靠近港台，改革开放的前沿。"

　　有一次，他路过西关一幢古老大屋，无意间看到几个印尼华侨青年在偷偷弹吉他夹BAND，弹奏的都是手抄本的流行音乐。轻快活泼的乐曲，从他们指尖流淌而出，天地间处处洋溢着生活气息，恰似血液在血管里畅快奔流。毕晓世再也抑制不住内心激情，回到歌舞剧院后，一口气翻写创作了《蓝色的爱情》和《送你一枝玫瑰花》两首乐曲。

有了乐谱，还要有人演奏。毕晓世约了几个志同道合的伙伴，组建一支小乐队。然而，没有电声乐器、爵士鼓，就称不上流行乐队，他们从军乐团的旧仓库里，翻出"文革"前的爵士鼓，重新封鼓皮；把小麦克风绑在木吉他上，拉线给音响师；电贝斯用倍大提琴加上磁铁缠绕漆包线做拾音器，拉线到音响；还有钢片琴加小打击乐、小提琴、长笛、黑管，这支无名小乐队就成立了，成员有小提琴毕晓世、韩乘光、吴志，爵士鼓汪革菲，电贝斯刘志，吉他梁文宇，钢片琴小打击乐余其铿，黑管林源，长笛卢一鸣，钢琴麦美声。

夹BAND玩玩是一回事，公开演出又是另一回事，当小乐队向团里申请上台表演时，人们都很吃惊，爵士鼓、吉他一类乐器，"文革"时被视为"四旧"产物，早就被扫出了舞台，怎么能死灰复燃？这是一堵墙，警告人们不可逾越。但墙不可能永存，有人砌墙，就有人拆墙。现在，拆墙的人出现了。经过努力争取，小乐队最终获准登台演出，而且一登就登上中山纪念堂的舞台，一演就演了个满堂红。几十年后，回忆起那次首演，毕晓世仍激动不已，"观众反应的激烈程度毕生难忘"，他说。毕晓世给这支小乐队取名"紫罗兰轻音乐队"。这是中国第一支电子轻音乐队，毕晓世称之为"一个划时代的产物"。静场终结，音乐响起，新时代要登场了。

如果说，伤痕文学是对昨日的鞭挞，那么流行音乐兴起，就是对明天的憧憬。要抚平伤口，走出阴影，需要有优美的韵律相伴。天时地利，千年机遇，为吴国材、陈浩光、毕晓世、韩乘光们，撑开了一片不夜天。

在宽松的氛围之下，全国第一个以演唱流行歌曲为主的音乐茶座，在广州东方宾馆开门迎客了。领军人物是吴国材，他在创作了第一首粤语流行歌《星湖荡舟》后，就像有一颗种子在心里发了芽，再也不愿意回到从前。他组建了一支轻音乐队，在东方宾馆的花园餐厅演出。媒体说这是一个"划时代的事件"。1970年代末，划时代的事件，不是一件两件，而是纷至沓来，划出了无数个时代，让人应接不暇。

当时，东方宾馆音乐茶座其实已存在一年了，最初只在两届交易会期间开，每次一个月，听众都是外国人，凭护照购票，每张票售7元外汇券，连港澳台胞也不得其门而入。每晚9点，餐厅内便响起《苏珊娜》《哎呀妈妈》《洪湖水浪打浪》《珊瑚颂》的歌声。人不了场的人，只能在远处竖起耳朵，听着隐隐约约的歌声与乐声在夜空飘荡。1979年，音乐茶座改为全年开放，港澳台胞可以入场，港台流行歌曲也可以唱了，什么"广州徐小凤""广州刘文正""广州罗文"，纷纷应运而生，登台演出。客人们尖叫，吹口哨，使劲敲碗碟，甚至有人站到桌子上。这种狂放的表现，让习惯于内地演出波澜不惊的音乐人大感意外，也深受感染，这才叫音乐，这才是对音乐应有的反应。

广州东方宾馆音乐茶座，成了满城争说的话题，各地的大小宾馆、酒店，甚至公园争相效仿，1979年4月荔湾湖公园也开办了室内音乐茶座，装上高传真立体声音响设备，每天晚上"为人口稠密的荔湾区群众，提供了一个欣赏音乐的好场所"。

一群音乐家应音乐家协会广东分会邀请，在广州举办了一次"音乐理论问题座谈会"。大家都说，1949年以后广东有过两次音乐的黄金时期，第一次是1956年以"第一届全国音乐周"为标志，广东省由合唱队、广东音乐队、潮州音乐队和民歌手组成了赴京演出团，候选节目在春节会演的基础上选拔，省文化局派工作组到惠阳、汕头、粤中、湛江各专区选拔民歌手，在广州举行民歌手选拔会演。第二次是1962年以"羊城音乐花会"为标志，举办盛大的音乐会，从有几千年历史的传统古琴乐曲到新作品的试奏，从巴赫、门德尔松、海顿的管弦乐作品、比才的歌剧《卡门》选曲等著名外国音乐作品，到本地的《向秀丽交响诗》《珠江大合唱》等，各种歌曲合唱、独唱、重唱、表演唱、小组唱，乐器合奏、重奏、独奏，应有尽有。一共演了51场，观众达到14万人次。广州真成了一座"笙箫吹断水云间，重按霓裳歌遍彻"的城市。参加座谈会的音乐家一致呼吁：要为"羊城音乐花会"恢复名誉，今后继续举办。

1979年1月3日，太平洋影音公司在广州成立，5月发行朱逢博的《蔷薇处处开》，这是中华人民共和国发行的第一盒立体声卡带。又一个"划时代"事件，宣告国产"卡带时代"到来，从此广九直通车不再是流行音乐磁带的唯一来源了。在《北京晚报》举办于1980年9月23日的"新星音乐会"上，"歌星"成了一个词儿，中国流行音乐风生水起。

改革开放以后，广东成为港台流行音乐的登陆点，在封闭几十年的内地，刮起一股旋风。粤港两地同声同气，香港音乐在广东流行是情理中事，但1980年代初，无论是白山黑水，还是河西走廊，无论是皇城根儿，还是十里洋场，大街小巷都在传唱着粤语流行歌曲，则是百年不遇的奇观了。《万水千山总是情》的旋律家喻户晓，《上海滩》主题曲"浪奔浪流，万里滔滔江水永不休"一响起，马路上便行人寥落，电视机前便人头攒动。流行音乐这个在今天已成为巨大产业的第一桶金，就这样被广东人掘走了。

那时，广东是中国流行音乐的圣地，不仅涌现了大批出色的词曲作家，而且培养出来的优秀歌手，占据了全国流行歌坛的半壁江山。随着解承强、张全复、毕晓世、陈小奇、李海鹰、陈洁明这些音乐人的出现，原创歌曲风生水起，翻唱歌逐渐被取代。中国内地第一个流行音乐的原创组合——新空气乐队，在广州诞生。1985年，广州举办"红棉杯"羊城新歌新风新人大奖赛，评选出"羊城十大新歌"和"羊城十大歌手"。这是中国内地第一个本土原创歌曲的大奖赛，也是第一次为流行歌曲举办大赛，把本地歌坛向前大大地推进了一步。

广东人的脑子转数比别人快，长袖善舞，很快就掌握了市场操作的窍门。在内地，广东率先用"电台打榜"形式推介新歌，也是最早对歌手进行"包装"，以造"星"来造市场。从开先河的"健牌"歌曲大奖赛，到后来的广东新歌榜、岭南新歌榜，再到音乐十大金曲榜、广东广播新歌榜，再到音乐先锋榜，一个接一个的歌榜，耕云播雨，点石成金，把音乐市场搅得热火朝天。诸如《请到天涯海角来》《涛声依旧》《敦煌梦》《你在他乡还好吗》《信天游》《山沟沟》《爱情鸟》《晚秋》《一个真实的故事》，这些红得连哑巴也在唱的歌曲，都是从广东开始唱响天南地北的。

广东被公认为是"中国流行音乐的黄埔军校"。这个殊荣广东受之无愧。虽然1995年以后，广东流行歌坛逐渐沉寂下来，但那些优美的旋律，却依然在人们心中久久回荡。只要广东人的精神不灭，音乐的精神就不会熄灭。世间万物并育并行，无论当下流行的音乐形式是什么，总有一些精神价值是代代相传的。

2024年

宝盒丹霞

—— 记广东省博物馆

去过不少的博物馆，广东省博物馆是少数能让我感觉震撼的博物馆之一。很早就听说广州人把这幢建筑称为"月光宝盒"了，其实它最初的名称是"珍宝容器"。这两个名称都不能让人产生直观的联想，于是有人说它像一个充满岭南民俗意蕴的镂空漆盒，也有人说它像一只巧夺天工的广州象牙球。

而我第一眼看见它时，脑海里闪出的第一个意象却是——丹霞山。

那天，一路上大雨倾盆，但到达博物馆时，竟然雨歇虹消，残雷渐远，雨水在地上汇成纵横的小溪，沿着博物馆前的缓坡，喧哗奔流；四处视野开阔，电视塔与猎德大桥，从烟雨云雾中渐渐清晰显现。而我站在"广东省博物馆"几个大字下面，仰望着灰红相间的外墙，整座建筑像一座巍然耸立的山峰，拔地而起，直插云霄，阳光穿过云隙，从建筑物背后散射出道道光芒；天与楼之间，阴阳明暗的分割，格外强烈，令我蓦然有一种"山从人面起"的晕眩之感。

南方生热，热生火，所以岭南五行属火，这座博物馆也是属火的。从外面看，体量巨大，尺度恢宏，四面灰色的墙壁，宛如刀削乳酪一样，每个切面都极细腻致密，平整如镜，但在错落有序的沟壑间，却泄露出深藏的渥丹。俨然是把丹霞山的赤壁红崖，移到了繁华的都市之中。

步入博物馆内，沿步梯缓缓登上二楼，方才明白古诗所云"大壑随阶转，群山入户登"的意境。四壁和走廊地面皆以赭赤为主调，总建筑面积达6万多平方米，有如一片红色的砂砾岩。光线从38米高的中庭直泻下来，势如悬瀑，美若白虹，而大堂则如一泓碧水，在水光天影之间，一件件从"南澳I号"出水的青花古瓷，摆放在大堂地面的玻璃格中，从高处望下去，仿佛躺在千年水底，依然是未经开发的宝藏，泛着神秘之光。参观者甚至可以脚踏玻璃，体验一下在珍贵的古董上凌波微步的感觉。

以这种形式展示藏品，在别的博物馆我倒未见过。其他藏品，不必逐一罗列，亦可知其价值连城。岭南历史文化源远流长，博物馆就像一扇进入宝山的大门，仅站在门槛边上，已觉得霞光缭绕、琳琅满目了。

古人说，宝玉玙璠，难得而易毁，故箧椟以养其全。而博物馆就是珍藏这宝玉玙璠的箧椟。我不由得想起那个"买椟还珠"的故事，楚人卖珠子时，用木兰之盒盛珠，熏以桂椒，缀以珠玉，饰以玫瑰，辑以羽翠，结果别人买了他的盒子，退还珠子。在这个故事里，那个楚人是真正值得敬佩的。没有他那种对珠宝的珍惜与呵护之情，怎配做珠宝的主人？

在广东省博物馆里，每一件历史珍宝，都是有生命与灵魂的实在，它们比我们任何一个参观者经历得都要多，见识都要广，值得我们建一座像丹霞山那样宏伟、结实、壮观的房子去收藏与展示它们。

2010年

莲花山纪事

南岭山脉蔓延数千里，山随水行，水随山转，山环水抱，蜿蜒开合，织出一片锦绣文章。广东沃土，气候温暖潮湿，春夏的东南季风带来充沛的雨量，这里是全国最多雨的地区之一。有句俗谚："夏季东风恶过鬼，一斗东风三斗水"，形容珠江三角洲夏季台风多、雨水多的特点，雨水为一千多条大小河流，注入充沛的水量。西江出肇庆羚羊峡，北江出清远飞来峡，东江出博罗田螺峡，汇成浩浩珠江，最后通过虎门、蕉门、洪奇沥（门）、横门、磨刀门、鸡啼门、虎跳门、崖门八大口门，汇入南海，构成"三江来水，八门出海"的天然形胜。

八大口门东端的第一口门——虎门，位于东莞沙角与番禺南沙之间，是东江的全部径流和北江支流、沙湾水道、市桥水道、沥滘水道的共同出口，滔滔江水，由此门汇入伶仃洋，潮汐吞吐量居八大口门之首。伶仃洋外，便是一片沧波远天、鱼龙悲吟的茫茫怒海，古时有"涨海""沸海"之称。每年当东南季风吹来时，它最先感受到季节的变化；每天当太阳升起时，它是珠江口第一个迎接阳光的地方。远望沧溟，风起水涌，一泊沙来一泊去，一重浪灭一重生。

莲花山位于狮子洋西岸，扼虎门咽喉，是广州门户重镇，历来有"金锁铜关"之誉。当我们站在莲花山上，极目远眺，只见长林古木，郁郁葱葱；

远处斧砍刀削的赤壁断崖，色如渥丹，灿若明霞；近处花开鸟啼，草长莺飞。大自然的极致之美，令人陶醉。在山崎川流之间，云烟弥沦，晦明变幻无穷。

莲花山古称"石砺山"，从西汉时代开始，这里就是一个采石场。在渔港基地至飞鹰崖（以前叫麻鹰岩）之间的石壁上，至今仍可见纤痕累累，桩孔星布。据中国科学院广州地质新技术研究所（已合并入中国科学院广州地球化学研究所——编者注）鉴定，在广州象岗山发现的南越王墓砖，主要就是来自番禺莲花山一带。今天在金鱼池的石壁上，还有"塘口土地"四个刻凿大字，清晰可见，据考证是古代石工留下的。在莲花山东侧，有一条100米长、60厘米宽、几厘米深的坑槽，从山上直通山下，是古代的石工利用坡面斜度运送石料的渠道。

两千多年前的古人，以当时的工具、技术与运输条件，能够把如此体量巨大、数量庞大的石材，从莲花山上开采下来，运到山下，再运到30公里以外的南越国王城，没有一点灵心巧思，还真是难以完成。

曾有风水家云："吾粤列郡，以会城（广州）为冠冕。会郡壮，则全粤并壮，理势固然。"按照风水家的说法，"风水之法，得水为上"。但省城广州的地形，"东水空虚，灵气不属"，需要人工补救。因此，明代万历年间，广州人按照风水学上"华表捍门居水口"的原则，修建了赤岗、琶洲和莲花三塔，以壮"捍门砂"的形势，弥补广州风水的不足。莲花塔耸立在莲花山主峰之巅，高九层，内十一层。中国古塔的层数，多为单数，按民间习俗，单数代表男神，双数代表女神。所以南沙的天后宫南岭塔无论是阶梯、瓦楞还是对联的单联（上联或下联）字数，均为双数。莲花塔在鸦片战争及抗日战争中，屡受炮火摧残，颓败不堪，1981年由番禺籍澳门商人何添、何贤捐资重修，始得焕然一新。

莲花山是省城广州的"捍门砂"，莲花塔有"省会华表"之称。但历年不断在莲花山采石，引起了人们的忧虑，担心会破坏省城的地脉风水，明万历七年（1579）官府下令禁止在莲花山采石，但亦不断有人私行开凿，在其后的一百八十多年间，"旋禁旋开""旋开旋禁"的较量，反反复复，直到清乾隆二十九年（1764），官府在莲花山城和省城的番禺学宫，分别立碑，严令永远封禁，毋许采凿。

明崇祯十七年，即清顺治元年（1644），明亡清兴，天下易姓换代。清康熙年间，实行迁海政策，迫令沿海人民内迁，在沿海地区制造"无人区"。康熙初年，别说出洋往来，通商互市，哪怕驾条小舢板出海捕鱼，也是死罪。当时"划界"非常严厉，时人记述："定界之后，五里一墩，十里一台，开界沟，别内外。又起民伕一二百人，将界外民屋垣墙夷为平地……虽深山高远之人，亦无计得避征徭，此亘古未有之事，挞民作台苦况，可媲美长城矣。"

清康熙三年（1664），官府逼令菱塘、沙湾等近海的居民，统统迁走，空其地为界外。在莲花山上筑莲花城，又垒起墩台营房，监视民众不得逾界。敢越界咫尺者，即捕即杀。老百姓叫天不应，叫地不灵。

由于界外无人居住，渐成野兽出没横行之地，不少人偷偷越界捕鱼，结果不是被官兵杀死，就是成了虎狼的晚餐。即使有人侥幸捕了几篓鱼虾，活着回来，也不敢公开出售，只能藏在腰间，偷偷入屋卖给熟客。人人生活在恐惧之中。

禁海与迁界，对沿海地区来说，不啻一场世纪浩劫。广东巡抚王来任向朝廷抱怨："粤负山面海，疆土原不甚广，今概于滨海之地，一迁再迁，流离数十万之民，每年抛弃地丁钱粮三十余万两。地迁矣，又在在设重兵以守其界内，立界之所筑墩台、树桩栅，每年每月又用人工土木修整，动用之资不赀。"每年的维护费高达250万两，羊毛出在羊身上，唯有加重广东民间负担。王来任巡抚奏言，迁界与禁海，原是为了防范海盗，但据他在广东两年的观察，并无什么海盗，有海盗也是因迁界逃入海中为盗的"迁民"。防海盗之举，恰恰是制造海盗的温床。

直到清康熙二十三年（1684），朝廷才宣布复界和开海贸易。山上的烽火台和20个炮位，在风雨岁月的消磨中，今天已荡然无存，仅留墩台和营房、马厩，1983年进行了修复。回望历史，令人无限感慨。当西方国家迅猛扩张时，中国却在节节退守，闭关锁国，双方恰成此消彼长之势。而当康熙解除海禁时，千年海上丝路，在通往西方的航线上，中国船只却已难觅踪影，几乎全被西方船只垄断了。

以前莲花岩人迹稀少，岩中有一个盆地，被九个岩洞所围绕，形似九瓣莲花，所以叫莲花岩。在附近刻有"福被所至"四个大字，字体龙飞凤舞，一笔连书，一般人都认不出写的是什么，后来还是书法家秦咢生辨认出是"福被所至"。相传是古代某个和尚刻下的。莲花山曾经是佛教名山，观音岩（也称"狮子岩"）原来就有一座尼姑庵，供奉观音菩萨，1930年代，有个叫斋姑攀的老尼在岩内修道，在石壁上刻了一副对联："紫竹林中观自在，白莲台上现如来"。以前在石楼八景中，有"莲岩忏佛"一景，便是反映了昔日莲花山上佛事之盛。

莲花岩内，本来还有一个硕大的"佛"字摩崖。不过，1980年代，这个"佛"字被人们磨平，不复存在了。据乡中耆老所说，抗日战争前夕，在市桥一带出现了不少外来的僧人，他们有的手捧木鱼，有的身背佛像，盘腿坐在地上，合十一拜，口诵经文，然后用手撑地，向前挪行一步，再合十一拜，再撑地挪前一步，就这样一步步慢慢挪行。这些和尚都是目不斜视，也不开口化缘，也不与任何人交谈。他们来到莲花岩下，设坛诵经，还有一些道人也在这里搭棚打醮。

由于莲花山出现了这批怪和尚，乡间哄传有活佛降临，可以替人消灾解难，驱邪治病，甚至盲人亦可复明，吸引了大批善男信女，从四面八方赶来，山下每天人山人海，往来者络绎不绝，焚香礼拜，吃斋念佛。莲花岩的"佛"字，就是这些和尚所凿刻的。

然而，没过多久，乡间又有传闻，说这些和尚、道士、师姑、巫婆，都是汉奸特务假扮的，目的是为日军入侵广东，侦察地形，绘画地图。据说有人在和尚身上搜出地图，上面详细地标明了珠江口和番禺各村的地理位置。愤怒的乡民把这些和尚、道士抓了起来，押送到新造，交县政府法办。

如今在莲花塔下，佛教香火依然鼎盛。1990年代，由时任澳门特别行政区基本法咨询委员会副主任委员的番禺籍乡亲何厚铧自倡，何贤社会福利基金会和各方人士襄助，辟建了一个观音广场，竖立了一座高40.88米，用120吨青铜铸成的望海观音像，宝相慈祥，金光耀目。每年6月至8月间，人们都会在观音圣境内举办盛大的莲花节。

莲花开不败，莲花山长绿。这里，就是番禺莲花山，珠江海门上的瑰丽翡翠。

2017年

广州：老字号的消失

常听人说，一家老字号消失了，一代人的集体记忆消失了。其实，消失往往是记忆的开始。记忆，就是对消失事物的追念。我从小就知道"食在广州"这句话，也知道惠如楼、成珠茶楼、大三元、菜根香、西园酒家这些耳熟能详的名字，尽管因家境之故，小时候没去过这些著名茶楼、酒楼吃饭，对于它们的记忆，更多只是从门前经过，张望到里面人头攒动的场景，闻到空气里的那一缕缕飘香。

但尽管没去吃过饭，依然清晰地记得它们的名字，可见它们在广州人中，有着多么牢不可破的口碑。老辈广州人都听说过茶楼业"九鱼齐出"的神话，其实数起来不止九条"鱼"，有中山路的惠如楼、珠玑路的多如楼、三角市的东如楼、海珠路的三如楼、惠福路的南如楼、卖麻街的福如楼、长堤的瑞如楼、河南的天如楼、一德路的宝如楼、同兴街的九如楼等等。竟然做一家，旺一家，凡沾上"如"字的，财来自有方，挡都挡不住。

老广州人饮茶有"脚头瘾"，每家茶楼都有自己的忠实拥趸，一说起当年惠如楼的脯鱼干蒸烧卖、笋尖鲜虾饺、榄仁萨骑马，说起玉醪春的上汤炒饭、半瓯茶室的蟹黄灌汤包、糯米鸡，无不眉飞色舞，如数家珍。我甚至怀疑，它们是不是真的那么美味，因为记忆往往是靠不住的。它们消失了，也许倒是一件好事，至少留下了完美无瑕、高不可攀的集体记忆，如果它们还在，但出品却让人失望的话，那才是真正的悲剧。

对老字号的消失，人们往往归咎于铺面租金太高、经营太保守、竞争太激烈、人们口味变化太快等等。这些固然都是原因，但我认为至少还有一个原因，那就是当年老字号之所以成功，是因为它们的经营真的很用心，其一丝不苟的程度，到了今人罕有达到的高度。

就拿广州著名的陶陶居来说，那时它的用水，讲究得让人惊叹不已，让人不得不写个"服"字。听老一辈说，他们每天上白云山汲取九龙泉水，那时的山路崎岖难行，他们全凭人力，从山上把水挑到三元里，再用大板车拉到市区，然后再雇几十人以红色扁担挑着大红木桶，桶上漆着"陶陶居""九龙泉水"字样，列队招摇过市，成为他们的招牌广告。不仅用水讲究，茶具也非常讲究，以宜兴茶煲、潮州炭炉做烹茶工具，自夸"陶陶烹茶，瓦鼎陶炉，文火红炭，别饶风味"。

我虽然没有见过陶陶居上山挑水的队伍，却不止一次听过这故事，这就是口碑。我想，如果现在陶陶居还这么挑水，还是用瓦鼎陶炉、文火红炭煮水的话，我也一定会去帮衬，就算不会品味，至少也要凑个热闹，开开眼界。

现在的经营者，还能做到这么细心吗？如果你的酒楼和所有酒楼一样，用的都是同一样的茶具、同一样的茶叶、同一样的自来水，你凭什么要顾客特别留恋你而不去别家呢？难道贪你和别人一样吗？

我现在常听人告诫，上酒楼吃饭，千万别饮它提供的普洱茶，说那些茶叶邋遢得骇人；又说某样菜若没做好，千万别让酒楼换菜，厨师会往你的菜里吐口水；又教你在活鱼、活蟹身上如何做记号，以防酒楼给你看的是活鱼、活蟹，到厨房后却换成死鱼、死蟹。这也是另一种"口碑"。经营者扪着良心自问，有没有犯过类似的"天条"。若没有，那你是值得尊敬的，哪怕你因租金高而倒闭了，人们依然会怀念你，并且在记忆中，把你的菜看美味度成倍提高。

广州有一家顺记冰室。以前普通人家还没有冰箱的时候，它除了雪糕出名外，雪藏西瓜、冰镇汽水也甚受欢迎。大热天时，吹着电风扇，听着白驹荣、罗慕兰的《高君保私探营房》，吃着顺记首创的木瓜盅，倒也是人生一大快事。这种场景，在我小时候依然可见。当然，我所见到的，不一定是顺记，在广州街头巷尾，很多小冰室也能见到。

不过，顺记之所以比别人有名，比别人长命，它的出品用心，是很重要的一个原因。做什么生意都要用心去做，这是成功的不二法门。有人说，不就是做雪糕吗？你把雪糕做得会开花，也就是雪糕而已。然而，会开花的雪糕和不会开花的雪糕，在顾客看来，就是不一样。那时做雪糕，用心之细、用情之深，从这个细节可以略窥一斑：他们做的苏打雪糕，要求送到顾客面前时，还能听到"沙沙"作响，并有气泡溅起，顾客低头吃时，气泡要轻轻溅到脸上，使人有销魂感觉。唯有这样才算达到标准，绝不能有半点马虎。

难怪在我小时候，广州人是很淡定的，深信广州美食的江湖地位，可以维持到地球毁灭的那一天，也不会遇到挑战。但近二十年，随着一家家老字号的消失，广州人似乎愈来愈焦虑了，他们开始担心了，担心某些熟悉的店家关门了，担心他们换了老板、换了厨师，做出来的东西变样了、走味了，担心自己再也吃不到以前的好味道了，于是听见哪家食店开了十几年、几十年，就会十分感动，甚至感恩，哪怕自己从来没帮衬过这家食店。

到最后，"集体记忆"这个本来很温馨的词，也变成了消失的代名词，变成了名副其实的"集体记忆墓志铭"。

2013年

小楼昨夜又东风

——东山别墅群遐瞻

清代中期，当西关已被形容为"肉林酒海，无寒暑亦无昼夜"的财货繁荣之地时，东山还是一片丘陵起伏、田连阡陌的郊野。东山究竟是何时开发，又是如何成为官宦人家的后花园呢？

当我们漫步于寺贝通津、烟墩路、培正路、恤孤院路、新河浦、保安街、农林上路、梅花村，在树影婆娑、花影暗香之间，一座座小洋楼，错落掩映，或红砖绿瓦，或拱券花窗，或龛式山花，或罗马圆柱，既散发着浓浓的中国传统气氛，也有大量新古典主义的元素，两者和谐交融。每一座都是那么古朴，那么沉着，就好像一群遗世独立的老人，在历尽风雨雪霜之后，生命已步入从容安详的阶段，对岁月不再介怀。但后人仍不免要问：这些美丽的建筑是何人所建，建于何时？

东山的开发，在近代史上，分为两波。第一波是鸦片战争以后，至第一次世界大战期间；第二波是1930年代。

上篇：华侨的花园

直到鸦片战争时，东山是十分原始的乡村，人们种田捕鱼，牧牛养猪，周围几乎没有什么现代生活设施，没有电，没有自来水，没有马路，没有一所像样的医院。自鸦片战争后，中国门户大开，《南京条约》规定广州为通商五口岸之一，其后的《望厦条约》《黄埔条约》和《天津条约》，允许外国传教士在通商口岸租买田地，建造教堂、医院、学校、坟地，允许华人信教。1844年美国基督教浸信会开始到广州传教，创办各种教堂、学校、医院和安老院、孤儿院等宗教、教育、医疗和慈善机构。1885年浸信会教派成立跨省的"两广浸信联会"，会址设在东山。

1906年广九铁路动工兴建，1911年正式通车，铁路从东山经过，现代工业文明第一次惊醒了这片沉睡的土地。广九铁路的兴筑，成为广州东部开发之造端，美南差会（美国浸信会国外传道部）大量购买土地，兴建教堂和学校。其他教会也纷纷跟进，1910年美国安息日会在猫儿岗附近宣讲福音。广九铁路（今中山一路）以南是浸信会的地盘，铁路以北是安息日会的地盘，逐渐拓展至现在农林下路、三育路、福今路一带。

1889年浸信会在东山创办培正书院（今广州东山培正小学）；原设在五仙门的浸信会男女义塾和福音堂，都搬到了东山庙前街，1914年转到寺贝通津；1908年原设在东石角教堂的培正学校，也迁到了东山，并在寺贝通津兴建一座可容纳过千人的大礼拜堂，是浸信会在两广地区最大的教堂。第二年，浸信会在东山创办了慕先学校和培道学校（今广州市第七中学）。1911年在培正小学旁边创办恤孤院，在寺贝通津创办安老院。今寺贝通津1号大院，就是原来的神学院，还保留着一幢教学楼和一幢宿舍楼。1960年代，该教学楼曾是共青团广东省委员会的办公楼。

法国天主教安老会是一个天主教的女修会，亦译作"贫穷姑娘会""安贫小姊妹会"。这个教会在梅花村办了个安老院，院址就是今天的省委机关幼儿园。园里还保存着一幢三层高的欧式建筑，砖、混凝土结构，为原安老院的礼堂和宿舍。礼堂局部为两层红砖建筑，中部是礼堂的大空间，前设门廊，建筑显得平缓舒展。宿舍为拱廊式三层红砖建筑，规模颇为宏大。

经过浸信会、安息日会的早期开发，大量田地被用于非农业用途，大量非农业人口迁入，教堂、学校、医院、安老院、孤儿院等机构相继出现，相应地，商业、服务业也慢慢兴起，标志着东山开始进入城市化进程。

1909年，美国华侨、侨眷钟树荣、郭乃伦、包华、黄启有、何茂均等人合资组成的"郭群益堂"，向寺右乡农民购买大片荒地，分为六块出售，侨眷钟树荣在今烟墩新街入口西侧兴建房屋。他的侄子钟玉波从美国回国，在东侧地段建筑洋房两座。檀香山华侨江茂德、江顺德兄弟，在今烟墩新街及靠近寺贝通津南侧，分别建两座洋房。这是东山小洋楼的滥觞之作。

第一次世界大战爆发后，欧洲战火连天，不少华侨返国避乱。当时，老城区与西关地区已是人烟凑集，很难觅得立足之地，而东山仍属郊野，未开发的土地很多，而且华侨在国外多半已信教，东山的基督教气氛浓郁，有不少教会学校、医院。华侨回国后，为了方便子女到教会办的学校就读，方便做礼拜，很自然就会选择这些充满西方文化和宗教色彩的地方。而且因为外国人多，治安也比较好，于是纷纷独资或集资购地兴建住宅，或自住或出售。新一轮的开发热潮，从房地产开始，带动各行各业的兴起，乡村的景色，渐行渐远。

1915年，美国归侨黄夔石组织"大业堂"，购得龟岗荒地18亩，挖掘平整，开辟了龟岗一、二、三、四马路，分段出售。开平华侨黄宝善堂、黄三多堂、黄维善堂、黄协秀堂等，争相在这里买地建房。许多华侨得到启发，纷纷加入炒地皮行列。

杨远荣、杨廷蔼掘平龟岗附近江岭那个小丘修筑了江岭东西街；钟树荣等开辟广成路一带，并先后建筑房子；梅彩逎在烟墩路兴建彩园为住宅；浸信会牧师张立才、曾维新、杨海峰等，虽非华侨，但接受华侨委托，代其经营地皮买卖；嘉南堂以低价购得拆城的砖头，用于建筑龟岗五马路的房屋。

这股华侨投资热潮，持续了十年之久。1916年开辟了署前路；1918年开辟了启明大马路、一马路至四马路，合群一、二、三马路，恤孤院路和新河浦路；1920年开辟了美华路。以政府主导的修筑马路工程，实行公开招投标，由工务局制订招标工程章程，发出开投布告，有意投标的承建商报呈承筑章程，中标承建商与政府签订合约，施工期间由工务局派员监理，竣工时负责验收。

由华侨投资兴建的住宅区，遍布保安街、烟墩路、新河浦、达道路、合群路、恤孤院路、启明路、均益路、庙前街、共和路、竹丝岗、农林路、百子路等地。华侨房子从早期的框架结构洋楼，发展到后来的花园别墅，都带有浓浓的欧美风格。他们按照自己在西方生活的习惯，把在西方见惯的建筑形式照搬到东山。有些人自己从国外把建筑图纸带回来，有些人甚至连家具、洁具也从国外搬回来。

美国华侨马灼文在恤孤院路上建造了一座三层洋楼，庭院里种满了蒲葵树，停僮葱翠，名为"葵园"（亦称"逵园"）。主楼坐北朝南，楼高三层，红砖墙面，白色廊柱，赭色门窗，暗示着那些逝去的流金年华。离它不远处，是潺潺而过的新河浦，昔日鱼鸟相戏，小舟欸乃，古榕杂树，盘郁其间。

新河浦边排列着一排洋楼别墅，大名鼎鼎的春园就在此间。春园由三栋楼并排构成，铁枝露台、罗马圆柱，极具欧洲风味，而大门的门柱上，却蹲着两只石狮，东方神韵俱足，为这座老建筑增添了几许古朴、灵动的中式美感。1923年这里曾经是中共中央机关的办公地。中共三大召开期间，共产国际代表马林和出席会议的陈独秀、李大钊、毛泽东、瞿秋白、张太雷等就住在春园24号二楼，并在客厅讨论修改中国共产党党纲、党章，起草大会的宣言和各项决议草案。

南洋兄弟烟草公司的简琴石，在恤孤院路建了堂皇的别墅，名"简园"，他不是华侨，但用的是华侨资本。在简园庭院中，有一个中式攒尖顶绿色琉璃瓦六角亭，曾经被改成平顶，顶部加了一块混凝土板，如今已经复原了。室内的木地板、壁炉、立柱、线脚都是原物，花阶砖地面也基本完好。院里两棵芒果树和一棵人参果树，拔地而起，浓荫匝地，长得比简园主楼还高。简园曾经是德国领事馆所在地，又是国民政府主席谭延闿的公馆。

1917年东山区公所的成立，标志着东山即将告别乡村，归入城市管理。其时，当人们站在寺贝通津神道学校的最高点，纵目远眺，东山尽收眼底。

在霞光映照之下，一条条新马路向前伸展，交织成网；一幢幢异国风情的洋楼，连并而起；火车拖着长长黑烟，嘶吼着向东奔驰；路基旁是成片的黄皮、龙眼、乌榄树；街道上人来人往，都是步向各个学校的男女青年。人们发觉：东山已在悄然改观。华侨在东山建房的过程，其实就是一部乡村城市化历史的微缩版。

据不完全统计，自19世纪中叶以降，华侨在东山建起了884座风格各异的小洋楼，其中享誉内外的四大名园：春园（新河浦）、隅园（寺贝通津）、简园（恤孤院路）、明园（恤孤院路），后来又加上逵园，号称五大侨园。虽经百年岁月磨洗，那些红砖清水的墙面、华丽的山花顶、典雅的罗马柱廊、精致的铁铸窗花、绿树成荫的庭园，无论豪华繁复，抑或朴素淡雅，都还是那么令人心动。

下篇：权力的后院

建设模范住宅区的设想，可以追溯到1898年，英国建筑学家霍华德（E. Howard）的"花园城市"（或称"田园城市"）理论，他曾出版了《明天的花园城市》专著，主张城市建设要科学规划，突出园林绿化。这个理论风靡世界。20世纪初，继美国华盛顿城市规划及城市美化运动之后，"花园城市"概念也在中国大行其道。

孙中山在《建国方略》一书中，提出把广州建成"花园城市"的设想，他说："广州附近景物，特为美丽动人，若以建一花园都市，加以悦目之林圃，真可谓理想之位置也。"此为在广州市开辟模范住宅区设想之发轫。

1921年广州市市政厅成立，孙科担任广州市第一任市长，把欧美近代城市规划中的"田园城市"理论引入广州，提出限期把东山一带的丛墓迁走，在松岗、竹丝岗、马棚岗一带建筑新式住宅区，期将孙中山的"新市街"设想付诸实现。

当初华侨建房带有比较大的随意性，看中哪块地方，向当地村民买下来，就可以兴建房屋。一幢房子建起了，便吸引很多人过来扎堆，自然形成聚落。但到1930年代，广州已经开始制订比较完整、长远的城市规划了，梅花村、农林上路一带的别墅群，是城市规划的产物。

1928年，广州市政府组织筹备委员会，公布《修正筹建广州市模范住宅区章程》，开始进行规划、设计和建筑工作。根据规划，整个模范住宅区的总面积为40.8万平方米，其中住宅用地占总用地57%，公共建筑用地占4%，道路用地占39%。全区规划新辟、扩宽道路11条，总长约6080米，按其宽度划分为5个级别，大道为30~40米，干道为25~30米，一等街为20~25米，二等街为15~20米，三等街为10~15米，并确定各级道路的横断面。工程分6期进行，区内设置公共建筑的项目有：小学、幼儿园、礼堂及图书馆、儿童游乐场、网球场、公园、公共厕所、公共电话所、消防分所、派出所、水塔及水机房、市场、电灯等13项。全区住宅用地划分为5个地段，规划兴建住宅514幢，层数不超过3层，按其面积大小分为四等，其中甲等63幢，乙等262幢，丙等130幢，丁等59幢。

广州市工务局局长程天固主持第一期的松岗模范区建设工程。模范区的大部分用地原属寺右村，北至东山安老院（今省委幼儿园），南至广九铁路（今中山一路南侧），东至自来水塔（今水均大街南段），西至仲恺公园（今署前路）。

模范区的建设，如火如荼开展起来。拓宽旧马路，开辟新马路，通电、通水、通车、通电话，敷设地下排水管道，清除各马路和街道的阻碍物和污秽物，清洁环境，改善观瞻，兴建新式住宅。各项工程，都在密锣紧鼓次第兴办之中。

1929年，广州市市长林云陔在大水牛岗侧购寺右村土地一幅，兴建邸宅，成为第一位入住模范村的"村民"。他的公馆在今梅花村中部位置，与后来兴建的市公用事业委员会常委陆匡文公馆、市土地局局长陆幼刚公馆、国民党元老古应芬公馆相邻。工务局的建筑师们，分别设计十几种洋楼式样，供人参考。1930年2月23日，公布了三幢楼房的建筑图则，一幢为美国式的，一幢为德国式的，一幢为法国式的，作为模范村新式建筑的样式，吸引市民兴趣。1930年，国民革命军第八集团军总指挥陈济棠在村里兴建公馆，从而确立了梅花村在松岗模范区中的核心地位。

陈济棠公馆是一座园林式的别墅建筑。院内建有攒尖顶六角亭，绿琉璃瓦，八窗玲珑；主体四周种满郁郁葱葱的龙眼树、鸡蛋花树和凤凰树，鱼池、假山衬托着清水红砖，雄伟圆柱、高大窗口，既精致又雄拔。

陈济棠落户模范村后，广东几乎所有高官显宦都争相在村里盖房子。到1930年秋天，模范村已初具规模，包括福今路以西大片地区，三育路以南，农林上路以东一带，都属于模范村范围。马路铺上了沥青，排水大渠亦已筑成。在别墅群之间，有一个美丽的花园，各种花卉，红红绿绿，在阳光下蓬勃生长；篮球场传来年轻人打球时的叫喊声，不时与广九铁路的火车轰鸣相呼应，冲破黄昏的静谧；球场东南方还有一个大操场，再往东是市立第八十八小学，紧挨着中山公路（今中山一路）。模范村西南角（今育才中学）是广九铁路的苗场。西北角（今广东省气象局）有一所临时疗病院。西、北、东边还保留着不少菜地，有些高官雇用寺右村的村民，为他们种菜。警察局在村内设有派出所，派驻20名警察，加上各高官显宦都配有警卫人员，因此治安良好。

陈济棠成了模范村的"村长"，在这里会见官员，处理公务，发号施令。广东、广州的许多重要建设规划，都在模范村商议、决定，这里俨然成了权力的中心。1932年5月19日，在第七次市政会议上，新上任的广州市市长刘纪文提议，把模范村改名为"梅花村"，获得会议通过。自此有梅花村之名。

如今梅花村里的别墅群，已所剩无几。只有陆幼刚公馆、萧佛成公馆、张勇斌公馆等几幢。萧佛成是暹罗华侨领袖，担任过国民党中央监察委员。其公馆是砖、木、混凝土混合框架结构的两层楼房，坐南朝北，大门前是一个花园，建有两个风雨亭和一个喷水池。现花园和水池已填平，辟为广场，供居民休憩之用，广场东侧风雨亭尚存一座。1983年，著名作家欧阳山入住萧佛成公馆，在此度过了16年时光，完成了长篇小说《一代风流》的创作。他非常喜欢这所房子，日常活动大部分都在花园里进行：读报、晒太阳、浇花种草，接待客人。

农林上路保存的老建筑比较多。民国名流宋子文故居，就在农林上路。这幢小楼后来还有两位名人住过，就是叶剑英和古大存。叶剑英是中华人民共和国第一任广州市市长，到广州后就住在宋子文的旧居中。后来古大存从东北到了广州，担任省政府副主席，因为其家属较多，叶剑英就把自己住的这幢房子让给了他。

在一条条幽静的街道上，一幢幢红砖房子，屏藏于高高围墙与树木繁荫之后。透过扶疏的枝叶，可以看到这些建筑的外立面，有些饰以繁复而具动感的浮雕，有卷草瓜果图案，也有抽象几何图案。有些浮雕已斑驳脱落，模糊不清，或经近年翻修，失去古旧韵味，但昔日豪华精美的影子，仍依稀可辨，让人凝眸屏息，足不能移。楼身的外墙装饰，亦各有千秋，或做成中国传统牌坊形状的，或挑出拱形雨篷，或飘出一个小阳台。偶见青翠欲滴的植物，透过铸铁雕花栏杆或宝瓶栏杆，向外舒展着嫩绿的枝叶，整座楼房顿时显得生机无限。

这些老建筑，就像一页一页的故纸，写满了故事，等着人们去读，但又有谁读得懂呢？行色匆匆的路人，是无从知道窗子后面发生过的故事的，走过了一幢楼房，前面还有一幢，一幢又一幢，都有自己的故事，你读得了多少？

对于历史，中国人有自己独特的感受，比方说"古今多少事，尽付笑谈中"，就是我们对历史常发出的感叹。西方人游览文化遗址，似乎很少有"独怆然而涕下"的悲凉感受，而我们从几座颓塌的老房子、几处被人遗忘的荒台旧苑，便会油然生出"出门咫尺榕荫地，便有盛衰几世情"的感触。

经过百年淬砺，还能有多少老建筑能够幸存？又有多少能列入保护名录？也许，相对于它们曾经拥有的数量而言，今天仅存的硕果已不会太多。但从意义上说，无论保护的规模有多大，都是值得称颂的。虽然大家都明白，这种砖木结构的老房子，难抵时间侵蚀，再怎么保护，也终有完全消失的一天。我们所能做的，只是尽可能地把历史的记忆延长一点，再延长一点。

2023年

绽
放
年
代

送别1970年代

时间是一条绵绵不绝的河流，每滴水都不知道，下一秒钟，自己会与哪滴水遇上，或者有哪滴水，是自己永远不会遇上的。在我视野之外，一些与我命运紧密相关的事情，正在发生着，有如万千激流，从四面八方疾速而来，日益迫近。

1977年底全国恢复了"文革"中停止的高等院校招生，这是具有历史意义的事件，被看不到前途的年轻人形容为"梦想突然被点亮"。全国有570万考生（大多是25岁以下的未婚青年，1966、1967年的高中毕业生年龄放宽到30岁）在12月参加了高考。很多超龄的、甚至已成家立室、有儿有女的人，也去赶考。

许多在"文革"中被批判、禁演的电影，像《战上海》《刘三姐》《野火春风斗古城》《霓虹灯下的哨兵》《景颇姑娘》《祝福》等，都重新上映；新电影也在加紧拍摄，1977年推出了《渔岛怒潮》《战地黄花》等，1978年又推出了《熊迹》《青春》，虽然还是一股"文革"腔、舞台腔，但有总比没有强，早就看厌了"八个样板戏"的人们，兴奋地涌向新华、新星、解放、中华等大小电影院，以至一票难求。

报纸公布购票规则，元旦期间的电影预售票，一半在售票处公开发售，每人限购5张；其余在工厂密集地区设立临时售票点发售，或委托工矿企业代售，另有少量当天票，专供港澳同胞、华侨和荣誉军人，在特定窗口发售。市民排起长长人龙，和买鱼、买猪肉的队伍一样长。所有机关单位、工矿企业的礼堂、球场，凡是能放电影、演戏的，统统利用起来。看电影就像一日三餐，不可或缺，有人一天看三四场电影，甚至连《打铜锣·补锅》这样的戏曲片，也场场满座。

当我们告别1970年代的时候，中国究竟发生了什么？这需要好好回忆一下。我依稀记得那一年，广州全市所有新华书店都是人潮涌动，北京路新华书店门口，每天开门前就排起长长的人龙，有路人好奇地打听："今天有什么新书啊？"一个正在排队的人回答："听说是《山乡风云录》和《第二次握手》。"另一个人说："好像是《香飘四季》吧？"还有一个人说："我想买《悲惨世界》和《安娜·卡列尼娜》。"

报纸刊登了广东人民出版社的广告，欧阳山的《前途似锦》、吴有恒的《北山记》、萧殷的《习艺录》、何芷的《小山鹰》、范若丁的《并未逝去的岁月》等，即将与读者见面，大家跑去书店碰碰运气。还有人想买《毛主席、周总理和朱委员长在一起》的大幅照片和陈衍宁的《永远高举和捍卫毛主席的伟大旗帜》油画，以便在春节期间装饰家里的厅房。

"文革"中被批判和封禁的中外图书，大量重印，每天在新华书店的架子上，都有新书出现，诸如《三家巷》《苦斗》《红旗谱》《苦菜花》《牛虻》《莫泊桑中短篇小说选集》《钢铁是怎样炼成的》之类，其实都不是新书，现在又换上崭新的封面，重新露脸，让人有失而复得的喜悦。

邻近书店的邮局报刊门市部，也同样水泄不通，《人民文学》《解放军文艺》《作品》《广州文艺》《十月》《学术研究》《广东青年》等杂志，成了抢购的对象。这个场景就像开仓赈济饥民，大家蜂拥而上，抓到什么都往嘴里塞，"文化饥民"也在疯抢一切装订成册的东西，从小说到诗歌，从散文到评论，从历史演义到电影剧本，从地理考古到天文气象，从《麻疹与水痘的防治》到《发酵饲料基础知识》，不管写什么，不管写得好不好、有没有用，买了再说。这种对书籍的渴求，堪称千年难遇的风景。

　　那时文坛有一个词叫"伤痕文学"，主要是指那些反思"文革"的批判性作品。它起于1977年第11期的《人民文学》发表了北京作家刘心武写的短篇小说《班主任》。《班主任》以一个团支书和一个小流氓为典型，剖视了"文革"后一代青少年愚昧、僵化的精神状态，表明中国需要一场新的启蒙运动。作者再次喊出鲁迅六十年前喊过的"救救孩子"，但加了个定语，变成"救救被'四人帮'坑害的孩子"，据说是应编辑要求加的。虽然该小说获得了1978年全国优秀短篇小说奖，但几十年后回头看，作者以一群学生朗读苏联小说作为新启蒙的象征，其实已隐寓了某种命定的悲剧性。

　　另一篇掀起舆论风暴的小说，是1978年卢新华发表在《文汇报》的小说《伤痕》，通过一个"革命女儿"和"修正主义母亲"的关系，铺述了一段因政治愚昧而造成的人伦悲剧。这个闸口一开，大量带有人道主义与批判色彩的作品，呈井喷之状出现，张洁的《爱，是不能忘记的》、从维熙的《大墙下的红玉兰》、茹志鹃的《剪辑错了的故事》等，发表一篇，轰动一篇，南北呼应，蜂舞并起。广东也不甘后人，《作品》杂志发表了氮肥厂工人陈国凯的小说《我应该怎么办》、锁厂工人孔捷生的小说《在小河那边》，标志着南方异军突起，号称以"更猛锐的反叛姿态"，加入到被称为"伤痕文学"的大潮中。

　　好评如期而至。《我应该怎么办》获1979年全国优秀短篇小说奖；孔捷生的《在小河那边》也差点获奖，据说"因为反响强烈"不能入围，换成《因为有了她》后，也获了奖。作者不无遗憾地称，获奖的是"一篇非伤痕类作品"。在这批新锐作家心目中，文学已被划分为"伤痕"与"非伤痕"两大类。

　　"伤痕文学"一词最初是带贬义的，认为这类作品专写黑暗面、专揭伤口痂皮，不是什么好东西。不料大家却乐于接受这个概念，因为伤痕的确存在。要治愈历史的伤口，首先要敢于直面伤口。伤痕文学受到热烈欢迎，贬义词也变成了褒义词。许多工矿、机关、学校阅览室订阅的杂志，只要有这类作品，都会被人翻烂，甚至偷偷撕去，据为己有。七七级、七八级的大学生，很多都是读着《伤痕》《醒来吧，弟弟！》《一封终于发出的信》这些文学作品，走进校园的。这种文学盛况，十年前是不可想象的；十年后也是不可想象的。

一位伤痕文学作者自豪地形容：伤痕文学拱开了油漆剥落的朱门，令人快意地听到铜锁连同兽环断裂落地的声音。这样的描述，过于乐观和轻率了。最初的反思，大都是自我设限、欲言又止的。潮水涨到朱门前的石阶，便出现后继乏力的窘态，铜锁与兽环依然威严。不少伤痕文学作者，在获得盛誉后，俨然新科状元，被各种报纸、杂志、出版社、官方会议奉为上宾，簪花披红，春风得意地进入了体制，或去参加中国文学艺术工作者代表大会，或被送到中国作家协会文学讲习所（鲁迅文学院前身）进修。这批耀眼的新锐作家崛起，代表着一套新的话语系统正在形成。

伤痕文学确实唤起了人们对未来的热切期待，世界每天在变，新鲜事层出不穷。"文革"中被砸烂招牌的作家协会、文学艺术界联合会，统统恢复活动了；曾被打倒的作家们，纷纷亮相，又开始写作了。广东省作家协会举办省文学创作座谈会，欧阳山、秦牧、陈残云、杜埃、萧殷、韦丘、黄秋耘、岑桑、杨家文、关振东、华嘉、杨奎章这些"文革"前已耳熟能详的名字，再度出现在与会者名单中。文学、出版、新闻、教育各界名流，群贤毕集，谈笑风生，极一时之盛。

这是巨变的前夜。

1978年秋天，一场超强台风掠过中国南海，为广州带来连场暴雨。好像地壳深处有什么东西睡醒了；大雨如同一幅不透明的白色布帘从天而降，被风吹得上下翻滚；迅猛有力的雨点，射向珠江水面，射向大街小巷，射向楼房的阳台与瓦面，射向撑伞奔走的行人，也射向小叶榕、红花紫荆、木棉树摇摆的枝叶，激起万千水花，每朵水花都像玻璃一样炸得粉碎，被风收走。

这场暴雨，似乎要把大地郁积了十几年的闷气、怒气、怨气、烦气、病气，全部痛快地倾吐出来，荡涤净尽。

在经历了漫长的高强度政治运动之后，整个社会万马齐暗、死气沉沉，民间疲惫不堪，蕴蓄着强烈的改变冲动，但究竟要怎么改，怎么变，要变成什么样子，却没有人能够预测。

但每个人都感觉到，舞台已经搭起，鼓点愈敲愈急，灯光由暗转明，帷幕一点点拉开，一出气势磅礴的历史大戏，即将开演。"实践是检验真理唯一标准"的大讨论，是序曲的奏响。过去与未来，都将在这场暴雨中飞扬、起舞、喷发、沸腾。中国人的面前，再次呈现出无限的可能性。多少人在风雨中等待，倾听雷声，期待明天会虹销雨霁，阳光灿烂。

所有人都在等着明天，男人、女人、老人、年轻人都在等着。

这一年，是我在广州汽车制造厂满师的年份。1974年我从广州市28中学毕业后，到从化民乐茶场务农，1976年回到广州，由街道分配到广州汽车制造厂，在底盘车间当车工学徒。这时，春天的骚动，已在我的周围蔓延开了。

年轻人放工后聚在一起，狂热地阅读各种书籍，激烈地讨论时局，指点江山，哪本杂志发表了什么新小说，哪个作家写了什么新作，他们一清二楚，脸上带着激愤、夸张的表情，在工厂的饭堂、宿舍朗诵诗句："冬天的废墟，缅怀着逝去的光芒。你靠着残存的阶梯，在生锈的栏杆上，敲出一个个单调的声响。"读到兴奋处，手舞足蹈，拍桌拍凳。10月1日，我领到了一本套着红色塑料封皮的"设备操作证"，由厂长签发。我满师了，可以操作C3163、C630、C618、C620车床了，每月工资是39元。工友们向我道贺，我却觉得它很烫手，像一份恐怖的判决书，想把我牢牢钉死在车床前。

1978年是一个消息满天飞的年份，奇迹一个接一个，纷至沓来，让人相信后面还会有更大的奇迹。农村开始改革了，紫金县悄悄实行分田包产到户，这股风刮到了阳山县、海康县和海南岛各县；清远县洲心公社恢复了联产责任制；从化县凤院大队不声不响地推行家庭联产承包责任制。顺德大进制衣厂、东莞太平手袋厂、南海大沥塑料厂成了第一代"三来一补"企业，预示工业化浪潮势如海上涛头一线来。

当《人民日报》用两个版的篇幅，发表徐迟的报告文学《哥德巴赫猜想》，讲述年轻的数学家陈景润的故事时，社会沸腾了，多数人对文中引用的公式、定理，都是云里雾里，作者本人大概也不懂，但因为以科学家为主角，足以造成巨大轰动：时代要变了！科学重回舞台中心了！作家们也万分惊喜：原来不是非要写工农兵不可了！

美国电视连续剧《大西洋底来的人》出现在电视屏幕上，日本电影《追捕》《望乡》也上映了，国际名牌皮尔·卡丹到了北京，可口可乐重返中国市场，日本指挥家小泽征尔二度访问中国，欧洲音乐《罗马狂欢节》序曲在舞台响起，美国文化、欧洲文化、日本文化在中国激起层层涟漪。在学校课堂、工厂车间、火车上、汽车里、街头巷尾，到处都听到人们在说"我是一根从大西洋飘来的木头""走过去，你可以融化在这蓝天里""完了吗？哪有个完"这些影视台词。

年轻人时兴留长发和菊花头，身穿微型喇叭裤、高领毛衣（俗称"包顶颈"）、连衣裙、柔姿衫，戴一副大大的麦克墨镜（麦克是《大西洋底来的人》中的主角），挟着一台单喇叭、双喇叭，或四喇叭卡式录音机，高分贝播放着各种"靡靡之音"，招摇过市。人们又开始热衷跳舞了，让人惊讶的是，还有那么多人记得国标舞、交谊舞怎么跳。每天都有时髦的新玩意冒出来，电子手表进来了，尼龙丝袜进来了，缩骨遮（粤语，即可伸缩的雨伞——编者注）进来了，还有三鲜伊面也进来了。

消失已久的"珠江夜游"再度起航；端午赛龙舟的鼓声咚咚擂响；各种体育协会恢复了；第一批特级厨师、点心师、糕点师、宴会设计师、肉食加工工艺师、钟表修理技师、配镜验光技师、理发师、摄影师，喜气洋洋地领到了证书；上山下乡的知青，开始汹涌回城；中小学的农村分校，一律撤销，升学考试也恢复了，昨天还土头灰脸的老师们，今天满面春风地回到了课室里。

1979年春节的年初二晚上，香港无线电视台（TVB）王牌节目《欢乐今宵》，首次移师广州，与广东电视台合作，在广州起义烈士陵园举办并直播《羊城贺岁万家欢》大型春节文艺晚会。香港无线也非常重视这次内地"首战"，光是道具、设备就运来几卡车，还有摄像车、发电车，甚至连搭舞台的钉子都带来了，怕在广州买不到钉子。

汪明荃、罗文、郑少秋、沈殿霞（肥肥）、何守信（何B）、甄妮等一众香港当红艺人，与广州杂技团、广东歌舞团、广州粤剧团、广东省音乐曲艺团同台演出。在激越的舞狮锣鼓声中，在欢快的腰鼓队迎春舞中，香港艺人合唱一曲《步步高升》："恭喜，恭喜，恭喜你步步高升，万事如意，今年好过旧年……"现场的气氛，一浪高过一浪，所有人都沉浸在"笙歌门外春如海"的气氛中，预示我们将有一个不一样的1980年代。

几十年后回头看，"伤痕文学"的兴起是一个信号，《羊城贺岁万家欢》也是一个信号，它展现了当河流淌过时，一滴水如何被激活，如何努力跳跃、游走、喧嚣，向其他水滴发出信号，梦想编织出一朵浪花，在规定的河道上，唱出不一样的歌。

太阳每天都很灿烂，一切都显得欣欣向荣，还有什么理由回头呢？

2024年

花开满庭芳

——记《花城》《随笔》杂志创办前后

1

1980年代，是一个充满想象和期待的年代。在经历了漫长的高强度政治运动之后，民间蕴蓄着强烈的改变冲动。每个人都感觉到，新舞台已经搭起，鼓点愈敲愈急，灯光由暗转明，帷幕一点点拉开，一出气势磅礴的历史大戏，即将开演。

以1977年第11期《人民文学》发表刘心武小说《班主任》，以及1978年《文汇报》发表卢新华小说《伤痕》为标志，文学界涌现一股"伤痕文学"浪潮，包括张洁的《爱，是不能忘记的》、从维熙的《大墙下的红玉兰》、茹志鹃的《剪辑错了的故事》、广东作家陈国凯的《我应该怎么办》、孔捷生的《在小河那边》等，发表一篇，轰动一篇，南北呼应，众声喧哗。

1978年秋天，广东人民出版社策划了一部书稿，书名叫《醒来吧，弟弟》，准备精选一批"伤痕文学"题材的短篇小说，汇编成集。苏晨、岑桑、易征、王曼、梵扬、谭子艺、林振名等编辑，在高鹤县沙坪镇住了一个星期进行编稿。小说集第一篇就是刘心武的《班主任》，还有《醒来吧，弟弟》《爱情的位置》、卢新华的《伤痕》、陆文夫的《献身》、王蒙的《最宝贵的》和孔捷生的《姻缘》等。这本书在12月正式出版，一开机就印了20

万册。

苏晨是辽宁本溪人，当过解放军政治部干事和报纸副总编辑，时任广东人民出版社副社长兼副总编辑；岑桑是广东顺德人，时任广东人民出版社文艺编辑室主任；王曼是广东海丰人，东江纵队出身，在华东野战军两广纵队当过新华社两广支社随军记者；林振名是广东潮州人，曾在广东哲学社会科学学会联合会工作，"文革"后期广东人民出版社恢复运作时调入文艺编辑室；易征是湖南"三湘才子"易君左的哲嗣，汉寿易家，三代大才子，易征是第四代，但现在每天的工作，却是编一套"广东民兵革命斗争故事"连环画，内心的苦闷，可想而知。

他们都是春秋鼎盛的中年人，因"文革"虚耗了十年时光，都有干一番事业的欲望。北京出版社的《十月》创刊，对他们是一个刺激。当时广东最有影响的文学杂志，是《作品》和《广州文艺》，前者是省作协的，后者是市文联的，出版社没份，未免让人失落，在编《醒来吧，弟弟》一书时，这种情绪更强烈了。书里的作品，都是别的报刊发表过的作品，出版社有作者资源，有编辑资源，为什么不能办一本自己的文学期刊？

在一次散步聊天时，易征对林振名抱怨，现在的日子太沉闷了，好想在编辑工作上有所突破。他说，出版社应该办一本大型的、大气的文学期刊。这个想法与林振名不谋而合，他们立即去找岑桑商量。岑桑听了也十分赞同，三个人一起去找苏晨商量。

苏晨把所有人召集起来讨论。大家一听，异口同声表示赞成，但也有一点担心：申请办刊，必须上报备案，审批程序复杂而缓慢，还要申请编制，更是困难重重。在这个漫长过程中，难免会失枝落节，哪怕一些鸡毛蒜皮的问题，也可能令杂志卡壳，给出版局领导惹麻烦。北京的《十月》是以"十月文艺丛刊"名义出版的，名义上是书，其实是刊。这个办法给了他们启发。

最后商定，在编辑室权限之内，从可以做到的范围起步，效法《十月》，以丛书形式出版，先是每三个月出一册，如果读者欢迎、条件许可，再逐步过渡到双月期刊。岑桑指定易征、林振名做责任编辑，开始着手筹备。

编辑们从沙坪回到了在大沙头四马路10号的出版社后，要办文学期刊的事，在文艺编辑室传开了。大家都十分热心，纷纷出主意、荐稿件。为了迎接孩子的降生，要给孩子起个好名字。岑桑提议用"怒放"做刊名，但大家觉得"怒"字似乎用力太猛，秦牧有一本书叫《花城》，早已家喻户晓，甚至成了广州的代称，易征提议不如叫"花城文艺丛刊"。大家对此没有争议，也不用再想别的了，就是它了。因为用了秦牧的作品做标题，易征和林振名专程拜访秦牧，征求他的意见，秦牧慨然允肯，岑桑为此还打电话向他致谢。

那是人人都在做文学梦的年代，编辑部每天都收到来稿，稿件堆积成山，但丛刊第一册还是以名家作品为主，第一篇是桑逢康（笔名"华夏"）的中篇小说《被囚的普罗米修斯》，接着是欧阳山、吴有恒两位广东老作家的长篇小说选载，还有若干短篇小说、散文、电影文学和诗歌作品，并专门开辟了"香港通讯""海外风信"和"外国文学"栏目。整个过程，环环紧扣。第一册的稿件，很快便整整齐齐送到岑桑、苏晨的案头，他们也很快便签名发稿，文艺编辑室的陈俊年、曾定夷加入帮忙，把稿子都搬到易征家里排版。

当时大家都有一种求新求变的愿望，觉得刊物不光文章要好，形式也要新，要有别于以往的文艺刊物，这样才能吸引读者。为此，苏晨、岑桑把文艺编辑室内各个编辑组头头、社内的美术编辑和社外的知名艺术家请来开会讨论。大家达成一个共识：把美术作为杂志的重要组成部分。封面一定要"靓"；目录要出彩、大方，有吸引力；插图要花大力气经营，不能视之为点缀与装饰，好的插图可以上整版、多页，形成强烈的视觉冲击，这在全国刊物中是开风气之先的；封二、三、四留给名画家；丛刊封面题名，每集请不同名家题写。通过这项创新，希望既能让读者喜爱，又能把"大家""名家"团聚在《花城》周围。

创刊号封面由画家王维宝设计，当时他是儿童刊物《红小兵》的美编，他因为得到华君武的欣赏和关注，并作为中国美术家代表团成员随团访问日本，在北方名声大噪，他的画在北京荣宝斋卖得很好，但在广东知道的人却不太多，可见广东人民出版社真是卧虎藏龙之地。

王维宝提议，用徐匡木刻画作《草地诗篇》的局部，作为《花城》创刊号封面。这是《花城》打破陈规旧习的一个例子，封面只采用画的局部，甚至第五册在选用关山月作品《梅》做封面时，也是裁出局部，而不是用整幅画。

创刊号的"花城"二字，是王维宝请书画家许固令题写的。许固令在文化局工作，给话剧团画舞台布景，他的戏曲脸谱画，比书法更出名。当时《花城》有一个计划，将来把不同名家题写的刊名、插图汇集起来，分别出版书画集，也不失为艺术界的一桩美事。因此第二册是请容庚题写，第三册拟请茅盾题写。可惜从第三册开始，这个做法没有坚持，改为从字帖中选字，固定了下来。

编辑部还邀请了林墉、伍启中、陈衍宁、方楚雄等一批画家画插图。后来出版了一本《林墉插图选》。创刊号目录采用套色、竖排，让人眼前一亮，这是易征从香港学来的，当时内地还没有这种做法。《花城》的每个细节，都充满了创新。

当排版工作告一段落时，1979年的初春已经来了。这天下班以后，省新闻出版事业管理局局长黄文俞来到文艺编辑室，让林振名帮他理个发。林振名在干校时就帮人理发，手艺不错，回到出版社后，也常帮人理发，办公室里长期放着一套推剪。黄文俞是广东番禺人，以"思想解放"著称，在出版界声望很高。

这次黄文俞让林振名理发，主要是想了解"花城丛刊"的事情。林振名一边替他理发，一边把在沙坪讨论办《花城》的起因、过程，大家的顾虑、思考、共识和最后决定，和盘托出。林振名解释，我们这样做没有违规，不马上申请办刊，是怕给领导惹麻烦，万一丛刊出事，责任可以自己扛。他补充说："我们确信可以办好丛刊，不会违规，也不会出事。"

黄文俞听了，什么也没说，理完发后，拍打着身上的落发，嘱咐林振名，等清样出来以后，送一份给他看看。林振名连声答应。黄文俞起身告辞，临出门时，回头微微一笑说："想绕过我是绕不过的。"第二天一上班，林振名便把这事告诉了苏晨、易征，让出版科多打一份清样，送到出版局给黄文俞审阅。林振名后来说："自此之后，我们留意到他时时关注'花城丛刊'，在《花城》遇到一些风雨时，他总是挡风遮雨，我们心存感激！"

就这样，1979年4月，《花城》文艺丛刊第一册面世了。

2

《花城》一炮而红，第一册首印5万册，刚上架就被读者抢购一空，出版社马上加印5万册，又被抢购光了；再加印5万册，又被抢购光了。一个月左右，前后印了三次，这在出版社是破天荒的。易征和林振名马上着手编第二册。这时，一位出版社老编辑加入了，他叫李士非。

李士非是江苏丰县人，1949年毕业于中原大学，在新华书店中南总分店及华南总分店、华南人民出版社工作过，"文革"时期他受到冲击，直到1979年1月，他才恢复名誉和职务，所以没有参与《花城》的创刊，但他已经给《花城》看稿件了。

李士非原来分管长篇小说，他与易征、林振名成立一个三人小组，他当组长，专责《花城》丛刊的编辑。不过，因长年受哮喘病所苦，解除隔离后，他不得不先到空军医院住院调养，从第三册才正式参与《花城》工作。

《花城》第三册1979年11月出版，发行37.5万册，继续保持"大放特放"的姿态，仅"香港文学作品选载"就登了5篇作品，并配上"本刊记者"文章《珠海香江寄深情》；在"香港通讯"栏目中，发表了香港资深记者曾敏之写的《新加坡汉语文学掠影》；在"外国文学"栏目中，推出老翻译家冯亦代翻译的美国黑色幽默作家库尔特·冯内古特的小说《贴邻》。不过，最引人瞩目的是，封面赫然是一尊裸体少女策骑弯弓的雕像，卓荦英姿，透着一股"大风起兮云飞扬"的激情，创作者为唐大禧。除了《花城》，当年第11期的《作品》杂志，也以它为封面。

在1979年10月的广东省美术作品展中，这尊以《猛士》命名的雕像，正式亮相，一举拿下了优秀奖，在美术界惹得众说纷纭。在创作者唐大禧心目中，这位少女形象，就是在"文革"中惨死的辽宁烈士张志新，后来他为此写过一篇文章《关于雕塑猛士的创作》，解释他的创作灵感源泉。

雕像出现在《作品》封面时，直接采用原题《猛士：献给为真理而斗争的人》，而在《花城》刊登时，有人觉得"猛士"太男性化了，不如改个标题。大家沉吟不决，陈俊年灵机一动说："不如就叫《放》吧。"这里蕴含了几层意思，主角弯弓射箭的动作是"放"，以裸体表示冲破束缚是"放"，解放思想、改革开放也是"放"。最后就定名为《放》。

雕塑公开后，引起轩然大波。有人批评它丑化了烈士形象，有人痛斥它"下流污秽""脱离国情"，《羊城晚报》刊登了一篇文章，危言耸听地声称，雕塑"不合国情，有伤大雅，会引起治安混乱，甚至会影响整个社会的道德风尚"。虽然《猛士》获得了省美术奖，本应有去北京参加第五届全国美术展览的资格，但作品送到了机场，却被拦了下来，说它不能上京参展。

争论在继续发酵，支持这尊雕像的声音也不少。《作品》理论组的黄树森，一位40多岁的湖北人，对《猛士》有一番评论："《猛士》诞生于时代剧烈变革的年代，以中西方艺术雕塑融合的思维朝向，以裸体女人、骏马腾空、强力弯弓为结构组合，这是一种超越；苦难的诉说活脱出抗争的理念，阴柔女裸彰显出阳刚英姿，这是第二种超越；转换写实的视界，融入了'情绪''心态'，制造悬念，搅动读者的联想和焦虑，在刚与柔、张与弛、动与静中，强烈的辐射波和冲击力，这是第三种超越。"

大学课堂上，《猛士》成了热烈讨论的话题，很多读者冲着它去买那期的《花城》和《作品》；有的大学生把杂志封面裁下来，贴在宿舍床头。针对反对者的意见，一位市民在《羊城晚报》撰文反驳：敦煌、龙门、天龙山等石窟中，也有大量几乎全裸的飞天或菩萨在奏乐、跳舞，"照样给我们一种健康活泼、优美生动的艺术享受，并没有对整个社会的道德风尚发生坏的影响"。这类话题可以公开辩论，让人感到寒冬真的过去了，春天真的来了。

香港文学是《花城》杂志的重点栏目之一，每期都载有香港小说。杂志创刊不久，香港作家陶然、梅子、潘耀明、海辛、杜渐、陈浩泉、原甸等人，就在香港作家联合会会长曾敏之带领下，应出版社之邀，浩浩荡荡来到广州，在白云山上，与苏晨、岑桑、易征、林振名等人开了一次座谈会。

苏晨把《花城》杂志以及即将成立的花城出版社，推介一番。香港作家们兴奋莫名，他们的作品，一向苦于香港的园地过于逼隘，如果能进入内地，那真是海阔天空，所以他们会后纷纷与《花城》联系，登门造访者，络绎不绝。那段时间，用林振名的话来说，接待香港作家，忙得"手脚都软了"。这次白云山座谈会，也催生了香港文学研究会和华人文学研究会，广州开始掀起香港文学和海外文学研究的热潮。

3

广东人民出版社继《花城》之后，第二本杂志《随笔》丛刊也诞生了。其实在沙坪讨论创办《花城》时，苏晨就提出，许多老一辈文化人，"文革"后虽不再写大部头，但他们的短文，充满了历尽沧桑后的感悟，闪耀着智慧光芒，亦足发人深省，应有园地收纳。《花城》是大众杂志，何妨再办一本"小众"杂志。《花城》是清新的、锐进的、前卫的，而《随笔》则是老成的、沉稳的、反思的，正如苏晨所说："咬住传统不放。"

苏晨为这本杂志起名《随笔》，他说："随笔、笔记文学是散文的大宗。'随笔'这两个字是我决定的。叫《随笔》是因为这个范围大，叫'笔记'就窄了。"不过他为《随笔》撰写的开篇词，仍把它称为笔记文学丛刊。"专收用文学语言写的笔记、札记、随笔，上下三千年，纵横八万里，古今中外，五花八门，力求能给读者带来一些健康的知识，有益的启发，欣然的鼓舞。"

《随笔》放在文艺编辑室的诗歌散文组，由邝雪林独自负责编辑工作。邝雪林笔名司马玉常，曾任广州市文化局创作组创作员、群众艺术馆馆员，学识丰富，温文尔雅。他对求新求变，也是满腔热情的。一个有趣的细节是，他对市场上的新玩意，特别有兴趣，从高新科技产品，到日常生活小物件，什么都想试一试，而1980年代那时的新玩意又特别多。商店刚有那种锅耳隔热夹卖，他觉得是个好东西，便买一堆回出版社分给大家。他家的电视机，换得最勤，从最早的9寸黑白，到后来的超大屏幕，几乎每种尺寸他都用过。《随笔》头三册几乎是他一人负责。苏晨作为社领导，利用广泛人脉，联系了不少名家名作，并且亲自操笔写稿。可以说，《随笔》的创刊，是由苏晨、邝雪林"一个半人"支撑起来的。

和《花城》创刊时一样，《随笔》也准备每期请不同的名家题写刊名，第一期因为时间仓促，是从鲁迅字迹中挑选出来的，但只用了一期，感觉效果不佳，第二期就改为黑体字了。从第五期开始，还陆续请过茅盾、艾青、黄药眠、臧克家等人题写刊名。但因为每期换人，难度实在太大，最后改为固定用茅盾的题字了。

1979年6月《随笔》第一册出版了，虽然号称"小众"，首印也有4.8万册，在当年不算惊人，但今天看来，这个"众"不小了。由于大受欢迎，《随笔》与《花城》同样一册难求，以致分发到各编辑部的样刊一再丢失，易征忍无可忍，在样刊上怒写了几行字："随笔雅俗共赏，随便翻翻可以，随意拿去不行，随手放回原处！"但一连四个"随"字，也挡不住"窃书不算偷"的"雅贼"，最后连这本写了警告字样的样刊也不见了。

1979年9月，翻译家黄伟经调到出版社。他原来是《羊城晚报》的采访部副主任，"文革"时被下放到干校，后被调到广州航道局，现在重返编辑行业，从第四期开始加入《随笔》，后来又有李联海、郭丽鸿等人加入，大大加强了刊物的编辑力量，《随笔》的名字，在全国文化界愈叫愈响，坊间还出现了"北有《读书》，南有《随笔》"之说。

除了《花城》之外，北京的《十月》《当代》和上海的《收获》，都是殿堂级文学刊物，四者被誉为"四大名旦"，甚至有好事者把花旦、刀马旦、老旦、青衣之类的名头，分配给四大期刊，《花城》被封为花旦。在四大期刊上发表文章，对许多年轻人来说，堪比高考，一朝折桂，鱼跃龙门，从"文学爱好者"变身为"作家"。

《花城》《随笔》出版后，人们预见，文学的热潮还将滚滚而来，出版社的信心也更足了。省出版局和广东人民出版社决定，以文艺编辑室为班底，成立一家文艺出版社，名为"花城出版社"。林振名回忆："花城丛书第一集出版之后，认为广东应该有一个文艺出版社，形成共识，领导也点头，这样逐渐与人民社分开。"苏晨担任花城出版社筹备小组组长，成员包括李士非、何立德、易征、林振名。不久进行精简，易征、林振名离开了筹备小组。

花城出版社成立之初，黄文俞便定下了"立足广东，面向全国，兼顾海外"的方针，这也是《花城》杂志的办刊方针。出版社草创时期，仍由人民社暂时领导，设立了花城、随笔、小说、诗歌、旅伴、译文、对外、影视等编辑室。

《花城》《随笔》的成功，让大家兴奋不已，对办杂志兴致勃勃。岑桑创办的诗歌刊物《海韵》，后改名为《青年诗坛》，归入花城诗歌室，再创办一份专门刊登旧体诗词的《当代诗词》（1981年10月创刊）；1979年创刊的《旅游》杂志，改名《旅伴》，归入花城社旅伴室；影视室办了一本《影视世界》（1981年8月创刊）；译文室的《译海》在1981年6月创刊。这都是在《花城》《随笔》的带动下办起来的，可谓"一花引来百花香"。

1980年元旦前后，《花城》在北京新侨饭店开了一个新老作家、翻译家座谈会，征求对《花城》的意见。林振名、易征参加了座谈会。老作家们一听易征是易君左的公子，都敞开大门，降阶以迎。座谈会请来了陈荒煤、孔罗荪、林林、沈从文、臧克家、黄药眠、冯亦代、王蒙、刘心武、刘绍棠、邓友梅、从维熙、浩然、谌容、李陀、华夏等人，济济一堂。

大家围绕着这样的问题谈论：《花城》对外的窗口，是开得太大了，还是不够大？南风窗要不要打开？中国社会科学院文学研究所副所长陈荒煤首先发言："《花城》要多反映我们时代新的东西。要多团结港澳作家，发表他们的作品。""荷花淀派"乡土文学作家刘绍棠发言："你们《花城》和港澳、东南亚文学要有区别，要有自己的审美标准。文学不能离开自己民族的美感。"作家邓友梅则说："《花城》接近海外，它有点像当年的丝绸之路，我希望《花城》增色，不要减色。"电影剧本《李四光》的作者李陀更是直言不讳："我希望《花城》办得洋一点。"作家谌容也说："我看，《花城》还不够洋。"

会场的气氛十分活跃，与那个时代表现出来的活力相匹配。这种活力鼓励人畅所欲言，每个人都可以发出自己的声音，代表着无可替代的自己。人们开始更多地说"我"，而不是言必称"我们"。

《花城》第四册在1980年1月出版了，发表了毕必成的电影文学作品《庐山恋》，讲述两位分别出身于国民党家庭和共产党家庭的青年，在庐山相遇相恋的爱情故事。半年后，由上海电影制片厂制作的同名电影上映，像刮起了一场台风，瞬间风靡全国，各地电影院场场爆满，一票难寻。由钱曼华演唱的电影插曲，也红透了半天边。第二年，这部电影以近百万的投票数雄踞榜首，获评第四届大众电影百花奖最佳故事片，观众超一亿人次。

《花城》的名气愈来愈大，许多作家都视其为思想解放的前沿刊物，北京作家从维熙便在座谈会后，把他的力作《泥泞》交给了《花城》。这篇小说以1957年"反右"为背景，讲述某艺术院校书记为了占有一位女下属，把她追求的对象打成"右派"，发配安徽凤阳。故事情节悲怆凄婉，感人肺腑，编辑们读后的反应，竟然大致相同，都是先沉默，然后长叹，最后说一句："写得太好了！"小说拟在第五册发表。

仲春时分，李士非、易征、林振名、陈俊年等人，还有美编岑毅鸣、画家林墉，带着第五册的全部稿件，集中到圭峰山下的新会县招待所发稿。编辑部请林墉为《泥泞》画插图，林墉后来回忆："一开始，我并没有太大的兴趣，但碍于面子也接下了书稿来看。"那天在招待所房间，他挟着《泥泞》

的稿子进了厕所，半天不出来。易征有点担心，让陈俊年去看看怎么回事。

陈俊年跑到厕所门前喊："你没事吧？"林墉在里面回答："我没有手纸啊。"陈俊年忍不住笑了，"你带了手纸呀，是不是拉肚子？"林墉说："不是。我用来擦眼泪了。"原来，他一边如厕一边读稿，被小说感动得涕泗滂沱，不知不觉，把手纸全用光了。他后来对记者表示："故事里凝聚着作者的心血，很真实，很感动。最关键的是，故事涵盖了深广的历史，里面全是惨烈与伤痕。"他一口气为小说画了14幅插图。

那时的人，还会为一篇小说、一首诗、一支歌曲、一幅画、一座雕塑而愤怒，而悲伤，而哭泣，而呐喊，而欢笑，而失眠，还会热烈地讨论，朗诵，品味，还会写读书心得，这是多么美妙的事情。

在1980年代，文学艺术作品之所以如此盛行，是因为人们急需重新塑造自我。旧的价值体系摇摇欲坠，新的价值体系还未成型，社会肌理正处在快速更迭时期，有人想回到"文革"前的年代，有人把目光投向更广阔的外部世界，多数人徘徊于十字路口，不知何去何从。小说、电影，甚至诗歌，为他们提供对未来想象的灵感、素材与模型。然而，再缺乏想象力的人，也意识到，历史真的到了最重要的风陵渡口了，有一些东西，正在分崩离析，像融冰一样发出碎裂的脆响。某些不同凡响的生命体，已被唤醒，正在四季更替之间，悄然生发，勃勃成长。

2024年

我的1980年代

几个剪影

生活在1980年，有一个明显的感觉，就是市场的商品多起来了，报纸都在讨论价格改革，因为放开价格，鸡蛋有了，三鸟有了，猪肉有了，新鲜蔬菜也有了，但价钱涨了，不再像以前那样，几十年雷打不动。火柴从两分钱一盒，涨到三分钱一盒；白菜从三分钱一斤，涨到三毛钱一斤，很多人受不了。坊间哄传，邻省纷纷向中央告状，骂广东搞乱了市场，引起周边各省价格大幅飙升，是罪魁祸首；也有人指责广东提价抢购邻省物资，这些省甚至派出民兵设卡放哨，封锁边界。各种压抑物价、收回价格管理权的呼声，此起彼落。这是在我脑海里，1980年代的第一个剪影。

收音机播放李谷一演唱的歌曲《乡恋》，以温柔的气声唱法，优美婉转的曲调，以及"情爱""美梦""你的怀中"之类缠绵的歌词，深深打动了听众。我也喜欢这首歌，但不算很喜欢，它太甜腻了，我更喜欢悲壮一点的音乐。但没想到《乡恋》出来才几个月，竟招致矢如雨集。1980年2月，《北京音乐报》首先发文，指斥创作者是"热衷于搞邪门歪道，是安于模仿的懒汉"，再扣上一顶"带有浓厚的殖民味道"的帽子。各种批评文章连篇累牍，从歌词、曲谱，一直批到李谷一的唱腔，把这首歌挖苦得像"落满灰尘的一棵盆景那样无精打采，缺乏生气"。这是1980年代的第二个剪影。

我还记得，那年发生过两场大辩论。一场是广东高要县一位青年承包了几十亩鱼塘，雇了几个帮工，引起舆论哗然，毁誉不一，在全国引爆"雇工算不算剥削"的大辩论。《人民日报》开辟讨论专栏，正反观点，针锋相对，大唱对台。另一场是一封署名"潘晓"的读者来信《人生的路呵，怎么越走越窄⋯⋯》发表在《中国青年》杂志上，引发关于人生观的全国大讨论。改革开放以来，不同的意见，都有一定表达空间，不再是舆论一律了。这是1980年代的第三个剪影。

全国第一条个体户专业街——高第街工业品市场，在广州高第街开张了，经营时装、鞋帽、小百货，成为开放初期港式、广式服装零售、来料加工、代销的大本营。全国的服装贩子都涌到这里办货。每天都是人头攒动，热气腾腾。从各地到广州旅游的人，也会专程跑到高第街，亲眼看看如雷贯耳的"个体服装一条街"，顺便买几件又便宜又时髦的衣服。那时有一个夸张的说法："没到高第街就等于没到过广州。"这是1980年代的第四个剪影。

在夏天明亮的阳光下，人们挤在电影院门前，排队抢购《庐山恋》的戏票；无数读者为小说《泥泞》唏嘘洒泪；粤剧《兰苑恩仇》获得市专业文艺团体创作剧目评比一等奖，话剧《海峡情泪》获二等奖；每天中午12点半，家家户户便响起"收挂号信啊，18楼C座"的叫声，这是香港商业电台的广播；"文革"中被拆毁的广州解放纪念像，在海珠广场重新建起来了；专为收看香港电视而设的鱼骨天线，在大街小巷竖了又拆，拆了又竖。这是1980年代的第五个剪影。

这五个看似互不相干的时代剪影，交错纠缠，构成了一幅光怪陆离的图景，显示了不同时代的更迭节律，与现实固有叙事结构之间的冲突。

花城出版社大开张

时间在忙碌与喧闹中飞逝。1980年来了，就像1978年、1979年以及之前无穷的年份那样，无可避免地、分秒不差地，说来就来了。这是中国全面走向改革开放之年。

1980年是花城出版社招兵买马、发皇张大之年。我就是这一年被李士非从工厂招进出版社的。第一天到《花城》上班，我从福今东路的家出发，蹬着单车，沿农林下路向南走，越过东山口铁路，穿过署前路、庙前西街，横跨东华东路，一直向大沙头方向前进，几乎不用使劲，单车就轻快地向前飞驰。虽然寒风砭骨，但丝毫不觉得冷，内心有一股"乘雷欲上天"的兴奋感。感谢改革开放！感谢80年代！感谢阳光！感谢空气！感谢我的单车、马路、行人，感谢每一棵路树、每一栋房子！

1980年12月29日[①]，花城出版社正式开张。花城社在大沙头四马路办公楼有七间办公室，《花城》杂志和对外合作室在五楼，《随笔》《青年诗坛》《旅伴》《影视世界》《译海》等杂志和小说室、美编室、党委人事部门在四楼。李士非是出版社副总编辑兼《花城》编辑室主任，《花城》副主任是林振名、范汉生，还有美编岑毅鸣以及编务李梦飞、王琪等人。无论是同事还是作者，都叫李士非"老李"，我从未听过有人叫他"李总"或"李主任"，一次也没有。其他人也一样，年纪稍长的叫"老"，年轻的叫"小"，苏晨就叫"老苏"，林振名就叫"老林"，大家很长时间都叫我"小叶"。

办公大楼没有电梯，李士非患有严重哮喘，每天也和大家一样爬楼梯。我刚分配到一张写字台，文具还没摆上，他就气喘吁吁地把一大捆来稿放

---

① 编者注：据作者叶曙明保存花城出版社正式开张时的照片，时间为1980年12月29日。

到我桌子上说："小叶，你先看看来稿。有什么不懂，可以问老范，也可以问我。"

"老范"就是范汉生，比我早到几个月，体形高瘦，一口河南口音，原来在广东省化工原料公司做供销工作，1957年被打成"右派"，心情一直很郁闷，多次打报告申请调离原单位。写作是情绪最好的宣泄口，也寄托着对未来的希望。和许多时乖运舛的人一样，范汉生以"范若丁"为笔名，写了不少文章，1977年结集出版了《并未逝去的岁月》一书。李士非想把他调来时，有人质疑他只是个"收买佬"，李士非便冒着酷暑，钻进新华书店的仓库，大汗淋漓翻出这本书，证明范汉生的才华，把所有质疑挡了回去。

林振名比范汉生小两岁，给我的印象很儒雅，话语不多，温润而泽。他看稿非常仔细，逐字逐句斟酌，连标点符号也不放过。那时大家的日子都过得紧巴巴，作者来广州，能不住旅店就不住，林振名的家并不宽敞，只有两房一厅，一间房给母亲住，他与妻子栖身阳台，把一间房长年留给南来北往的作者落脚。李士非那个黑咕隆咚的家，也经常是作者们的寄宿之地，我每次上他家，都看见地上摆放着盖满风尘的行李袋，有不同的陌生面孔出入。陈俊年经常半夜三更骑着单车，去长途汽车站迎送作者。编辑与作者之间，有一种近乎家人的情感。这是那个年代的特点。

岑毅鸣笔名"若峪"，大家叫他"老岑"，《花城》很多插图都是他画的，编辑室的小阳台也堆放着他的画作。苏晨说他"为人憨厚，和善，工作勤恳，执着"，他就是这样的人。老岑家住北京路，我刚到编辑部不久，遇上他搬家，我们几个年轻人便义不容辞做了一回搬运工。李梦飞是编务，1957年也当过"右派"，是人人尊重的"大姐"，她对编辑事务很熟悉，总是不厌其烦地点拨新人。王琪负责来稿登记、退稿、分派样书等琐事，她的父亲是省作协第三届理事王有钦。我初到文人圈中，有一种自卑感，在编辑部里，最谈得来的人，反而是最不起眼的王琪，因为和她说话最没压力。可惜不久她便出国留学去了。

我还记得，初到出版社时，广东人民出版社刚出版了上海作家戴厚英的长篇小说《人啊，人！》。最让人兴奋和期待的事情，就是发放样书了，不用再掏钱去买。在我领到的第一批样书中，就有一本《人啊，人！》，作者自称是一部"记录人性复苏"的作品，但它的命运和《乡恋》一样，马上招来上海报刊的轮番攻击，并蔓延到全国各地，戴厚英所在的学校，还罢免了她的文艺理论教研室主任职务，甚至取消她上课的资格。

《人啊，人！》在广东人民出版社出版，但挨批时已归到花城社。结果两个社都卷入风口浪尖，经历了一场颠簸震荡。我听说是岑桑坚持要出版这本书的，他是广东人民出版社的当家人，肯定要承受比别人更大的压力。我在出版社常见到岑桑，他个子不高，走路带风，说话干脆利落。我有时会好奇地打量他，看能否从他脸上，捕捉到一点沮丧、焦灼，或是忧心的表情，但一点也没有。这些久历洗炼的人，心理耐受力都是一等一的。

我到花城社时，正好是《花城》第七册出版。1980年8月出版的第六册，是最后一次以丛书形式出版。第七册已获得了"广东省期刊（丛刊）登记证第13号"，出版者仍然是广东人民出版社。1981年第1期（总第八期），正式改为双月刊，由花城出版社出版。价钱从1.25元降为1.2元，第2期更降到1元。在市场涨价风愈刮愈猛之际，《花城》能够逆风而行，不升反降，赢得了读者赞许。

参与《花城》的编辑工作，给我最深的印象是，老编辑们对杂志的风格、取向和稿件处理，有不同意见，在编前会上坦率讨论，各持己见，我作为新人，则听得津津有味，这也算是一种学习吧。易征、林振名比较倾向于纯文学，把文学艺术标准看得很重，而李士非则一腔热血，认为文学必须干预生活，狠狠鞭挞丑恶事物，负起呼唤和鼓舞人民前进的使命。我觉得两者都有道理，这种争论，文学界久已有之，每个人都有不同的思考与判断。

由于办刊意见分歧，易征在1981年去了《旅伴》杂志，担任编辑室主任，办公室在四楼，陈俊年是副主任。除了编杂志，还编了一套"旅伴丛书"，我记得有《带你游香港》和短篇小说集《新婚之旅》，当时都是畅销书。我与易征接触不多，只知道他是名士之后，有一股名士气，学富才高，交游广阔，言无粉饰，行不由径，以"楚天舒"为笔名，写过不少文章。他不时到《花城》找人聊天，偶尔会参加编前会，对稿件提些个人意见。

就在这个地方，与这些人一起，我的1980年代开始了。

处女作发表

1980年底，全国27家文学期刊主编在江苏镇江金山寺举行座谈会。这次座谈会，是在4月底召开的全国文学期刊工作会议上，各大型文学期刊代表商定，委托《钟山》《十月》《当代》三家编辑部发起召开的。苏晨和《花城》编辑部主任李士非、《随笔》编辑部主任黄伟经去参加了。会上决定成立中国大型文学期刊编辑协会，委托花城社负责筹办出版协会的报刊、丛书，选举苏晨为协会会长，《当代》副主编孟伟哉、《收获》副主编萧岱为副会长。代表们交流了办刊情况和经验，话题当然离不开文学创作、文艺评论的现状与前景，大家充满了乐观期许，发言激情横溢，为"伤痕文学"正名，为"暴露文学"正名，让人强烈感觉到，一股自下而上的热浪，像温泉一样，突突往上冒。

1981年2月，第1期《花城》滚烫出炉了。从镇江开会回来的苏晨，以"本刊评论员"名义，发表了题为《不断自问——〈花城〉两年》的文章。他的原意，大概是对《花城》创刊两年做一个小结，也为迎接更加开放、繁荣的文学春天鸣锣开道。文章批评自1979年下半年，"从上面，从文艺界和社会上，刮来了又一股冷风"。这股冷风把伤痕文学的作品，"刮得近乎声销迹匿了"。

苏晨笔饱墨酣，痛快淋漓，文章发表后，风波平地而作。各种追问、批评、责难、申斥，自上而下，排山倒海而来。《人啊，人！》的检讨会还没开完，《不断自问》的检讨会又踵至。我虽然刚入行，对文化界、思想界的激流暗涌，毫不了解，但各种比在工厂擦车床还无聊累人的大会小会，学习、讨论、批评、检查，给我上了编辑的第一课。我坐在办公室里，一点也听不进去，这个人发言，那个人发言，就像一堆噼里啪啦的音节。我内心已经以最快速度跑出大楼，一直跑到珠江边，一头扎进水里，游到太平洋去了，但我的肉身却依然一动不动，装成木头人，呆望着窗外。那天风很大，而且阴冷。这样的会，还要开多久呢？我想。

趁着开会的间隙，或是中午休息时，我经常钻过东湖公园的墙洞，在湖边漫步，有时坐在石头上发呆，望着阳光在湖面闪来晃去，榕树巨大的树冠覆盖地面，如同乌云的影子，覆盖着满地的败叶。我孤独地聆听着，聆听落叶在地上翻滚的声音，聆听它们的破空之声，像船首划破水面，聆听落叶渐渐腐烂的声音，沉浸在超然的自然韵律之中。

春天就这么悄悄过去了。在编辑部里，大家继续埋头看稿，避而不谈这次风波，至少不公开谈，似乎在等它慢慢淡化。但我知道，苏晨被整得够呛，甚至被停止了工作，他曾对同事说："我是在艰难中度过这一年的。"如果不是黄文俞为花城社扛住了不少压力，还会更加够呛。

《花城》第2期在5月出版了，这一期对我有特殊意义，我的处女作《卖假药的老头》终于发表了。小说讲述一个人，一生孜孜不倦收集别人喝过的茶叶残渣，集满了一大麻袋，但临老之时，却忘了收集茶叶渣是为了什么，最后只好在年轻人的嘲笑声中，把毕生收集的茶叶渣，统统倒进了垃圾堆。

对大多数人来说，这事不值一提，同期有一篇题为《再一次自问》的本刊评论员文章，把所有目光都吸引住了。这篇文章，其实是黄文俞写的，等于是替花城社公开检讨。文章提出，讴歌与批判应该并重，批判性作品"贵精不贵多"，而且应该把主要地位让给讴歌。文章承认《花城》在讴歌上"用力不够"，没有很好坚持四项基本原则。"我们必须认真接受这一教训，我们也一定会认真接受这一教训。"

1980年代有一种前所未见的开放氛围，但改革开放这条"血路"并不好走，每一步都杀得难分难解。唯一值得庆幸的是，希望并未断绝，仍然像山溪之水，虽然一山放过一山拦，但还是清亮亮，活泼泼，时强时弱，时隐时

现，一路奔流。从最早的港台歌曲流行，到沙头角中英街疯狂购物的游客；从《新蕾》《青年文学》，到《花城》《随笔》；从珠三角投资设厂的港台商人，到第一代个体户、万元户的诞生，每前进一步，都是民间的力量在驱动；是民间的泪水，催生出春天的绿芽。李士非有一首诗写道：

> 相信吧
>
> 经过泪雨的滋润
>
> 大地将长出
>
> 苗壮的希望

也许是吧，但究竟需要多少泪水浇灌？需要多漫长的时间呢？谁也不知道。

《孤岛》风波

1980年是我编辑生涯的第一年。沉闷的会议，没完没了地耗去我的时间，着实令人懊恼。好在天从人愿，这时我意外接受了一个任务，有了透气的缝隙。1981年初，《花城》与《广州文艺》决定以增刊形式，合办一份《南风》报，双方各派代表，再聘请一些专家学者，共同参与编辑。李士非是《花城》的代表，他把我也拉上。"还有谁？"我问。"就我们俩。"他说。我大吃一惊。在工厂学开车床，还要跟两年师傅，才能拿到那个小红本，到花城没几天，一个作者都不认识，一点基本训练都没有，就要参加创办一份报纸。李士非在用人方面的大胆，有时让人瞠目结舌。

《南风》报的编辑部设在《广州文艺》杂志社里，在华侨新村一幢小别墅里办公。我平时在花城社，每个月到《广州文艺》开两次编前会，还有20元编辑费！对于在工厂只有几块钱工资的我来说，无异于天降横财，第一次领到编辑费后，我在大街上骑单车，兴奋得差点就要双手离把欢呼："我发财了！"

《广州文艺》派出副主编霍之健和钟子硕、方亮、岑之京、詹忠效（美编）等人参与，还有省社科联张绰、中山大学黄伟宗、暨南大学许翼心、《南方日报》谢望新、《羊城晚报》王有钦、省作协黄树森等，他们的名字，在文化界都是响当当的，只有我是刚离开工厂的门外汉，一身机油味，基本插不上话。有好几次，我跑到霍之健在下塘的家中，听他谈文学、谈报纸。他的神态、语气，完全没把我当成一个年轻新手，要指点我、启发我，而更像与一位老编辑、老朋友聊天，平等、温和，语速不徐不疾，带有商量口吻。老编辑就是老编辑，敦庞之朴，让人肃然起敬。

《南风》是双周刊，对开四版，定价7分钱。每期"南风"二字，请不同的书法名家、社会名流题写，报纸以刊登文学作品、艺术作品和文化界消息为主。1981年2月10日正式创刊。第一期开始连载香港作家梁羽生的武侠小说《白发魔女传》，这是黄树森辗转联系梁羽生后引进的，也是我第一次编辑香港文学作品。

那年的2月5日是大年初一。报纸是年初六出厂，街上还洋溢着热闹的过年气氛。我和《广州文艺》几个年轻人，顶着寒风，分头上街卖报纸。我用单车推着一大叠散发着油墨香味的《南风》报，到东山公园门前的1号公共汽车总站叫卖，冷得瑟瑟发抖。那时非常流行年历卡，一张小卡片，一面印着全年日历，另一面印着各种图案。我从朋友处搞了一批，卖报纸时大声吆喝："买《南风》报！《白发魔女传》！买一份送一张年历卡！"果然很多人围上来，报纸一会儿就卖光了。我觉得自己还是有点生意头脑的，得意扬扬。

我把《南风》报到处送人，一方面固然是做宣传，另一方面也不无炫耀之意：瞧，我有免费报纸看。不料惊动了一位朋友，他叫杨小彦，是民乐茶场的知青农友，性格活跃，能说会道，走到哪里都是一颗明星，与我的性格相反，所以我也搞不清，为何我们会成为好友，可能就是冥冥之中那种神秘关联吧。

　　杨小彦是我离开茶场后，仍然保持密切来往的、为数不多的朋友之一，他这时是广州美术学院油画系学生。有一年暑假，他与同学一起到广东惠州的港口，美其名曰"深入生活"，实则是旅行兼练习速写和写生。

　　杨小彦后来在一次公开演讲中回忆："惠州的港口镇不大，但在改革开放广东沿海的走私史中，估计非常重要。我们到的时候，满港口镇都堆放着成山的电子表和录音机。这些走私品与我们这几个学生没有关系，我们仍然以一种审美惯性来观察眼前的一切。"我所理解的"审美惯性"，大概就是按照学院传授的标准，从纯朴的渔姑、满脸皱纹的老农、大海的日出日落、闪闪发光的海浪中，观察出美感来，当然也包括观察香港电视节目。

　　他们经常钻进渔船，"通过十二寸的黑白电视，偷看充满'资本主义罪恶'的香港电视"。一连看了几晚，都是失望而回，"因为看不到想象中的'罪恶'"。他从惠州回来后，和我聊起香港电视节目，却眉飞色舞地说，香港电视节目没什么好看，就是一群女的穿着三角裤在跳舞。他边说还边扭动身体，模仿跳舞姿势，然后哈哈大笑。他这句话给我很深印象，以致后来一看见电视上的比基尼女人，就想起杨小彦。

　　我的小说《卖假药的老头》，对他也许是一个刺激。那时谁都想当作家，都觉得写小说很过瘾。"他能写小说，我想我也可以。"杨小彦说，"那个时候，我的文学梦远远超过艺术梦。"他以大海为背景，发挥想象，构思了一篇题为《孤岛》的小说，写一对青年男女，在孤岛的封闭环境中，"展开了一场无声的情爱冲突"。女生长得不算漂亮，常常自卑和自我压抑，而男生对来自女生的暧昧无动于衷。"高潮是，在一个美丽的月夜，女生萝（裸）体站在发白的海滩上，惊讶地发现，原来自己的身体如此完美。"这时男生突然出现，"发生了没有具体肉玉（欲）行为的姓（性）爱盯视"，最后逃之夭夭。

　　杨小彦把小说拿给我看。我一口气读完，很喜欢小说中这种人与人若即若离，朦朦胧胧，无由而生，无疾而终的关系，这也是后来经常出现在我小说中的主题。就《孤岛》而言，男女双方，只要有一方稍逾界线，整篇小说马上就不足观了，它好就好在"隐去目的，以扼腕怅然收篇"。我把小说拿给李士非看，他也毫不掩饰喜欢，马上说："放《南风》第三期。"并要我约杨小彦见面。

我很兴奋，这是我作为编辑，第一次成功组稿，第一次有了"自己的作者"——可惜这个作者只写了一篇小说，就不再写了，因为我没料到，杨小彦也没料到，小说发表后，招来了一场风波，足以证明世上没什么"孤岛"。小说在大学校园很受欢迎，中山大学和暨南大学的学生自发开讨论会，基本是一片叫好声。但一些主流媒体却发表文章，指《孤岛》有严重问题，作者意识不纯，品味低下。

我知道小说惹祸了，但到底祸有多大，却不清楚。也许出于保护我的原因，李士非把所有责任扛下了。我担心地问他：是不是有麻烦？他淡淡地说："没事。你别管。"据杨小彦追述，当时《人民日报》广东站的记者，把《孤岛》作为"资产阶级自由化"证据之一，写进内参，向上汇报；《文艺报》的一篇文章，罗列了一堆"有问题作品"，《孤岛》赫然在列。这不奇怪，花城社因为《人啊，人！》和《不断自问》，成了"重点观察对象"，必然会有人拿着放大镜找茬。这场风波，虽然对花城社、《南风》报没有太大冲击，却击碎了杨小彦的文学梦。"似乎要做成的文学梦，转瞬间消失得无影无踪。"他说。

杨小彦1982年从美院毕业，李士非马上把他招入《花城》编辑部。这是我与他第二次成为同事。在很多场合，只要杨小彦在场，李士非就会兴致勃勃地把《孤岛》的情节讲上一遍，有些段落几乎能背下来。他对杨小彦不再写小说，深感惋惜与失望，很多年以后，两人见面，李士非还在问："你为什么不写小说？你会成为一个优秀的作家。"杨小彦一再解释，自己没有讲故事的才能，而且艺术是他更感兴趣的领域。李士非听了，总是摇头叹气，然后又把《孤岛》情节再说一遍。"这常常弄得我不好意思。"杨小彦说。

我也觉得，天生我才必有合适之用，只要找得到合适位置，谁都可以是肆应之才，找不到则一世郁郁不得志。后来，杨小彦又去读研究生、博士，担任过《画廊》杂志主编、岭南美术出版社常务副社长、中山大学传播与设计学院副院长，写评论、研究艺术史、策展，也许那才是他的合适位置。对80年代，他有自己的感悟，他曾说《孤岛》就是他的80年代开始，"对我来说，'八十年代'不仅是时间概念，而且还是一个略带失意的文化概念"。这种失意，来自在激烈的意识形态交锋中，自由与开放，经常横遭狙击。

《花城》作为《南风》的合作方，时间并不长，1981年底就退出了，报纸交回给《广州文艺》自行编辑出版，直到1989年11月停刊。我回到了《花城》编辑室，每月少了20块编辑费，初尝由富入穷的滋味。从此与《广州文艺》的人，也渐渐少联系了，听说钟子硕1996年当上了市文联主席，上任没几天去世了。霍之健后来去了文化局属下的广州文学艺术创作研究所工作，1995年退休，2021年8月在睡梦中安然去世。

我的阅读

1980年秋，袁可嘉、董衡巽、郑克鲁主编的《外国现代派作品选》（第一册），在上海文艺出版社出版了，里面收录了卡夫卡的《地洞》与《变形记》，那是我第一次读到卡夫卡小说，马上着迷了。我第一次听到卡夫卡这名字，是杨小彦告诉我的，他说大学里有人手抄卡夫卡的小说，问我读过没有。我说没有。但这个名字比较好记，就烙在记忆中了。虽然卡夫卡被归入到"表现主义"抽屉里，但我不太认同，正如"今天诗派"的人，不太认同"朦胧诗"标签一样，我觉得他什么主义也不是，如果非要以主义名之，那就是卡夫卡主义。

这套共四卷八本的《外国现代派作品选》，我读过不下百遍，经常随意拿起一本，随便翻开一页就往下读，每次读都有新收获。对我影响巨大的图书，还有上海译文出版社出版的《外国文艺》丛书，我觉得它比中国社会科学出版社的《世界文学》办得要好，我一直是这两套书的忠实订户。

喜欢也罢，不喜欢也罢，"现代派"这个词，作为"传统"的对立面，已横空出世。文坛充斥各种喧哗，意识流小说、朦胧诗的争论沸反盈天，表现主义、未来主义、象征主义、存在主义、超现实主义……五花八门的"主义""流派"，纷至沓来，如烟花绽放，把单调的天空装点得五彩缤纷。范汉生在回忆文章中说："我们曾发了叶曙明的《卖假药的老头》，一些读者表示纳闷，追寻这个作品到底讲什么。我想向读者推荐西方的新东西、新观念，同时也提高编辑的理论鉴赏水平，不让有些人拿他自己也知之不多的东西吓唬我们。"似乎从一开始，他就把我的小说，与"西方的新东西、新观念"挂上钩了，让它在杂志里起着平衡作用。但我想李士非当初采用这篇小说，大概不是为了平衡。

这时我接触到了佛洛伊德的著作。最初是一位深圳朋友送了本台湾版的佛洛伊德《梦的解析》给我，仿佛蓦然打开了一条通往人心的隐秘通道，尽管这条通道的尽头，如此幽暗，如此深邃，看不到有光线透出来，但我却像着了魔似的去寻找佛氏的书，从《日常生活之精神病学》《少女杜拉的故事》到《图腾与禁忌》《自我与本我》等，然后扩展到荣格、弗洛姆等人的著作，凡有中译本的，都想方设法找来看，一知半解地用他们的理论，分析自己的行为与梦境。我还用炭笔描绘了一幅佛氏肖像，挂在自己的房间。和人聊天，也满嘴"潜意识""自我""本我""力比多"一类名词。慢慢地，我不仅希望从哲学层面关注人的精神世界，还想从生理学、病理学角度做更深入的理解。我购买了许多精神病学相关的书籍来阅读，诸如《精神病学》《精神医学与相关问题》《无我的生物界》《分裂的自我》之类，很快都被我翻烂了。

在我的非历史小说里，大部分人物都有某种程度的魔怔。我努力从精神病人的角度，看待"正常人"的世界。小说里的人物，离"正常人"的世界愈来愈远。我不知道他们是否真有病，在我看来，精神病的界线，十分模糊。精神病人的言行举止，有他们自己的认知与逻辑，只不过与大众不同，大家便认定他们是"精神错乱"罢了。

我敢说自己的精神就正常吗？我不敢。这种对现实的疏离感、恍惚感，从在工厂工作时就开始了，进入花城社后，以为从此阳光灿烂，一切都将变好，但看得愈多，想得愈多，反而进一步加深。自从处女作《卖假药的老头》发表后，整个1980年代，我都没在《花城》发表小说了，作品都投给北方的杂志。

广东作家比较关注现实问题，1987年前后，广东长篇小说大繁荣，陈国凯的《好人阿通》、杨干华的《天堂众生录》、王曼的《北撤前夜》、余松岩的《地火侠魂》等，都与现实生活及"革命斗争历史"紧密相扣。即使文坛之争，也大都是新老作家之间的代际争端，互争话语权而已。在我看来，1930年代的左翼文学，与1970年代末的伤痕文学，可谓一麦两穗，基因相同。所谓"先锋作家"，在广东形单影只，状如异类。

在我桌上有块鹅卵石，我写作时经常凝视它，聆听它，希望有一天听到它成长的声音，日来月往，它真的在我的心中秘密长大了。与石头为伍，让我避开精神危机的关口，但也更加融不入文学圈了。我总觉得自己是朦胧的、不确定的存在，再看周围的一切，更是朦胧与不确定的。范汉生形容我："叶曙明是个较早研究现代派文学的青年作家，在编辑部很少说话，他把发给他的各种样书都摞在桌边，形成一个椭圆形的'城堡'，整日埋头在里面看稿，不注意的话看不到他。我说：你真把卡夫卡的《城堡》学到家了。"

他说得有点夸张了，因为摞在我桌上的，肯定稿件比样书要多。《城堡》的主角并不是不想与世界沟通，恰恰相反，他很努力，千方百计想进入城堡，却至死不得其门而入。我已记不起是哪年读《城堡》的了，也记不起老范到底有没有说过这句话，唯一记得的是，我一直在城堡之外，而不是在城堡之内——虽然，这个城堡很可能并无内外之别。

1980年代中期，现代派文学异军突起，迅速形成一股潮流。其滥觞所出，乃1970年代末的"今天诗派"与"星星美展"。"今天诗派"指围绕着北京民间诗刊《今天》的一批诗人，他们的诗作被称为"朦胧诗"，当事人并不怎么喜欢这一名称，以为不足以概括，而更喜欢"今天诗派"的叫法。

我不擅诗，难以评判，作为新生代，在本能上，只要不循传统旧路，我总是天然地抱有同情。

有人说，1980年代中国的现代主义，大多是"伪现代主义"。这话说对了一半。我记得有位大作家解释，为什么要用意识流手法？因为一句话不能完整地说，只能打碎了说。这就是典型的"伪现代主义"，没有跳出"形式为内容服务"的老窠臼。在我看来，意识流不是一种服务于内容的技巧，不是一件用于伪装内容的外衣，它有自己的内涵与意义，是作者唯一的选择，形式本身就是内容。

对所谓"现代主义"的兴起，广东文坛的主流意见，基本是负面的、抵制的。最初，本地媒体发表了《在新的崛起面前》《新的美学原则在崛起》和《崛起的诗群》等文章，对现代诗派的兴起，流露出肯定之意，但马上招来连串反击。

1980年，广东作家章明在《诗刊》发表《令人气闷的"朦胧"》一文，对朦胧诗大加贬议；1981年1月号《作品》刊登黄雨的文章《新诗向何处探索？》，并组织了一场"关于'朦胧诗'及现代派的讨论"。2月号刊登作家于逢的文章《意识流向何方？》，向意识流小说开火。省作协诗歌组多次召开会议，对"三个崛起"进行系统批判；省作协于1983年6月举行"天鹿会诗会"并于8月举行"大沥诗会"，各种否定意见，汹然纷起，集中反映在《当代文坛报》的《我们和"现代诗派"的分歧》（大沥诗会座谈纪要），以及1983年11月号《作品》的《是"崛起"还是倒退》（《作品》座谈会纪要）两篇文章上，划分阵营的意味，彰明昭著。《当代文坛报》1990年第2、3期合刊上的一篇文章承认："整体上来看，广东文艺理论批评对现代主义思潮是抵制——至少是保留的态度的。"这也是为什么我的小说，大部分都在北方发表的原因。

"丑陋"风波

1980年代，这个在记忆中光芒四射的年代，承载着过多希望的年代，也即将被神化的年代，不知不觉，已进入了下半场。我的工作有了新变化。花城社准备办一本新杂志《浪潮》，我估计是李士非的主意，又把我拉去参加筹办。

那年花城社来了好多大学生——小说室的钟洁玲，影视室的余红梅，译文室的方雁、袁安，随笔室的许嘉，总编室的麦婵，美术室的王惠敏，对外室的冯沛祖、詹秀敏等。1980年代初考入大学的那批人，现在陆续到了毕业季，他们的加入，慢慢改变着出版社的模样。在我之前，有岑桑、苏晨、李士非、林振名、易征这些受民国早期教育的老知识分子；在我之后，无数名牌大学毕业生排着队准备登场。像我这种来自工厂的草野之人，完全是机缘巧合，从一闪而过的时代缝隙，冲进场内的，以后很难再有这样的机遇了。

花城社在天台拨出一间铁皮屋，设立浪潮编辑室，我搬进了新办公室，门口正对着天台的公厕，在炎炎夏日之下，每天听着关门开门的声音，闻着阵阵"幽香"，开始杂志的筹备工作。为什么要办这样一份刊物呢？用《浪潮》的发刊词来说："无论成功还是失败，变革的浪潮总要在特定的时代重新聚集它的力量，试图让生活冲开传统的堤岸，往新的天地奔腾而去。"刊名与当时洛阳纸贵的《第三次浪潮》一书有关，"浪潮"总是让人联想到涨潮，而不是退潮。它代表着前进、变革、未来。

四川人民出版社1984年开始出版的"走向未来"丛书，对整个知识界，形成风驰草靡的影响，没读过的，简直都不好意思谈论1980年代了。有五四情结的年轻人，喜欢把它说成是一个新启蒙时代，上承二千年余绪，下启二千年序幕。思想解放，概念纷出，"白猫黑猫""摸着石头过河""让一部分人先富起来""个体户""万元户""下海""跳槽""软科学""横向联系""外向型经济"……千百种新思想、新观念、新名词从四面八方涌来，令人眼花缭乱，应接不暇。

"横向联系"是使用率极高的词，学校开商店是横向联系，科研单位办酒店也是横向联系，医院里卖电饭煲也是横向联系，美其名曰资源互补。经济体需要宣传，文化出版需要资金，于是"文化与经济"的横向联系，乃水到渠成。文学理想甚高的《花城》，也不得不顺应潮流，走上这条道路，1985年第4期，刊登了一则广告，羞答答表示，愿意"为四化全心全意传递各行业信息"，其实就是招揽广告。然而，不知是企业不了解《花城》，还是《花城》过于矜持，拖到1987年第6期，才正式有商业广告登场。

《浪潮》从诞生之初，就是一个"横向联系"的试验体，发刊词激情澎湃地宣示："把文艺与经济并入某种结构，求得特殊的功能及其效应，即是一个尝试。"并起了一个很响亮的名称，叫作"多兵种的联合军团"。横向联系的对象，是广州经济技术开发区。

我的任务是与开发区联系，对接的都是一些年轻人，在竹丝岗的珠鹰大厦有一个办公点，我经常跑去那里开会，甚至跑到他们家里，听他们慷慨陈词，发表对改革未来的高见，但他们满口"第N次浪潮""熵定律""信息革命"等华丽名词，我总感觉对不上口型。

杂志稿件主要由李士非、舒大沅、陈文彬等人组织并处理的，但舒、陈二人并非浪潮室的人，只是"友情客串"而已。1986年2月，《浪潮》正式创刊，自我定位为"文艺经济综合性杂志"，从栏目设置，亦清楚可见横向联系的痕迹："开放论坛""改革浪潮""文艺经济学""海外强人""个体户手记"等。创刊号发表了温元凯的《不可逆转的浪潮》、李正天的《民族心理必须更新》，还有苏晨、谌容、刘心武、黄宗英、高晓声、何卓琼、刘西鸿等人的作品。小说和诗只占次要位置，排到最后。

在"新诗潮"栏目中，刊登了广州一个青年诗社"新路诗社"的作品，包括沈展云的《黄山挑侠》《江南梦》《秋思》，卢迈的《乐》《相对》，沈绍裘的《西湖晚梦》，梁以墀的《小城镇之梦》，马翠娟的《人生》《遗憾》和《错误》。林贤治为这组新诗，配了一篇洋洋洒洒的评论《在探索的

107

道路上》。

1986年，延续着1980年代上半场的主调，舆论场继续喧哗。初秋的天空，万里无云，阳光烧烤着天台的铁皮屋，酷热难当。这天，花城社社长王曼把副总编陈俊年叫到办公室，把一本书交给他说：这是香港朋友送给他的，看了以后很受触动，请陈俊年也看看，看它有没有出版的价值，书名是《丑陋的中国人》，作者是台湾的柏杨。陈俊年花了一个昼夜，把这本书通读一遍。"读得我血沸千度！"陈俊年事后追述，"柏杨的杂文，既犀利地针砭时弊，又独具深邃的历史眼光，旁征博引，鞭辟入里，嬉笑怒骂，痛快淋漓。在我的阅历中，'丑'书简直像一枚巨磅的思想炸弹，读之如雷轰顶，震慑心魄！"

陈俊年认为，这本书是从人们的日常陋习着眼，批判国民的劣根性，未触及政治体制，风险不会很大，有助于解放思想。他马上去见王曼，兴奋地说，这本书不仅应该出，而且要尽快出。"'丑'书是一面来得非常及时的镜子，明晃晃映照出中国人身上的病症。我坚信这本启蒙式、批判式的书，一定为读者所急需。"王曼立即决定，把这本书的决审权，交给陈俊年。

这本书源自台湾作家柏杨1984年在美国爱荷华大学做了一场题为《丑陋的中国人》的演讲，对中国人的"脏、乱、吵"和"窝里斗"，进行了尖刻的嘲讽，并归咎于"中国传统文化中有一种滤过性病毒，使我们的子孙受到了感染，到今天都不能痊愈"，他给病毒起了个名字叫"酱缸文化"。柏杨把这篇演讲稿，加上《中国人与酱缸》《人生文学与历史》两篇演讲稿和访问稿《正视自己的丑陋面》，以及几十篇杂文，于1985年在台湾结集出版了《丑陋的中国人》一书，当月便卖出1.5万余册。后来的数据显示，截至1987年2月，已出16版，总发行量达11万册，在台湾的图书市场，堪称奇迹。

陈俊年让我也看一遍《丑陋的中国人》。我的感受与他大致相同：震惊、激动、痛快淋漓，仿佛被一种粗暴的穿透力击中。光是这个书名，就让我有醍醐灌顶之感。那时我们所受的宣传教育，都是中国人民如何伟大，开口闭口都是五千年文明古国，尽管"文革"已经结束，但人们对"文革"中暴露出来的人性之恶，记忆犹新。这本书于我而言，首先还不是如何反思中国文化，而是给了我当头棒喝：作为一个中国人，应该而且可以直率地把自己的想法说出来。

陈俊年问我的看法，我说：中国文化和世界上其他文化相比，并没有什么特别入圣超凡的奇异之处，一样有精华有糟粕，这些糟粕不仅存在于书本上，而且在日常生活的细节中，也在不断地腐蚀着我们。如果不警惕这些糟粕，这个民族是不会进步的。他说：好吧，这本书就由你来做责任编辑。

多年以后，陈俊年在对记者回忆往事时说："叶曙明是位自学成才的青年作家与学者。他高中毕业当知青，回城当工人，因文笔出众，便直接调入花城社当编辑。几年间，他接连参与《花城》杂志、《沈从文文集》《郁达夫文集》的编辑工作，既潜心于传统文化，又敏感于现代文学，且笔耕勤奋，短篇小说在台湾结集出版，引起轰动，而为人处世，踏实稳重……这些长处，足以担当《丑陋的中国人》一书的责编。"这显然是他的误记，我的小说集这时还没在台湾出版，他让我当责编，应与办《浪潮》杂志有关，《丑陋的中国人》对传统观念是一种强烈冲击，与当时喧腾天下的"思想解放""观念更新"大潮，同频共振，放在浪潮室比较合适。

对出版《丑陋的中国人》，陈俊年定下的原则是：只改非改不可的，只删非删不可的，尽量保持原汁原味。后来这本书在内地也出了几个版本，删改得面目全非。花城版是最完整的，殊为不易。

我用一个星期完成了文字编辑工作。封面是花城社美编苏家杰设计的，一张大蜘蛛网，罩着一座象征中国传统文化的石狮子。他用火烧去石狮子照片的一角，这可以有多重意思，既可以代表西方文化的冲击，也可以象征我们对传统文化的反思与批判。那时还没有电脑设计，只能真的用打火机点着照片，然后再用玻璃板把火压灭。我希望烧的面积大一点，明显一点，在一旁怂恿说：再烧多一点。苏家杰笑着说：再烧石狮子就看不出来了。书出来以后看，石狮子的确缺了几块，但烧焦的痕迹却不明显，我颇引为遗憾。

10月底，《丑陋的中国人》发稿，向全国新华书店发出征订单。一个月后，征订数已达280万册，社里吓了一大跳，赶紧采取降温措施，在扉页背面增补一则《出版说明》，称本书已删去原版《正视自己的丑陋面》一文，并作了若干文字变动，其余照原版重排；解释本书是"内部发行"，仅供有关专家、学者及研究人员参考之用。在版权页加上"内部发行"四个小字。主动把印数减到210万册，分两次印刷。第一次印80万册，20天内售罄，再加印130万册。我到印刷厂看清样时，发现许多工人边吃午饭边看《丑陋的中国人》，有人悄悄告诉我，有一些样本，已经被人偷偷夹带出厂，分送给亲朋好友，先睹为快了。

听到这样的消息，我不仅没生气，反而十分开心，觉得做了一件好事。连工人也争着看这本书，整个社会多有活力，多有激情，只要有一点缝隙，人们就蜂拥而上，拼命把缝隙挤大。"反思"是那个年代的流行词，连开士多的，开粥粉面店的，卖翻版影带的人，也把"反思"挂在嘴边。反思历史，反思文化，反思我们的所作所为，对一切都要反思，所有价值都要经历一个反思与重建过程。

这本书一出版，马上掀起传播热潮，出版界纷纷追步，什么《丑陋的日本人》《丑陋的法国人》，一下子都涌出来了，但反响都不及《丑陋的中国人》大，说明中国人还是愿意反思的，并不是每个人都甘沉溺，不思进取。

但是，1987年1月，《天津日报》率先发表批判文章，拉开了对《丑陋的中国人》一书反击战的序幕，《理论信息报》《中国青年报》《光明日报》《中国图书评论》《作品与争鸣》《河北学刊》紧随其后，一拥而上，讨伐的声浪，在各种媒体与会议上，此起彼伏。

花城社再次成了众矢之的，被指"造成了很坏的影响，完全是对中国人，对中华优秀文化的一种污蔑。花城出版社是一切向'钱'看才导致出版这本书"。在全国出版工作会议上，有人大发雷霆，宣称谁敢卖《丑陋的中国人》，就封谁的书店！在广州，一位高官召见王曼社长，劈头就说："什么丑陋的中国人，我就不丑陋！"陈俊年被迫在一个广东出版界的大会上，公开检讨。

退潮与涨潮来得一样快速，甚至更快更猛，让人猝不及防。《浪潮》在1988年黯然谢幕，我又回到了对外室。"浪潮"这名字真没起错，我们的日子过得确实像"浪潮"，一次次扑上沙滩，又一次次退回大海，把岁月淘尽。历史在短短几年间，不断重演。

聊以自慰的是，据媒体报道，由《书城》《出版广角》分别在1998年和1999年组织票选"20年（1978—1998）影响最大的20本书"和"感动共和国的50本书（1949—1999）"中，《丑陋的中国人》都以高票当选。2008年，《南方都市报》评选的"30年30本书"，也将《丑陋的中国人》一书选入其中，入选词写道："只有敢于正视自身丑陋的中国人，才有可能是美丽的，这就是柏杨告诉我们的有关中国人的辩证法。在上世纪80年代，这本书点燃了一枚反省自身的巨大的炮弹。"然而，时移世换，蓦然回首，这类评选，也只不过是夹在两次退潮之间的鳞光闪现而已。

记忆是个很奇妙的东西，在许多人的记忆中，1980年代是年轻的、浪漫的理想主义年代，太阳每天都是新的，光芒万丈，春意盎然，一切都勃勃生机，是一个心情舒畅、百花齐放的年代。但在我的记忆中，1980年代多半是跋山涉水、风雨交集的。所以我怀疑，每个人的记忆，都是选择性的，每个人都根据自己的回忆，对1980年代进行重塑。

2024年

让星光再闪耀

——《沈从文文集》出版过程

文集缘起

追溯花城出版社编辑出版《沈从文文集》的缘起，时间要倒回到1980年元旦前后，创刊半年多的《花城》杂志，邀请了陈荒煤、孔罗荪、林林、沈从文、臧克家、黄药眠、冯亦代、王蒙、刘心武、刘绍棠、邓友梅、从维熙、浩然、谌容、李陀、桑逢康等一批作家、翻译家，在北京新侨饭店开座谈会，征求对《花城》的意见。座谈会由时任广东人民出版社副社长兼副总编辑苏晨主持，文艺编辑室的编辑林振名、易征也有参加。

沈从文也在受邀之列。当时他还是一位"灰色人物"，官方没有给予正式定论，他的著作在1950年代基本上消失了，他的名字也早被人淡忘了，宛若一颗黯淡无光的星星，退隐在广阔天幕的边缘。开会前，林振名打电话给沈从文，问要不要派车去接他。沈从文住在小羊宜宾胡同，距新侨饭店有三四公里，在北京想叫辆出租车，也不是容易之事。但沈从文婉谢了。

第二天，飘着小雨，开会时间将至，很多与会者都到了，独不见沈从文身影。林振名和易征站在会场门口焦急等候，忽然见沈从文挂着雨伞，沿着湿漉漉的马路，一步步慢慢走来。原来年近八旬的沈从文，自己坐公共汽车，兜兜转转，颠簸而来。很难想象，这个在雨中踽踽独行的老头，是在中国文坛留下辉煌成就的巨匠。林振名、易征都深为感动，就在那一刹那，萌生了要为沈从文出版文集的念头。

我由衷佩服这些老编辑的素养，"文革"后伤痕文学盛行，几乎所有文学杂志、出版社都盯着伤痕文学，而易征、林振名这些老编辑的目光，已越过伤痕文学，投向了产生这些伤痕之前的那些年代、那些作品、那些人。他们知道，那时的中国文学有过更为广阔的一片天空。

1980年底[①]，以广东人民出版社文艺编辑室为主要班底，花城出版社正式成立了。在第一年的选题计划中，有两套大型文集，格外受人注目，一套是《沈从文文集》，一套是《郁达夫文集》，各12卷（外加研究资料两卷），被列为重点选题，出版社寄望甚高，认为有可能作为开张大吉、打响招牌的第一炮。然而，当时"左"风仍炽，对重新把沈从文这位老作家捧出来，各种质疑与非议，势必横见侧出，出版社将承受颇大压力，这是可以预见的。

如何应对化解？是出版这两套文集首先要考虑的。这时，刚好香港三联书店总经理萧滋，带着编辑部主任潘耀明等人，到出版社访问，与林振名、易征见面。林振名提出花城社与香港三联联合编辑出版《沈从文文集》的设想，问他们感不感兴趣。

萧滋表示很有兴趣，因为香港商务印书馆刚出版沈从文的《中国古代服饰研究》，市场反响不俗，内地图书在香港都不怎么好卖，只有沈从文的书卖得动，说明在港台及海外地区，还是有很多读者关注这位作家的，但受条件所限，香港三联无力编辑这么一套大型文集，现在天上掉馅饼，何乐而不为？从花城社的角度考虑，用香港三联的招牌，可以挡一挡风雨。双方各有所需，一拍即合。

---

①编者注：据作者叶曙明保存花城出版社正式开张时的照片，时间为1980年12月29日。

谈妥以后，萧滋顺带又问了一句："郁达夫也有很高知名度，出文集完全够格，你们敢不敢出？"林振名很干脆地回答："好啊，要出一齐出！争取三年内全部出完。"就这样，与香港三联合作出版《沈从文文集》《郁达夫文集》的计划，便定下来了。

1980年5月发行的《花城》第五册，发表了"沈从文专辑"，刊登沈从文的诗作《拟咏怀诗》（外一首），刊有沈从文手订《从文习作简目》、朱光潜《从沈从文先生的人格看他的文艺风格》、黄永玉《太阳下的风景——沈从文与我》、黄苗子《生命之火长明》和美国学者金介甫《给沈从文的一封信》等系列文章，把这个暌违已久的名字，重新带入公众视野。此为几年后国内"沈从文热"沛然而至的先声。

不出所料，出版沈、郁文集，惹恼了一些"文学老人"，他们的文坛地位，不容挑战，尽管他们也遭受过"文革"冲击，但脑筋不仅没有开通，反而更加硬如磐石，正如讨厌伤痕文学一样，他们也讨厌沈从文、郁达夫的"复活"。有人直言目前不宜出版沈、郁文集；有人质问广东的出版社，为何不出广东作家的文集；还有人提议，即使要出版，亦应成立有权威性的编辑委员会，严格审查把关。沈从文听说后，极不以为然，他对一切以"权威"面目出现的东西，都深为反感，不愿接受，这让花城社颇感为难。

据苏晨回忆，1980年冬天，他与林振名、易征一同赴京，一方面为花城出版社开张广告天下，联络作者，一方面为出版沈从文、郁达夫文集，向国家出版事业管理局请示报告。抵京之日，气温骤降，飘起了小雪。他们"住在每天1元2角钱的王府井人民日报社的招待所，在寒风瑟瑟中四处奔走"。国家出版事业管理局代局长陈翰伯表示，出版两套文集属于文化积累，这是出版社的主要任务之一，至于如何应付物议，建议他们再去拜访胡愈之、夏衍两位文化界老前辈。

苏晨等人遵嘱前往，胡愈之、夏衍都说是好事。夏衍说："千万别搞什么编委会，不然麻烦就大了！组成郁、沈二位文集的编委会，自当请一些有头有脸儿的人物。有事不请示编委不好，请示起来这位这样说，那位那样说，你们怎么办？你们还是天高皇帝远，自己'独裁'好。"他一番话，解决了编委会问题。（苏晨《1980年〈花城〉刊发沈从文特辑的点滴往事》）

关于去见夏衍的事情，林振名还有另一段回忆，他说在北京时，见到了作家郁风，她是郁达夫的侄女。郁风建议在编《郁达夫文集》时，最好成立一个编委会，并对林振名说："你下次来，我带你去见夏公，听听他的意见，再作决定。"因此，林振名回到广州后，向出版社汇报了情况，再度赴京拜会夏衍。

在第二次赴京时，郁风带着林振名一个人，去拜访夏衍。林振名回忆："郁风带我去拜访夏公时，十分熟路（络），见其家人，也十分亲热。夏公见到我们，亲切招呼进入厢房，家中的一只可爱的大猫安睡在一张大藤椅上，为了不惊动它，家人搬来两张椅子，让我和郁风大姐坐下。我向夏公汇报，出版社拟将编辑出版郁达夫文集，郁风说出自己的意思，想组成一个编委会来完成这件事。夏公听后，对郁风说，我担任了不少编委会的主任，却从来不管事，也有不少麻烦事……似意犹未尽，郁大姐见此，立即接话：'那就免了吧。'夏公点点头。至此，郁风客气地说了几句，我们便客气地告辞了。"

林振名已记不起曾与苏晨一起去见夏衍了。他说："我如果和苏晨一起去的话，最有可能的是去见冯亦代先生，冯介绍了北京由北岛他们编辑的《今天》（好像是文化馆自己办的杂志）。后来，似乎去看过黄苗子，他自己说，拿了沈老的字给黄苗子看看，黄说，没想到沈老的章草写得这样好！"（2022年11月18日林振名谈话记录）可以肯定的是，出版社不会为了同一件事，两次拜访夏衍征求意见，苏晨与林振名的回忆，孰对孰误，唯有存疑待考了。

苏晨说他们去北京小羊宜宾胡同拜访沈从文，是"1980年冬天"，而1980年夏天，沈从文已乔迁崇文门东大街新居，所以拜访的时间，当为1980年初。那天大雪纷飞，苏晨、林振名、易征踏着满街积雪，去拜访沈从文。几个人在沈从文的"窄而霉小斋"围炉而坐，谈起出版文集的设想，沈从文欣然同意，但表示他的文稿大都已经散失，也记不清了，如之奈何？苏晨问：还有谁比较清楚呢？沈从文想了一下说：你们去找一找上海师范学院的邵华强同学，他有一些资料。另外，北大中文系研究生凌宇也在做相关研究。林振名赶紧把名字记了下来。

从沈家出来后，林振名、易征二人马上买了机票，飞赴上海，在酒店放下行李，便直奔上海师院。他们忘了这天是星期六，学生都已回家，学院里空荡荡。他们东转西转，在中文系办公楼碰到了邵伯周教授，他是刚成立的中国现代文学研究会常务理事。他听了林振名、易征介绍情况后，领他们到中文系办公室，找到邵华强父母家的地址。林振名、易征马上冲出师院，叫了一辆出租车，按图索骥，一路直奔邵家。

后生可畏

林振名、易征与邵华强见面了。邵华强有点吃惊，不知道这两位广州客人是怎么找到他的，林振名、易征也有点吃惊，沈从文所推荐的"专家"，原来只是一位还没毕业的77级师范学生。

邵华强不仅年轻，而且是一年多以前，才第一次听到沈从文的名字。据他回忆，陈荒煤1979年到上海师院作报告时提到，美国哈佛大学有人研究沈从文而获得了博士学位，想来中国与同行交流，但文学所竟无一人知晓沈从文。"这是我第一次听到沈从文的名字。"邵华强说。

后来我向邵华强求证：陈荒煤是否真讲过这话？因为在人民文学出版社1962年版的《中国文学史》上，有提到沈从文，文学所不可能无人知晓。邵华强说："我们'文革'后第一、二届77、78级所用的教材都是各校自己编、打印的，没人用'文革'前的教材，就上海的几所高校，那几年的教材确实没有提到沈从文名。还有，陈荒煤（的讲话）有印刷稿，编在一本书里，可惜在上海，我手上没有。'知晓'是陈原话，改为'研究'大概才是实情，文学所这么多上了年纪的，怎会不知沈先生名？没人有研究，能与当时要来华访问的金介甫交流，才是实情。陈是作家出身，说话感性。"（2022年11月18日邵华强谈话记录）

散会后，邵华强找到自己的老师邵伯周，请教沈从文的事情。邵伯周建议他从"查考清楚其生平与创作史料"入手，做一些切实的研究。邵华强便一头钻进了徐家汇天主教堂藏书楼和上海图书馆内部阅览室，开始了沈从文研究。花了两个多月，编写出《沈从文著作系年初稿》和《沈从文生平简表》。他把稿子交给师院古籍整理研究室的程应镠教授审阅，程是沈从文的弟子兼好友。程应镠把稿子带到北京，交给了沈从文。邵华强回忆："不久后的一个上午，在东一教室大课休息时，班长陆祖良例行去信箱取信回来，进门就大叫'邵华强，沈从文给你来信了！'旁边的同学都围拢了过来，也记不得是哪位同学打开的信封，沈从文先生遒劲俊秀章草行文，'华强同学：……谢谢你的热情厚意……'"（邵华强《恩师程应镠教授与我沈从文研究的点点滴滴》）

邵华强到北京拜访沈从文，沈从文询问起他做这个研究的原因，交谈之中，得知邵华强是余姚邵家一脉，与新月派诗人邵洵美有族亲关系，1930年代初邵洵美曾资助沈从文护送丁玲逃离上海；邵华强的伯父邵伯衡也曾在新月书店做过记账，与沈从文短暂共事，这层关系，顿时拉近了两人的感情距离。

林振名回忆："我们早就认定在编文集时，一定要请熟悉沈、郁著作的人来当特约编辑，但必须听取他们的家人后人的意见。"（2022年11月18日林振名谈话记录）邵华强是沈从文推荐的，林振名邀请他当《沈从文文集》的特约编辑。对邵华强来说，这是做学术研究的天赐良机，当仁不让。林振名也提到了《郁达夫文集》的计划，需要寻找熟悉郁达夫作品、也能被郁达夫前妻王映霞和郁氏子女接受的人当编辑，问邵华强有没有人选推荐。

邵华强提醒说，王映霞与郁达夫前妻子女有一些利益纠纷，在文化圈闹得沸沸扬扬，如果他们介入，恐怕会让事情复杂化。他推荐了华东师范大学中文系的陈子善，是工农兵大学生留校任教，擅长考据，掌握史料丰富，郁达夫家人远不可比，也没有那些烦七烦八的家族利益纠缠。

陈子善的名字，林振名是听过的，他参加过人民文学出版社出版《鲁迅全集》的注释工作，在中国社会科学院文学研究所编纂的"中国现代作家作品研究资料丛书"中，陈子善与上海教育学院中文系主任王自立负责《郁达夫研究资料》，邵华强负责《沈从文研究资料》。这是国家第六个五年计划社科重点项目。在北京时，郁风和黄苗子都向林振名提过陈子善，但其时林振名没有更多了解，也没问要联系方式。

林振名、易征马上又去找陈子善，双方一拍即合。最后确定邵华强与凌宇两位在读学生做《沈从文文集》的特约编辑，陈子善与王自立做《郁达夫文集》的特约编辑。花城社与香港三联的原意，都是想编辑全集，但邵华强认为，沈从文用过的笔名太多，现在已核对出几十个，还有一些没核对清楚，加上图书馆缺少抗战时期大西南的报刊，这段时期的作品，很可能有缺漏。更重要的是，沈从文多次提出，一定要找到他在1940年代创作的《看虹录》《摘星录》等小说，这是他自己认定为最重要的作品之一，但这时仍未找到。

基于以上原因，只能退而求其次，定为"向全集靠拢的文集"。郁达夫的作品，收集得比较齐全，但为了书名统一，也定为"文集"。这两套文集的编辑任务，交给了花城出版社对外合作编辑室，其实就是落到林振名身上，当时对外室只有他一人，易征没有参与编辑，而是去办《旅伴》杂志了。由于两套文集都是重点选题，为了加强力量，出版社把我从《花城》杂志调到了对外室，做林振名的助手。

枝节横生

编辑《郁达夫文集》比较顺利，家属没有参与太多意见，但在编辑《沈从文文集》过程中，却状况频出，遇到许多意想不到的问题。最初大家以为，只要把沈从文作品尽量收齐，校订一遍，汇编成册即可，不料事情并不那么简单，沈夫人张兆和是个非常严谨、非常较真的人，对编选工作，不断提出各种意见，时而要删稿，时而要改稿。

第一、二卷编好后，交给沈从文过目，张兆和删去了其中一些，校样打印出来后，又要再删去一些，她致信邵华强，以"其中几篇从文不想选用"为由，要求抽起《冬的空间》，理由是"冗长，内容不多"（不过这篇最后还是保留了）；《自杀》与《自杀的故事》，"拟择其一，保留《自杀》（新与旧集中），抽去《自杀的故事》"；另一篇《一个天才的通信》也要抽起，该文曾在1929年《红黑》杂志上单篇发表，上海光华书店出版单行本，抽起的理由，是它"与《呆官日记》内容相似"，经过权衡后，把《呆官日记》抽起，而《一个天才的通信》则选用单行本的第二部分《寄给某编辑先生》，收入了文集第八卷。除此之外，《一件心的罪孽》《长夏》《记一个大学生》《乡居》《春天》《贤贤》等，也根据张兆和的要求抽起。

被抽起的，还不止这些，张兆和几乎每篇都要亲自过目，不仅删除一些她不满意的作品，还经常直接修改内容，把一些她认为敏感的段落、字句改掉，这令沈从文颇不满意，也让编者非常头痛，沈从文在给友人的信中抱怨："照当前真正'当家作主'的兆和同志习惯，最怕不小心处，无意得罪了老同行中'要人'，恐易出事故，招架不住。因此最近整理四五十年前旧作时，总是删来删去，凡是'粗野'的字句必删去，'犯时忌'的也必删去，'易致误解处'更必删去。结果不少作品磨得光溜溜的，毫无棱角'是特征'，也不免就把'原有特征'失去了。"（沈从文致徐盈信，1982年2月）

有的文章因删改太多，失去了原貌，不得不忍痛割爱。据邵华强回忆，沈从文第一部论文集《沫沫集》中，有一篇《鲁迅的战斗》，"张先生删改，沈先生不高兴，我则不敢吭声，后见删改得太多，我就干脆抽掉了。郭沫若那篇（指《论郭沫若》）沈先生也不想收，开始就被抽了。此篇是沈得罪郭的开始，49年3月自杀的最初祸因之一"。（2022年11月19日邵华强谈话记录）

在前几卷里，不少文章只有存目，而无正文，都是这类原因所致。由于抽起文章过多，前几卷篇幅大减，不得不从三卷压为两卷。在张兆和给邵华强的信中，反映出这一情况，信中写道："问题是二卷（指校样）篇幅本来不多，抽去《长夏》就更少了。凌宇建议是要把三卷中前两个集子《好管闲事的人》和《龙朱》归入二卷，余下与第四卷合并为第三卷，少一卷小说也行。'宁缺毋滥'，这是从文的看法，宁可少一点精一点。"

对花城社未经她同意就发稿，张兆和亦微露不满之意，她说："由于种种条件限制，大家分散在好几处，有问题不能及时商量，社方急于发排，有些作品我未看过，从文也已淡忘，光凭记忆靠不住，到看校样时再来决定去舍，就劳民伤财了。三卷、四卷中有几篇我也没有看过，其他作品亦未校订，切勿匆匆付排。看校样时间有限，最好能早早确定，看过校订过再付排，现在程序有些颠倒了。"最后她说："上面说的抽出文章，自然有不少麻烦，但如愿意去做、努力去做，相信也可以做到令人满意的。"（张兆和致邵华强信，1981年10月5日）

这封信的信封是沈从文笔迹，但里面却没有沈从文的信，只有张兆和的信，这让邵华强感到困惑，甚至怀疑是张兆和把沈从文的信抽走了。张兆和在信中说，抽掉部分文章，是沈从文的意见，但邵华强认为，主要还是张兆和的意见，沈从文在稿件的取舍上，很少发表什么意见，仅对张兆和修改原著字句，有时会争论一下。

为了遵守"尽量靠拢全集"的原则，邵华强想力保书稿的完整性，但这势必与张兆和发生矛盾，这天他在学校遇到刚从北京回上海的程应镠教授，转达沈从文的话："不要同张先生争了（指不同意删文章），我死了以后，你去编全的。"沈从文还说了一句堪可玩味的话："你去同华强讲，我们都是受压迫的。"（2022年11月7日邵华强谈话记录）

在第一、二卷编辑过程中，香港三联提出，希望沈从文手签300张卡片，附在书中，送给读者。沈从文爽快答应了，并很快把签好名的卡片寄往花城社，但不知怎么寄失了。因香港三联出书在即，已做了广告，说明签名本是先订先得。林振名只好火速飞赴北京，请沈从文再签一次。他去到北京后，才知道沈从文去了荆州的博物馆考察文物，马上在北京买了笔墨，飞到武汉，再转乘汽车赶赴荆州。

到达当地的博物馆后，由沈从文的助手、社科院考古研究所的王亚蓉接待，安排林振名住宿，傍晚与沈从文见面。沈从文听说签名卡寄丢了，二话不说，马上研墨撮笔，重签一批卡片，当晚就签好了。林振名去取签名卡时，沈从文问起文集的编辑情况，林振名介绍了一下，提及删稿与改稿的事，沈从文说："这次前几卷的小说，抽掉一些，我不比巴金，他一写便好，我不行，写了五六年才顺、才好。抽下来的，等我过身后，你们要怎么处理就怎么处理，要出也可以。你们定吧。"（2022年11月15日林振名谈话记录）这与他托程应镠向邵华强转达的话，意思相同。

为了给两套文集做普及推广，花城社还准备出版两本书，一本是《郁达夫早期作品选：沉沦》，一本是《沈从文早期作品选：神巫之爱》，都是我当责任编辑的，张兆和也不满意，对"早期"二字，她似乎很敏感，在给邵华强的信中说："你不是还为花城编了个'早期作品选'吗？如尚未进行，是否可以商量花城不必再搞了。"（张兆和致邵华强信，1982年7月10日）她还在"不必再搞"四字下面画了重点的圆圈。但最后我们还是"搞"了，《沉沦》在1982年出版，《神巫之爱》在1983年也出版了。

文集第一、二卷出版后，张兆和致信邵华强表示："一卷、二卷内容，有些文字，从文自己也看不下去，因此暂不送友人，等多出几卷再看。因早期作品思想上艺术上都不成熟，除少数研究者外，对一般读者无益。"（张兆和致邵华强信，1982年7月10日）文集第十二卷，已经排好版，因张兆和删改，抽去的内容多达160页。因此，在编辑《沈从文研究资料》时，已经出国留学的邵华强特意交代我，这些不是沈从文的作品，校样不必给沈夫人看了，免得她又来删稿。

1983年初，年逾八旬的沈从文，已需要轮椅助行。林振名到北京拜访他，再次谈到作品的修改问题，林振名本想提个折中建议，如果文章的观点与今天相左，不如暂时抽下，如果自己的观点改变了，同意当今的看法，则在修改后再加上注释。这时沈从文转脸望着张兆和说："文章都是她改的。照她的，小说改到通，就不是小说了，文章的内容改了，就不是我的了。"林振名听了，一时语塞。

张兆和如此较真，固然是被几十年的政治运动整怕了，心有余悸，因为80年代也并非总是风和日丽。林振名说："也难怪张先生，她曾当过文学编辑十年，几十年又经历各种各样'洗礼'，伤痕多，难免担惊受怕，改起难免会用些当今言语。其实，苦甜她老人家心中有数的。她爱沈老！"（2022年11月15日林振名谈话记录）

但也许还有一个原因，就是张兆和不喜欢沈从文早年的作品，那时沈从文受生活所迫，以卖文为生，写过一些比较粗糙，或带有情色意味的作品。虽然沈从文自己并不觉得这些作品见不得人，否则也不会那么看重《看虹录》《摘星录》了，但张兆和出于几十年形成的政治观念、审美观念以及其他顾虑，不希望这些作品被重新提及。邵华强说："张先生除了小心（实际上还是政治价值观），不喜欢那些情欲文字外，还有她作为老编辑的职业习惯，语法标点之类的挑毛病。"（2022年11月10日邵华强谈话记录）

林振名从北京返回广州后，马上通知校对科和出版科，对张兆和的校对稿和原稿，都要妥善保存，以备将来查对之用。可惜，没有引起人们足够重视，在他离开花城社后，这些原稿与校样，基本都散失了。

由于张兆和的坚持，文集的选编原则，从"尽量靠拢全集"，再退一步，变成"尽量减少删改"。然而，十八年后，张兆和主编北岳文艺出版社的《沈从文全集》时，却把花城版文集被她删去的文章，又全部收入了，也许因为这时沈从文已去世，张兆和也是九旬老人了，许多历史的包袱，都已放下。

邵华强不无遗憾地说："比较张版全集1～17卷（文学作品部分），与花城版12卷，还有研究资料里'年谱'详细的沈先生著述目录，两者相差并不大，换言之，花城版已相当齐全了（如果不删），18年后定全集时并没有新发现多少。'全'永远是相对的，鲁迅全集动用了官方的全国之力，有数十年之久，前几年还不时见到有新佚文发现。'看虹摘星'，尤其是'新摘星录'，是沈先生自认的重要作品，我们当初未能找到，确是遗憾，亦是唯有的重大遗漏，不过，张版全集亦是同样遗漏。"（2022年11月18日邵华强谈话记录）一代人做一代人的事，这些遗憾，只能留与后人了。

弦外余韵

文集开始编辑时，林振名的父亲不幸去世，他不得不到香港料理后事，出版社让《随笔》的邝雪林到对外室帮忙处理稿件。邝雪林是一位学识丰富、温文尔雅的老编辑。香港方面的责任编辑是潘耀明，笔名彦火、艾火，当过香港《正午报》的记者、编辑，也当过香港《海洋文艺》杂志执行编辑，进入三联书店后，担任编辑部主任。

《沈从文文集》和《郁达夫文集》的第一卷，在1982年1月出版了，责任编辑是署邝雪林、潘耀明名字，直到1982年5月出版的《郁达夫文集》第六卷上，才署上林振名的责编名字，而《沈从文文集》则到1983年1月出版第五卷时才署林振名的名字。我不清楚原因，其实，林振名参与了两套文集的筹备全过程，而且是主要负责人，虽然去了一趟香港，但时间不长。《沈从文文集》头三卷由邝雪林具体处理书稿，林振名也都有看条样。从香港回来后，邝雪林便回《随笔》去了。我是在这时加入对外室，协助林振名编两套文集的，在第一版上，我并无署责编名字，直到第二版时才补上。

在办公室，林振名整天戴着一副小小的金丝眼镜，伏案看稿，看得十分仔细，一字一句推敲。有时他会拿某篇文章给我看，问我某个句子"这样写通不通"，我左看右看，觉得也很通顺，没毛病。他摇摇头说："我觉得不对，沈老不会这样写。你到图书馆找一下最初的版本，对照一下。"我便骑上单车，到中山图书馆特藏部去查。有时一天跑两三趟，就为了核对一个句子、一个词，甚至一个字。有些疑问在广州解决不了，林振名就让我带上稿

子，坐飞机去上海，请邵华强解决。

那时坐飞机是很奢侈的，为了几个疑问，就专程飞一趟，最初我也觉得很夸张，但慢慢地明白了。书出来以后，读者看到的是最干净、完整、准确的版本，那些曾经为之绞尽脑汁的疑问，都已化解，甚至没人知道它们存在过。作为编辑，这时内心会有一种不足为外人道的欣然、舒畅之感，那真是美好的时刻。但如果漏失了哪怕一个疑问，就会成为永远卡在喉咙的一只苍蝇。林振名这种对作者、对作品、对文字的尊重、敬畏态度，一直是我追摹的榜样。可惜，林振名在对外室的时间并不长，1984年便离开出版社，移居香港，创办香江出版公司去了。

沈从文用毛笔一笔一划签的那300张签名卡片，有一部分没送给读者，而是一直放在编辑室的书柜里。1988年，沈从文仙逝，他那支笔永远搁下，再也不会写书，再也不会为读者签名了。搬办公室时，这些卡片没来得及收藏，被搬运人员抛撒了一地，忙着搬桌搬椅的人，就在它们上面踩来踩去。那时我已调离了对外室，等我发现，为时已晚。那些杂乱而肮脏的脚印，深深留在脑海里，几十年挥之不去。如今回想，犹有彻心彻骨之痛。

沈、郁文集在1986年基本出齐了。这是两位老作家有史以来第一套内容最全、规模最大的文集，我至今仍然认为，沈、郁文集是花城社在80年代出版的最有价值的图书之一。一花引来百花开，后来国内掀起了"沈从文热"，而且经久不息，愈来愈热，各种版本的沈从文著作满天飞，但唯有花城版的《沈从文文集》，是经过沈从文本人亲自全面校订整理过的。我能够参与编辑，与有荣焉。

2022年

它们为什么会畅销

——话说台湾畅销书

1

谁也弄不清"畅销书"到底是一个褒义词，还是一个贬义词。如果一位作家钻研了半天存在主义、结构主义，自以为能够转凡为圣，进入五维空间，不料等他把这一腔大师情怀付诸文字，却发现乐意读他作品的人都是些情窦初开的少女，他会有什么感想呢？

在大陆，纯文学和通俗文学是两个泾渭分明的概念。在台湾，纯文学和通俗文学之间，也有一道心理上的楚河汉界。不过，一本书畅销与否，却不是根据它的纯和俗来决定的。

就以张大春为例，他是后现代主义的代表作家之一。按大陆的习惯法，一定以为他的小说是没有语法没有标点符号又是时序颠倒又是象征隐喻的天书。有一回，他的一本新书出版了，一群女学生去采访他，恭恭敬敬地谈了她们的读后感，又恭恭敬敬地请教了他许多问题，大有"观念对话"的气象。

不料后来这本书却上了畅销书排行榜，名列第八。那群采访他的女学生立即大受同学们的奚落，因为她们居然正儿八经地采访一本畅销书，实在既无意义，又失面子。张大春只好自怨自艾，如果他那本书没人买，女学生们

125

肯定会当它是多么了不得的好书；可一旦畅销起来，其文学价值也就自然而然地连降三级。

2

在台湾图书市场，所谓"畅销书排行榜"，基本上是由出版商提供资料的，里面含有很大的广告噱头成分，不足为信。就拿柏杨的《中国人史纲》来说，印数才1万，而且据说还卖不出去，也成了畅销书。柏老先生大为惊奇，跑去问出版商怎么回事。出版商说，就因为它不好卖，所以才说成是畅销书。这种商人的促销手段，和我们这里满街的"名牌西裤大减价"相类似，应该留给精通图表公式的经济学家去研究。

然而，除了这些误导读者的假象之外，也有货真价实的畅销书。如王蓝的《蓝与黑》、纪刚的《滚滚辽河》、王文兴的《家变》、黄春明的《莎哟哪啦，再见》、三毛的《撒哈拉的故事》、柏杨的《丑陋的中国人》，还有琼瑶、张爱玲、席慕蓉、张晓风，也都写过不少历久不衰的畅销书。台湾出版界把这些可以印完又印的书称作"长销书"。

它们为什么能够长销？台北大学外文系教授蔡源煌认为，从各个时期产生的长销书，可以看出社会变迁的轨迹，因为不同时代的读者，会有不同的阅读趣味。

1950年代的台湾读者爱读什么书？那要看看当时的社会环境。200万大陆人一下子跑到这么一个天涯孤岛上，举目四顾，"大将满街跑，少将宿街头"，到处是落魄王孙、失意文豪。尽管大多数人朝思暮想重返大陆，但年复一年，隔海北望，不知何处是故乡，怎不令人泪落。

在这种弥漫全岛的乡愁气氛之中，描写抗日战争中爱国青年越过辽河封锁线，投奔抗日阵营的小说《滚滚辽河》和描写"一个沦落风尘的却力争上游的女性与另一个境遇优越却自甘堕落的女性"（王蓝语）的小说《蓝与黑》，受到普遍欢迎，正反映出深沉的怀旧思乡之情。

但到了1960年代，重返大陆希望仍然渺茫，而且吃惯了台湾米，有的人思古之幽情也就日渐淡薄了。蔡源煌教授说，这是台湾第一度出现的文化思想真空时期。怀旧的气氛已经远去，但又没有新的文化思想出而代替。在彷徨无主之际，高擎现代派大旗的白先勇、王文兴和一腔柔情、无限感伤的琼瑶、张爱玲，也就应运而生了。

3

1960年代前五年，为了填补思想真空，台湾知识界像着了魔似的引进现代的西方人文科学。其情形有点像我们说电磁炉时代来啦，哗啦一下，商店货架上全是电磁炉。1960年代的台湾知识分子，没读过存在主义的，简直就是白活一场了。

对政治的失望、个人对社会的无力感，以及受《自由中国》事件影响，政府大兴文字狱的现状，都加剧了知识分子对现实的厌恶和遁弃的倾向。

这一切就成了现代主义产生的土壤。

由此可见，台湾的现代主义是政治气候的产物，和宗教、哲学扯不上什么关系。所以后来乡土文学和现代主义的论战，也多是围绕政治、社会问题（诸如政治良心、民族理想、社会责任等等吓人的大题目），亦因此现代主义一旦失势，立即"害得很多人噤若寒蝉，从此不敢谈现代"（痖弦语）。反之，如果失势的是乡土文学，相信情况也好不到哪里去，因为这已经不仅仅是个文学问题了。

对1960年代知识分子的心理，余光中曾经分析："来台的作家们，逃避的和反抗的就是集体主义和沦为政治工具的宣传文学。在那样的余悸和厌烦之下，一般作家甚至对一切直接反映现实生活的文学，都起了反感，至少起了怀疑。余下来的一条路，似乎就只有向内走，走入个人的世界，感官经验

的世界，潜意识和梦的世界……"

在这种气氛之下，又是时序颠倒又是象征隐喻的现代主义小说，也有了畅销的机会，真是难得。与此同时，琼瑶、张爱玲这两位女作家也异军突起。不管高层次的评论家怎么看待她们，但她们的爱情小说确实打动了不少读者的心。特别是琼瑶笔下的灰姑娘和白马王子，一个个都是不食人间烟火的传奇人物，又够浪漫，又够缠绵，连我读了都忍不住哀叹当年我谈的那叫什么恋爱，简直就和背诵地理课文差不多。

琼瑶、张爱玲小说的畅销，和现代主义大行其道有着共同的心理基础，都是一种遁弃（我不用"逃避"这个词，是因为人们往往从贬义去理解它）。只不过一个代表高级市民的趣味，另一个代表小市民的趣味。

4

世事总是三十年河东、三十年河西。说得好听，是螺旋式发展；说得不好听，是世界轮流转。

谁也不曾想到，1970年代的风气会来个180度大转变，潮流兴复古。在台湾本身来说，西方文化思想汹涌泛滥，已经使整个知识界产生严重的心理失调；在世界范围来说，"回归乡土"的寻根运动，从欧美席卷而来，正好迎合了台湾知识界的需求。这时候，想出本畅销书，靠"存在是荒谬的"这一类格言已经不行了。就算注上法文原文，也说明不了什么问题。乡土文学当令，现代主义还不想让出阵地，几番论战，终究败北。王文兴悻悻然地说："拿文学去帮助穷人是最无效的方法。如果你碰见一个穷人，对他说：'你太可怜了，我现在送你一首诗吧！'那岂不是侮辱他？"

乡土文学的兴起，使文学界和读者的心理得到了某种平衡。这就是乡土文化得以风行一时的重要原因之一。不过，人们很快就感受到了它的巨大压力，就连各电视台，也都竞相播出闽南语剧集，其比例占节目表的50%。

和中国其他文化现象一样，1970年代的乡土意识立即又被提升到政治层面，成为帝国主义和民族主义之争。读者受到乡土文学作家民族良知的感动，也使这类作品变得更加畅销。

直到乡土文学几乎垄断市场的时候，新的心理失调终于出现了。"因为拥乡土文学的几位作家太具冲击力，他们不但批判现代主义代表的王文兴、余光中等，而且造成报纸副刊受到压力，因此拨出版面刊登各界拥出的作家的大量作品来抵挡。"（蔡源煌语）三毛的作品就是在这个时候开始流行的。

蔡源煌认为，三毛是报纸副刊为了分散乡土文学过度受注目的局面而捧出来的文学明星。从她的作品能够畅销这一事实，可以得出这么一个结论："如果乡土文学要求作家走回现实"，那么，《撒哈拉的故事》一书却显示，"至少有部分读者是离现实而去！"（蔡源煌语）

5

一本书畅销与否，取决于有多少人肯掏钱买它。所以，每个作家都会关心自己的读者究竟是些什么人。1980年代是一个多元化的年代。随着中产阶级的日益壮大，文学书籍的主要购买者中女性比例激增。哪本书能赢得女性芳心，哪本书就可以一版再版。

一位台湾书商说，初中和高中的女学生买三毛、席慕蓉、张晓风的书；大学女生买苏伟贞的书；刚刚离开校园步入社会的女孩子买廖辉英的书；曾经沧海的中年女人、女强人或发现丈夫有外遇的女人买李昂的书。

第二类畅销书是愤世嫉俗、针砭时弊的书。如柏杨、龙应台的作品，它们畅销和人们在政治上长期受压抑有关。作家直截了当地喊出了人们想喊而喊不出来的声音，从而使读者获得了反叛的快感。

第三类畅销书是写内幕、隐私的作品。如70年代由高信疆倡导的报道文学，也曾洛阳纸贵。蔡源煌教授说："我想最大的满足是来自于好奇心的满足。说穿了，每个人对别人的隐私都会抱着好奇的眼光来。"

除了读者心理之外，评论家的引导也起很大作用。台湾知识界对那些大师级评论家有一个颇为幽默的美称，叫作"意见领袖"，好像他们活在世上的目的就是每天发表一通意见。

然而，作品的真正价值，并不在于读者一时的阅读趣味，也不在于某位意见领袖说了几句褒贬之词。诚如蔡源煌教授所说，"每本长销书必然有其得天独厚的条件，但这并未证明它一定是好书。"同一道理，"好书更未必保证长销，尤其书籍的流通与读者群有密切关联时，若没有成熟的读者群，好书被埋没的情形是常常发生的。"

这是一个很好的自慰理由。我的小说不卖座时我也用它来安抚自己，效果甚佳。

6

在一开头我就说过，天晓得一本书畅销到底是好事还是坏事。某些畅销书，就因为太过畅销，已经引起了人们的忧虑。

有人批评说，像琼瑶式的畅销书，往往宣扬虚幻、感伤、滥情的人生，对青年毫无积极意义。也有人批评说，这类小说的道德伦理观，多属封建保守，与现代社会格格不入。

对于柏杨式的畅销书，也有人直斥为"对中国传统文化的认识偏离正轨，误入歧途"（王亦令语）。如果要问正轨在哪里，当然是在批评者那儿。其实无须争辩，中国的月亮一定比外国的圆——而且，外国到底有没有月亮，我至今还在怀疑。

说到写隐私的畅销书，麻烦更多。因为受到人们欢迎，趋附者亦众，难免泥沙俱下，有真有假。所以有人指责某些作家利用揭人隐私，"知名度急剧增加，小说大为畅销，出版社因此大赚其钱。这是一个高明而恶毒的圈套"（周渝语）。

我很难说这些批评是否公正，因为每个人有不同的价值观。不过有一点是肯定的，作品愈畅销，评头品足的声浪就会愈高，这是一个社会心理学的问题，无从避免。写一本畅销书不容易。在一个只有3.58万平方公里的小岛上，竟涌现这么多杰出的畅销书作家，更不容易。

1990年

一场悄悄的文学对话

1987年9月，当中国台湾《自立晚报》记者李永得、徐璐赴大陆采访，把舆论界闹得沸沸扬扬的时候，几乎没有人知道，在台湾文化界，有见及此并已经走在前面的，还有一家《台北评论》。

《台北评论》是1987年9月在台湾大学外文系教授蔡源煌先生主持下创办的文学杂志。蔡先生是美国纽约州立大学（宾汉姆顿校区）英语系博士，著有《文学的信念》等书，在文化界具有相当的影响。他非常关注大陆的文学现状，并有志于将其介绍给台湾和海外的读者。他认为海峡两岸的文化交流，不仅是为了造成某种象征性的历史意义，而且是为了"提升华语世界于当代人文环境、现象及思想的关切和讨论"，并借此刺激华文文学的发展。这才是他的一贯理念。

因此，从筹办《台北评论》开始，他就透过香港编辑分部的沈励桓先生向大陆作家组稿和采访，这确实是需要一定的目光和魄力的。

1987年7月18日，肩负重任的沈先生风尘仆仆地来到广州。他的第一个目标是找到了我。据沈先生说，他是在《香港文学》上读到了我的作品以后，开始注意起我这位在国内还是默默无闻的作家。真是机缘巧合，由于《台北评论》使我们成了文学上的朋友。我们一见如故，促膝夜谈，从中国的传统文化聊到了西方的现代主义，又从西方的现代主义聊到了东方的禅宗。一次短暂的见面竟为双方开拓了一片广阔的世界，这也是我们始料所不及的。

沈先生是一位办事很严谨的人。在向作者索稿以前，绝对不忘介绍一番《台北评论》的宗旨、风格以及编辑的素质、为人，乃至作者的每一项细小权益。他有一句话老挂在嘴边："这是我办事的原则。"他确实是奉"原则"唯谨的。在交谈中，他显示出缜密的逻辑性，与我满不在乎、不求甚解的作风形成了鲜明的对照。

9月2日，沈先生再到广州。这次他是代表《台北评论》对我作正式采访。在那间小而乱的书房里，我们一边大嚼着苹果，一边对自己感兴趣的文学艺术问题高谈阔论。

"在你的阅读里，"沈先生问，"哪一部中国文学作品对你的影响比较大？"

"大概是老庄哲学吧。"我似乎有点答非所问，"它们对我的整个世界观都有很深的影响。"这个影响指什么？"就是指我对整个世界的看法。仅此而已。"

沈先生笑了。"在经过一段比较困难的生活以后，你是否从中得到了某种安慰？"那是不消说的。"它使你现在看世界不会那么偏激，不会那么冲动？"当然，这也是不消说的。

我们都笑了起来。我紧接着说："我是生活在中国传统文化圈里的人，虽然我曾经鄙视传统，热心地向西方文化学习，但在经过一段时间以后，我发现自己反而愈向中国传统文化靠拢了。也许这是一种自然的复归过程吧。"

"你能否解释得清楚一点？"沈先生兴趣盎然，但我最怕的就是解释，想了半天才勉强回答："我是通过西方文化来认识中国传统文化的。"停了一下，又补充说："也许那种内心和谐与平和的境界是东方人不可少的吧。"

"然而，"沈先生尖锐地问道，"你的作品里常常出现一个'疯狂'的主题，这是为什么呢？"

"难道我们对'疯狂'有一个什么标准吗？"我反问道，"没有的，我们只是根据经验去判断一个人的精神是否存在问题。"

"你认为疯狂问题实际上存在于每一个人的身上，并没有一种价值判断在里面？"

"是的。曾经有一阵子我甚至怀疑到底是这个环境疯狂了，还是我这个本体疯狂了。至少我时常感到在我内部有个理性的我在不断地和疯狂的我作斗争。"

谈话变得愈来愈有趣了。沈先生一根接着一根地抽烟，他自己的烟抽完了，又向我要了一包。书房里烟雾腾腾。

"你对语言有什么看法？"沈先生换了一个话题，"你认为语言能够涵盖一切吗？"

"当然不能，"一谈到语言问题，我变得滔滔不绝了，"在过去几十年里，我们对文学作品的要求都是表现生活；近几年有很多年轻人又提出要表现自我。其实，这两方面的任务都不是语言所能承担的。道理很简单，因为文字对我们来说是先验的，我们从小就被迫按照前人的解释去接受它。至于它是不是真的能够准确地表达我们的思想和情绪，根本无法证明。比如'惆怅'一词，甲用它来表达某种情绪，乙也用它来表达某种情绪，但两者的情绪是否完全相同，实在难以证明。我们只能假定它是相同的。所以，使用语言本身是一种妥协。语言既然不可能完全反映内在世界和外部世界的真实，它就只能起着一种暗示的作用，暗示着这两个世界之间的某种关系。"

"你会不会对语言有一种无力感？"

"曾经有过。"我说，"这是一个过程。最初我对语言是很自信的，但后来我发觉语言的局限性实在太大了，因而产生出很强烈的语言崩溃感。"这是令人非常苦恼和沮丧的，然而任何一个有悟性的现代作家都会经历这个阶段，他们只有两种选择，或者陷入文字的迷宫里不能自拔，或者再向前迈一步，那就是禅宗了。"我是向前迈进了。禅宗对语言的领悟力是非常透彻的，所谓'道本无言，因言显道，得道忘言'。尽管禅宗也使用语言，但那是一种妥协，为的是启发你的悟性，使你从旧有的语言规范和逻辑规范里飞跃出来。"

沈先生问："当你觉得语言已经崩溃以后，你对自己的存在有一种什么感觉？"

"尴尬。这是最明显的感觉。"

"你是怎么处理这种感觉的？"

"处理"这个词让我感到困惑不解。沈先生说："这个问题很有趣。因为不管在台湾还是香港，有些搞存在主义的人到最后就说什么都没有了。这个世界是空的，连自我也失去了。但我听你的谈话并不是这样。你发觉语言崩溃了，感到尴尬，但在复归传统文化的过程中，你认为还有一些东西是可以保存的。"

"是的，"我说，"我并不认为什么都没有了。这个世界是确实存在的，问题是我们怎么去看、怎么去领悟它。"

"在你的作品里常常表现出孤独的感觉，为什么会这样呢？"沈先生的话题转得非常之快，他又提出了一个新问题。

"在我过去的那些作品里，"我说，"表现出来的并不完全是孤独，更多的只是一般的寂寞。我认为孤独和寂寞有很大的区别，寂寞是很多人都能够感受到的，可是孤独则是一种完全不同的感觉——"我突然停下来不吭声了。

"是不是不可言传的？"沈先生笑着问。

"也许是的。如果一定要用语言表达，或者可以将孤独形容为一种内心的和平与喜悦，是一种终极的快乐的体验，没有丝毫的伤感。"

夜已经深了。但我们两人都感到精神奕奕，谈话的兴致一点也没有降低。沈先生又把话题扯到了小说的形式和技巧上面了。

我认为，小说的形式和内容是不能勉强分开的，特别是现代小说，形式五花八门，其原因在于形式本身也是有意义的，并不是如传统所说形式只是表现内容的工具。

沈先生说："在台湾也曾有过所谓乡土派和现代派之争，现代派是比较注重形式的，有些人甚至走到极端，光是探讨形式，出现'形象诗'之类的作品。乡土派则相反，他们说作品总得表现某个主题。"

"其实他们并没有分歧，"我说，"只不过现代派的主题就在于探讨形式，他们是以某种形式来体现主题思想。"

沈先生关切地询问内地的小说创作情况，"你觉得把写实主义规定在一定的范畴，比方说社会主义的写实主义，会不会局限了作家的创作？"他说这也是台湾读者很希望了解的问题。

我沉吟片刻。"这和文化素质有关系，不仅仅是一个理论问题。提出社会主义现实主义是文化素质的结果，而不是原因。也就是说，不是因为有了这个口号，才规定了作家的创作实践，而是因为有一大批这样的作家，才产生出这样的理论。这种理论确实代表着一大批作家的写作态度和文化修养。"

"你认为它会不会把文学变成社会学？"

"这个问题在20世纪以前也同样存在，像巴尔扎克的作品，究竟是文学还是社会学？"

"但是，"沈先生说，"社会主义写实主义要求作家都去歌颂光明，这样的作品在艺术上能有什么成就呢？"

"这个问题得从两方面去看，"我谨慎地回答，"其一，不管我们是否赞同社会主义现实主义，但我们都得承认不能将这个理论简单地归纳为歌颂光明，在这一点上，台湾文艺界对大陆的情况显然有点误解；其二，作品能有多大成就，不是根据作家的意愿决定的。关键是作家在说真心话，而不是在自欺欺人。"

"当然，"沈先生点点头，"如果他们的语言和他们想的是一回事，我们不能怪他。但如他篇篇作品都在歌颂光明，我们怎么评定他呢？"

"在文学史上，相信任何一个国家对文学作品的评定都不会以它是歌颂还是揭露为依据的。"

"你的意思是他们仍可按照自己的方向努力下去，只要他们是真诚的。"

"是的。"

沈先生把最后一根烟蒂摁熄了。这次谈话使他感到十分兴奋，他认为只要把这次谈话如实地传达给台湾的读者，就会使他们对大陆的文学现状有一个新的认识。消除海峡两岸的误解和隔膜，正是《台北评论》当仁不让的使命之一。

9月4日，沈先生回到香港，立即将这次谈话整理成文字，连同我在国内发表过的一些作品寄往台北。蔡源煌先生读到沈先生所写的采访记录后，也很高兴，马上挂长途电话到香港，嘱沈先生一定要向我表达谢意，并向我问好。

9月中旬，沈先生带着蔡先生的问候再次来到广州，并带来了《台北评论》的创刊号。他郑重其事地向我表示，《台北评论》的触角将继续向北方伸展，把更多的大陆作家介绍给台湾读者。

"这是我的理念，也是《台北评论》的理念。"沈先生临别时说。一个月后，台湾当局宣布允许民众回大陆探亲，两岸长达三十八年的隔绝状态终被打破。

1987年

1980年代的文学热

对1980年代的回忆，一直是文学界里的一个热门话题。有人顶礼膜拜，有人不以为然。叶兆言先生最近在一篇文章中就提醒人们，不要把当时的文学水准看得太高，不要过分美化和理想化，其实那时的文学热是一种虚热，就像个体积庞大、五光十色的肥皂泡，禁不起一枚小小针尖。

也许不同的人，对1980年代的文学会有不同的记忆与判断，叶兆言先生觉得那是一场虚热，而在我的印象中，则觉得那是一个堰塞湖决口的年代。当巨大的洪水从山上一泻而下，怎么判断哪一股水流是虚，哪一股是实呢？

叶兆言先生举了个例子，1982年，浙江人民出版社的《最新美国短篇小说选》，初版第一次印刷了4万多册。他说这个印数可以当作文学虚热的极好例子，一看就知道是匆忙编选出来，内容良莠不齐，捡到篮子里就是菜，端上桌子便算佳肴。

其实，4万册在当时简直少得可怜，广东省作家协会的文学刊物《作品》发行量曾高达60万份；1980年代我在花城出版社的时候，出版港台小说，不问作者是谁，不问是武侠还是爱情，一印就几十万册，还要一再加印。

这是文学的一股潮流，另一股潮流就是叶兆言先生所批评的那种与新文化运动、左翼文学、抗战文学，甚至"批林批孔"一脉相承的所谓"伤痕文学"，或曰"批判文学"。还有第三股潮流，就是先锋文学。人们像得了饥渴症似的，几乎不加选择地吞咽着从四面八方涌来的各种信息。意识流小说、朦胧诗的争论沸反盈天。老作家们的作品，政治热情充沛，直抒胸怀，载道言志，义典则弘。新一代作家则以激进的姿态，抵抗着"泛政治主义"强加给他们的意义与责任，他们更关注作品本身的解读方式。

如果再分析下去，各种文学潮流还可以分出更多的支流，互相交错，互相冲击，这就是当时文学界的状态，并不仅仅是只有"批判文学"一脉的存在。至于作品的良莠不齐，某些作家争名夺利、投机取巧，这是任何时代、任何国家都会有的现象，没有才怪呢。

在我看来，1980年代的文学，不存在虚热问题，每一分热度都是实的，都是烫手的，至于创作水准如何，并不影响这热度的真实性。1980年代文学的最大特征，不是它的批判性，也不是它的专业水准，而是它的多元性。人们第一次觉得，原来中国当代文学也可以"百花齐放"的。

所以，我不太赞成用"泡沫"这个词，无论是用在股市、楼市，或者文学上，我都不赞成。我相信任何事情的发生、发展，都有其内在逻辑，楼价升到四五万块钱一平米时，是一定有原因的，不是谁想吹就能吹出个大泡沫来。楼价下跌时，也一定有不能不跌的原因，如果以为用一枚小小针尖就能戳破，未免太乐观了。

文学也一样，到1990年代，为什么会遽然降温？叶兆言先生认为当年文学的热闹，与后来的相当冷落，有着千丝万缕的联系，也就是虚热的散去。但我倒是觉得，当年文学的热闹，与之前的冷落，有千丝万缕的联系。而1990年代的冷落，则与整个大环境的时移势易分不开，其时许多作家或潜在的作家，都转去做生意了。至于他们为什么觉得做生意比写小说更吸引人，那只能问他们自己了。顺便说一句，我也是从1990年代开始不写小说，转而埋头于历史的。

2022年

观棋谈史

让历史变得有温度

几年前，我写的李鸿章传，曾被评价为是"迄今为止最全面、最精彩、最客观的李鸿章传记"，有记者问我：李鸿章是大家非常熟悉的一个历史人物，我创作过程中是怎样保持历史的"新鲜感"的？我的回答是：我在写李鸿章时，并不考虑是否"新鲜"，只考虑是否"真实"。很多人会说，历史是任人打扮的小姑娘，但我觉得不是，这小姑娘绝不是任人打扮的，但可以任人从不同的角度去打量。

对李鸿章应如何定位？有人说他是刽子手、卖国贼，有人说他是中兴名臣。这就是不同的角度。如果从更本质的文化层面去看，我对曾国藩是用"贤圣"的标准去衡量，对李鸿章则用"豪杰"的标准。历史上可与之比肩者，如跋山涉水取西经的玄奘，受任于败军之际、奉命于危难之时的诸葛亮，都是一时豪杰。

李鸿章是中国近代史一个绕不过去的人物，甚至可以说是开启中国近代史的第一人。什么是近代史？我认为就是中国开始认识世界的历史，开始尝试以平等的姿态走进国际社会的历史。历史学家常以第一次鸦片战争作为近代史起点，以中国沦为半封建半殖民地为标志，似乎中国近代史就是一部屈辱史，其实所有的这些屈辱，都是一个封闭的国家，在不情愿的状态下被迫进入国际社会时，不得不付出的代价。日本也曾经是一个封闭的国家，但它后来主动进入国际社会，就没有经历那么多的屈辱。

如果把李鸿章视作推动中国进入国际社会的一种积极力量的象征，那么，如果只有鸦片战争，没有李鸿章这种推动力，中国近代史还没有开始；但反过来，如果这种推动力能起主导作用的话，那么中国就有可能不用经过太多战争，而以最小的代价走进世界。

历史不存在绝对的客观、全面，但治史者要尊重自己所掌握的史料，并要有自己的基本判断。李鸿章建海军、修铁路、开矿山、办工厂，这些到底是好事还是坏事？必须给出一个毫不含糊的回答。有些历史学者因为质疑李鸿章的动机，就连这些事业的正当性也否定了。有些人因为甲午战争打败了，就对李鸿章建海军冷嘲热讽，极力丑化，好像建海军倒成一件祸国殃民的事了。但如果没有北洋海军，中国连"致远""靖远"这些军舰也没有，只能用木帆船去和日本海军打，这样打败了，是不是就没人骂他了呢？在中国办事，最可痛心的是"炒豆众人吃，炸锅一人事"。

写历史，找到题材很容易，写出见地却很难；写出见地容易，有温度却很难。历史的温度来自理解——对历史人物的理解，对历史环境的理解。写史最忌是自己安坐书房，占稳了道义高地，然后拿一些脱离当时历史条件的要求去苛责古人。比如对李鸿章签订《马关条约》《辛丑条约》，口诛笔伐很容易，就像有人正义凛然地质问：为什么他不能严词拒绝？为什么不迁都？为什么不打持久战？但这些选项放在当时的历史条件下，行得通吗？只要对实际情形有所了解，都知道根本是一堆不着边际的空话。李鸿章拂袖而去很容易，但去了以后又怎么办？拂袖而去是不是对国家最有利的选项？理解"一个时代的人只能做一个时代的事"，是对历史的尊重，而不是把历史当成一堆冷冰冰的意识形态教材。

2016年

曾国藩的抑郁症

最近几年，常听见身边的朋友说患了抑郁症，似乎这成了一个常见病，比感冒还容易染上。我曾向专家讨教，这病怎么好像突然很流行？专家说，如今这社会急功近利，道德界限模糊，一个人若涵养不足，根基不固，便容易焦虑与疲惫，患上抑郁症。

我初时觉得很有道理，但后来读史时，发现这症不仅今天才有，也不是根基不固的人才易得，连古时圣贤也会得。据我的考证，曾国藩便是长期受抑郁症的困扰，最后郁郁而终的。他以其道德学问，被人尊为圣贤，根基应该比泰山还稳当，竟也被抑郁症折磨至死。

许多历史学家说，平定太平天国之后，曾国藩急于裁撤湘军，是他老于官场的自保之法，其实是他受抑郁症困扰，已无法做事而已。且看他的日记，1865年的九月，淮军在湖北打了一场大胜仗，军中人人兴高采烈，曾国藩在日记中却写道："倦甚，不愿治事。烈风凄雨，气象黯惨。"别人愈高兴，他愈觉得空虚悲戚。这便有点抑郁症的味道了。

再看其后连续一段日子他写的日记，九月初九："倦甚，不愿治事。三点睡，五更醒。"九月十七日："倦甚，不愿治事。又围棋一局，观人一局。"十月初二："倦甚，不愿治事。与幕府诸公闼谈。"十月二十二日："二更后倦甚，又似畏寒者，老景侵逼，颓然若难任也。"第二年（1866）

二月初十日："二更后忽然头晕，若不自持，小睡片刻，三点睡后弥复昏晕，右腿麻木，似将中风者，殆因昨夕忧煎不寐，本日说话太多，夜间治事太细之故，与然老境骎骎不复所有为矣。"

人人都会有情绪低落的时候，这不奇怪，但这种情绪如果持续了五六个月，还伴有躯体病症的，那么，无论哪个心理医生看了，都会给你开上几粒米安舍林、帕罗西汀了。曾国藩的抑郁症，与他长年和太平天国作战，压力太大有关。他本来是一个读书人，适合写写文章，编编《经史百家杂钞》，朝廷硬让他带兵打仗，实在是赶鸭子上架，而且社稷江山的安危，系于一身，不得抑郁症才怪。

曾国藩是1872年二月初四去世的，我们再看他去世前几天的日记。正月二十一日："瞬息间天已黑，不能治事矣。傍夕睡颇久。"正月二十六日："在途已觉痰迷，心中若昏昧不明者，欲与轿旁之戈什哈说话，而久说不出。至水西门官厅欲与梅小岩方伯说话，又许久说不出。如欲动风者然。"正月二十九日："近年或欲作文，亦觉心中恍惚，不能自主。"二月初二："手执笔而如颤，口欲言而不能出声。"他的日记，从1839年正月开始，至1872年二月初三写下最后一篇。其最后一句为："二更四点睡。"曾国藩的天，这时已经是一片漆黑了。

据医生说，抑郁症的症状，常有自我评价降低，产生无用感、无望感、无助感和无价值感，常伴有自责自罪，语言流畅性差，空间知觉、眼手协调及思维灵活性等能力减退，有时与人交谈会出现对答困难，即曾国藩日记中"欲与轿旁之戈什哈说话，而久说不出"，严重者会出现疑病妄想，就像曾国藩常怀疑自己中风一样。

一些历史关键人物的健康状况，往往会对历史进程产生重大影响，后世的研究者，应给予充分重视。比如有关曾国藩裁撤湘军的文章，历来史家不知写了多少，大多扯什么"功高震主""功成身退"的儒家事功治术，似乎还没有人从曾国藩的健康状况去探讨，这是很大的欠缺。

2014年

对战败的反思

非器物之罪

清光绪二十一年（1895）正月十六日，也即海军提督丁汝昌自杀的前一天，大清甲午战争的败局已定，噩耗传到北京，帝师翁同龢在日记中，写下了光绪皇帝与各位枢臣的反应："（皇上）问诸臣，时事如此，战和皆无可恃。言及宗社，声泪并发。臣流汗战栗，罔知所措矣。"将士流血，皇上流泪，臣子流汗，内外失惊，上下束手，这个历史场面，令人唏嘘。

战败，对于任何国家、任何民族来说，都是一个惨痛的经验。尤其中日战争，由于战前一般舆论，都认为中国乃泱泱大国，至少是亚洲第一大国，一人吐一口唾沫，亦可以把日本这蕞尔小岛淹没，没人想到会打输。用税务司英国人赫德的话来说："如今在一千个中国人中有九百九十九人肯定大中国可以打垮小日本，只有千分之一的人想法相反。"但现实就是这么残酷，中国竟然一败涂地，海上、陆上，毫无招架之力。国人在毫无思想准备的情况下，从九霄之上狠狠摔到了地面。

不少国人开始追问战败的原因。这种追问，无非从三个层面着眼，一是器物层面，二是制度层面，三是人的层面。

器物是表层的东西。中日双方的实力对比，无论军舰数量、排水量、火

147

炮口径，还是军队人数、装备，都是一目了然的，差距并不是太大。清流党战前极力主张开战，便主要是从器物层面考虑，认为中国地大物博，广土众民，何惧倭寇小丑。事后反思，自然也集中在器物层面，他们责难李鸿章，何以花费了巨额金钱，建起来的海军，却如此不堪一击，虚糜帑项，罪责难逃。甚至无中生有地指责他是故意打输，以便把台湾让给日本，好像他可以从中得什么好处似的。

这一幕何其熟悉，在二十四史里演了又演。那些最积极抵御外敌的人，最后往往会被泼一身污水。其实，李鸿章很早就认定中日之间必有一战，亦深知中国无论陆军、海军，都没有开战的充分准备。因此，在甲午战争前三十年间，李鸿章全力以赴，购买军舰、洋枪洋炮，训练军队，努力兴办铁路、轮船、电线（电报）、矿山、工厂等事业，极力缩短中国与列强在器物层面上的差距。但一路上却遇到重重障碍，而令人扼腕的是，这些障碍并非来自日本或西方列强，而是来自那些满腔忠君爱国热忱的臣僚。

李鸿章在签订《马关条约》的当天，给新疆巡抚陶模写信，沉痛指出："详察当路诸公，仍是从前拱让委蛇之习，若不亟改，恐一蹶不能复振也……十年以来，文娱武嬉，酿成此变。平日讲求武备，辄以铺张糜费为疑，至以购械购船悬为厉禁。一旦有事，明知兵力不敌而淆于群哄，轻于一掷，遂至一发不可复收。战绌而后言和，且值都城危急，事机綦紧，更非寻常交际可比。兵事甫解，谤书又腾，知我罪我，付之千载，固非口舌所能分析矣。"

由此可见，当时清流党即使在器物层面的反思，也不是为了找出中日差距，然后迎头赶上，而是为了撇清自身责任，达到把李鸿章拉下马的目的。中国的官僚，基本上只有权力概念，没有国家概念。因此，就算中国的军舰再多几倍，在器物上领先于日本，甲午年的战败，依然是难以避免的。

中国的真正危机，不是与外国在器物上的差距，甚至不在于外部的侵略，而在其国家内部，在其文化的根子上。于是，对甲午战败的反思，便必然会导向对制度的反思、对文化的反思。

从人的现代化入手

甲午战败后，大家一窝蜂地骂中国军舰不如人，炮火不如人，这是最容易不过的；后来有人觉得中国之败，在于制度不如日本，这是进了一大步，但仍然不够，因为它没有回答：为什么中国的制度不如日本？美国打开日本的国门后，日本能虚心学习西方，奋起直追，而鸦片战争打开中国国门后，中国却只会归咎于洋人太过奸猾，除了整天痛骂西方的强盗本性、丧尽天良外，根本没弄清自己到底输在哪里。

直到甲午战争，终于有中国人明白，中国与日本的最大差距，是人的差距，也就是文化的差距。人们常说中国人的素质如何，其实就是一个文化的差距。而改变这种差距，除了要学习西方的物质文明，更要学其先进文化。

李鸿章也许是最早意识到这一点的朝廷重臣。战前的李鸿章，开口闭口，都是军舰、铁路、电线、矿山、机器，但甲午战败后，他谈得更多的是教育了。这个变化，说明他对甲午的反思，已到了更深的层面，比他同时代的人都要走得前。

其实早在甲午战争之前三十年，李鸿章已经在北京、上海、广州创立同文馆，让学生学习英文、德文、法文，课程包括国际法等。当时许多大臣对此痛心疾首，认为中西文化绝不兼容，引进西洋文化，意味着破坏中国传统文化。内阁大学士倭仁便大唱"立国之道，尚礼仪不尚权谋；根本之图，在人心不在技艺"的高调，反对同文馆"以夷为师"，嘲讽同文馆是"孔门弟子，鬼谷先生"（以鬼喻洋人）。

人们常说中国与日本同文同种，日本的一切传统文化，都是来自中国，文化之根是相同的，但为什么日本的国门向西方打开以后，没有担心传统文化会被破坏呢？事实上也的确没有被破坏，许多有着悠久历史的文化传统，甚至完好地保存到今天。反而是激烈抗拒西洋文化的中国，传统文化受到比日本严重百倍的破坏，这是什么原因？

甲午战败后不久，李鸿章在给幕僚的信中，便态度鲜明地主张废除科举，罢各省提学官，停时文试帖，将天下书院尽改为新式学堂。这比历史上著名的戊戌变法，还要早两年。清光绪二十三年（1897）正月，李鸿章在给幕僚的另一信中，更主张不仅内外大臣都应学习西文，学习洋务，更应从儿童开始，学习外国语言文字。

李鸿章是曾国藩的入室弟子，满腹经纶，难道他不热爱中国的传统文化？难道他有意让洋人来挖自己的祖坟？恰恰相反，他能有这胸襟，打开门户，学习西方，正表现出对中国传统文化的高度自信。真正对传统文化缺乏自信的，不是李鸿章这些主张学习西方的人，而是像倭仁那种整天做梦以半部《论语》治天下，一听西洋文化就掩耳而走，一见洋人火轮就预感要亡国灭种的人。

什么是文化？文化就是交流，小至人与人的交流，大至不同国家、不同语言、不同种族的交流，没有交流，根本就无所谓文化。有了现代的人，就不愁没有现代的制度、现代的器物。这是甲午战争给中国人最大的启发，于是就有了后来的戊戌变法，有了清末新政，有了立宪运动，推着、拉着这个老大帝国，一寸一寸地跨入现代国家的门槛。

两种反思，两条道路

历史上每一场大的战争，都会引起社会变革。如果不是推动社会往前走，就是拉着它往后退。自鸦片战争以来，"往前走"与"往后退"的两股力量，在中国胶着争持。经历了甲午战争、戊戌变法、义和拳之乱、立宪运动、保路运动，及至辛亥革命一声炮响，造成满清倾覆，民国创立。各式各样的"改良""变法""革命"，内忧与外患并至，可谓一波未平，一波又起。其间国家、民族、文化的命脉，存亡绝续，悬于呼吸，其危如一发引千钧。用李鸿章的话来说，开亘古未有之变局，是一点也没有夸张的。

甲午战争之后，朝野都对战争进行了反思，但结论却南辕北辙。有一种反思认为，中国必须向西方学习，向日本学习，才能进步，在国际上翻身。因此在战败之后，真正的爱国青年，不是终日沉浸在愤怒与悲情之中，而是扛起行李，跳上轮船，奔赴日本、欧美留学，向世界上任何先进的国家与民族学习，甚至向在战场上打败了自己的日本学习。

这种反思，在知识界与工商界有较大的共鸣，形成了一股对社会变革具有激励作用的力量，直接催化了戊戌变法；而戊戌变法则成为清末十年新政的先声，清末十年新政又推动了中国民间社会的成长与成熟，使中国向现代正常国家，迈出了关键性的第一步。

另一种反思认为，东西方是天然的敌人，水火不容，非我族类，其心必异，西方是狼子野心，必然想瓜分中国，因此必须全面抵抗西方的政治、军事、经济、文化侵略，确保中国文化的单一性、纯洁性。几千年来，只有中华文化同化外来的异质文化，从来没有异质文化能够同化中华文化。这种反思在庙堂占了上风，于是有了后来由一群王公大臣撑腰的义和团运动。

两种反思，两种结论，哪一种对中国未来更有益，哪一种会拖慢中国前进的脚步，其实大家心里都有数，不待智者而后知。然而，由于中国文化太博大，历史太悠久，地域太辽阔，有时反而会成为前进之累，被一些人用作拒斥人类先进文明的理由。

梁启超说："19世纪之末，有中东（指甲午战争）一役，犹18世纪之末，有法国革命也。法国革命，开出19世纪之欧罗巴；中东一役，开出20世纪之亚细亚。譬犹红日将出，鸡乃先鸣；风雨欲来，月乃先晕，有识者所能预知也。"不过，他似乎太乐观了，中国社会的转型，过程之艰难、时间之漫长、代价之沉重，堪称世界之最，甚至到了一百多年后的今天，仍处于"摸着石头过河"的阶段。回想鸦片战争以来中国人民所经历的种种苦难，真令人欲哭无泪！

甲午战争是中国近代史的一大枢纽，中国未来的盛衰兴败，恒取决于国人怎样看待这场战争，对战败进行了怎样的反思，得到了什么样的教训。种什么因，得什么果。历史的因果演进，就像连环套一样，一环套着一环，在这片古老的土地上，渐次展开。回首前尘，中国社会转型的来龙去脉，不仅有迹可寻，而且历历在目，因果分明，直教人一读一惊心。

2014年

致梁任公一封信

任公先生大鉴：

给先生写信于我而言，是一种很奇特的经验，其实在我写《启明之星——梁启超传》一书时，心中已经和先生对话过无数次，很多个白天夜晚，读着先生的《饮冰室集》，被先生常带感情的文字所感染，仿佛见到先生的音容笑貌。我也是广府人，先生的"岭南鸟语"，我不仅听得懂，而且倍觉亲切。

有一年，家父因病住院，邻床病友自我介绍，新会人士，竟然是先生的一位亲戚。家父听了，惊喜交集，几忘病体，与他交谈甚欢，复对我说：这回住院不寂寞了。一位探病者好奇地插嘴："梁启超是谁？是香港歌星吗？"当时家父哑然不知所答，唯与您的那位亲戚相对苦笑。

像先生这样一位让慈禧太后害怕，让光绪皇帝动容，让袁世凯悚然变色，受万千知识分子推崇敬仰的人物，当年一笔龙蛇，千古文章，而今不过百年，已被人误以为是"香港歌星"，可见英雄已逝，豪华荡尽，时代的谷变陵迁，莫此为甚，能不令人感慨万端，歔欷涕下？

先生一生的性格与品行，如果让我不自量力地作一个概括，或可以四个字来表述，那就是："坚守"与"妥协"。尤其是在恶劣的政治环境、社会环境之中，作为一个有清高理想、有道德操守的知识分子，能够把这四个字

153

处理得好，绝对不是一件容易的事。

先生的最高理想是在古老的中国实现宪政，而具体的政体是虚君共和。武昌起义以后，民主共和已成大势所趋，先生审时度势，毅然放弃虚君共和的主张，支持民主共和。这并不是放弃理想，而是为了实现最高理想，有所不为才有所为。

为此，先生不惜与宿敌袁世凯合作。当时许多朋友（包括先生的老师康有为）都竭力劝阻先生、责备先生，但先生认为袁世凯是以合法途径当选总统，这是既成事实，政治家要做尊重法律、尊重民意的表率。如果连这样的局量、气度与气概都没有，何以实现政治和解、何以共创国家美好未来？于是，先生义无反顾，踏上回国之途，与袁世凯实现了"历史的握手"。有人或以小人之心度君子之腹，嘲笑先生是利欲熏心，不过自曝其丑而已。这些终日在污泥酱缸中打滚、连神经末梢都早已被污染的人们，又怎么能够理解先生委曲求全、相忍为国的悲悯情怀呢？

袁世凯是不是一个合格的共和国领袖，以先生的聪明智慧，当然洞若观火，先生仍愿意进入"体制"，是尽公民的义务，希望在体制内更好地发挥监督与导善的作用。用先生的家乡话来说，就是有尺水，行尺船。有一寸的空间，就把这一寸的空间用足用透，空间总是这样被一点一点撑大的。现在我常常听见人们抱怨不自由，却不会利用已有的自由，去争取更大的自由。

任公先生，在您一生中，屡屡因为"妥协"而受世人的诟病。1913年，先生与宋教仁携手合作，共建政党政治，但宋教仁遇刺后，却有谣言说先生是凶手。真是滑天下之大稽，怀疑谁也轮不到怀疑先生，造这谣的人真是太不了解先生了，也可以说，为了对先生进行污名化，造谣者已经顾不上起码的逻辑。

我记得先生领导的共和党在国会选举失利后，您曾以诚挚率直之态度说："本党于其必须坚持者自当坚持，于其可以交让者，亦当交让。如是，然后先国后党之诚意可以风示天下也。""先国后党"四字说得多好！足显一个政治家应有的风范。先生是这样说的，也是这样做的。先生与袁世凯妥协，与宋教仁妥协，与民主主义者妥协，与国民党妥协，都是光明磊落，为了坚守宪政理想，也就是救国的理想。

面对人们的质疑与嘲笑，先生坦然回答："我为什么和南海（康有为）先生分开？为什么与孙中山合作又对立？为什么拥袁又反袁？这决不是什么意气之争，或争权夺利的问题，而是我的中心思想和一贯主张决定的。我的中心思想是什么呢？就是爱国。我的一贯主张是什么呢？就是救国……知我罪我，让天下后世评说，我梁启超就是这样一个人而已。"这段话，铿锵有力，掷地有声，说得太精彩了，先生当时的表情、语气，我都能想象得出来，不禁为之拍案叫好，大笑三声。

也许是因为名满天下者，谤亦随之，先生几乎每走一步，都会受到非议。先生加入名流内阁，别人说您趋炎附势；先生退出名流内阁，别人说您书生误国。先生不得不忍受着社会上的各种冷嘲热讽、明枪暗箭。1917年，先生支持段祺瑞的参战主张，为中国争取战后在国际舞台上的话语权，这番苦心，别人不体谅也罢了，却挖苦先生是拍军阀马屁。1919年，中国参加巴黎和会，先生亲自带领一个非官方的团队到欧洲，就近为中国代表团出谋划策，充当后盾，又有人造谣说您是"干预和议，倾轧专使，难保没有卖国行为"。

先生曾经以身犯险，以身犯污，深入到政治最黑暗、最龌龊的角落，对中国政治的丑恶，先生比很多人都看得更加清楚。因此先生一再表示要放弃从政，转投思想文化教育事业，但当政治舞台好像腾了一点活动空间给先生时，先生又忍不住要一试身手，以为用自己的清白，终可以稀释政治的浊流，哪怕集流谤于一身，哪怕现实让您最后失望，先生也无怨无悔。这是我最为先生不值，但也是最敬佩先生的地方。

我知道先生的妥协是有底线的，绝不是无原则的同流合污，当袁世凯称帝时，已经突破了妥协的底线，您便不犹豫地与之决裂，并冒着生命危险，与您的学生蔡锷将军共同领导讨袁护国战争。先生有所让，有所不让；有所忍，有所不忍；有所为，有所不为，内心无所滞碍，悠然往来，恰到好处地体现了"坚守"与"妥协"的完美结合。人们常说先生善变，在我看来，"变"是为了"不变"，"妥协"是为了"坚守"，为人间立理想，其义深矣。

当今的社会，不乏这样的人：整天把"体制内""体制外"挂在嘴边。体制外的人，对体制内的人嘲笑怒骂，好像社会一切问题都是他们造成的。谁在体制内讨生活，谁就必然是奴颜媚骨，为虎作伥，这已成了一种原罪。但自己在体制外，也不见得做了什么有建设性的事情，批评体制只是为自己的碌碌无为找借口。一有机会，他们也会削尖脑袋往体制里钻，更可恶者，是利用体制谋取私利，赚得盆满钵满，回头再控诉体制扼杀了他们的才能，真是典型的拿了便宜还卖乖。

而体制内的人，则把捍卫体制视作自己的天职，哪怕是体制的弊病也要百般回护。虽然在酒桌上也会批评体制的毛病，也会牢骚满腹，也会怨天尤人，但一到上班时间，便马上正襟危坐，满口官腔，凡不利于"大局"的话不说，不利于"大局"的事不做，自我审查、自我戒严、自我约束得比穿上精神病人的拘束衣还紧，明明是红肿溃痈，疼痛难熬，却要假装灿若莲花、奉若神明，容不得别人说半句闲话。

动辄拿体制说事的人，其实都是想掩饰自己的怯懦。先生，您教教这些人怎么当官、怎么当民吧。您那时候不管是在体制内，还是在体制外，无论是当官，还是当民，一样直言无忌，该批评的就批评，该褒扬的就褒扬，该服从时就服从，该反抗时就反抗。做官时别人说您嬖佞当权，您一笑置之；做民时官府对您威逼利诱，您也一笑置之。体制内外，进出自由，当风独立，我做我事，那是何等的潇洒。

与先生相比，我实在太惭愧了，真是快马加鞭也赶不上。我年轻时只知坚守，不知妥协，以为清高理想可以当饭吃，更以为天下皆浊，唯我独清；到了中年以后，却变得愈来愈多地妥协，愈来愈少地坚守了。每天晚上我都忍不住自问：人生于世，究竟有多少时间是用来做了自己想做的事情？又做了多少自己不想做的事情呢？先生，您能告诉我您是怎样评价自己的吗？您有过觉得虚耗生命的时候吗？

　　当然，我对先生虽然推崇备至，在我写完先生的小传之后，对先生有了更深的认识，尊崇之心，亦与日俱增，但这并不意味着我接受先生的全部思想。比如，先生曾经热情地向国内青年推介西方的自由精神，但1920年以后，先生逐渐回归传统，认为代议政制在中国是行不通的，因为民国以后的议会总是失败；认为西方的资本主义必然趋于没落，因为它们打了一场世界大战；认为中国学西方那么多年，仍然没有学会，也许学不会倒是一件好事，因为现在世界需要中国来拯救了。这些都是我所不敢苟同的。

　　先生宣布西方文明已经破产，要光大中国传统文化，主张以西方的方法论为工具，从中国传统文化中发掘出"现代性"来，重新整合成新的普世价值。先生告诉青年："大海对岸那边有好几万万人，愁着物质文明破产，哀哀欲绝的喊救命，等着你来超拔他哩！"作为一种宣传文字，固然很有鼓动性，让鸦片战争以后自卑了近百年的中国人听了，容易热血沸腾，但离事实却颇远。

　　先生说西方物质文明已经破产，却没有说维系西方文明的精神纽带——血缘、民族、礼制、风俗、语言、艺术等——是否也已经破产。如果仅是物质文明破产，无非是指经济危机，我们又如何用中国传统文化去拯救西方的经济危机呢？我以为光大中国传统文化固然没错，但断不是因为西方文明已经破产，要用中国文化取代西方文化。我们学习西方文化，也不仅仅是学习方法论。

　　在全球化的今天，已经没有哪个国家能独善其身，也没有哪个国家能兼济天下，如果西方物质文明真有破产的一天，哀哀欲绝喊救命的，绝不止西方人，中国人也不好过呢。如果中国人觉得自己竟还有余裕去超拔西方的话，说明西方物质文明还没破产。不知先生以为然否？

　　也许看先生的书多了，仿佛受到感染，对什么问题都想钻研一下，论辩一下。真是班门弄斧，让先生见笑了，但我相信先生不会介意的，因为扶掖后学，诲人不倦，一向是先生至乐之所存也。先生曾谆谆寄语子女："我虽不愿你们学我那泛滥无归的短处，但最少也想你们参采我那烂漫向荣的长处。"我也时刻以这话来自勉，每一次与先生的精神对话，都像阳光洒满我的思想。

我在回顾先生的一生时，总不免奇怪，以先生的性格，强忍高旷，纯洁真挚，宽大厚道，坦夷无城府，有时甚至单纯得如同赤子，连医生割错了您的肾，您都可以情恕理遣待之。如果以今天的医患关系，这样严重的医疗事故，估计得动用防暴警察保护医院不可了。您的朋友替您抱不平，纷纷指责医院粗心大意，您不仅没有责怪医生，反而劝大家心平气和，勿与刚刚在中国兴起的西医为难。何以有那么多人和先生过不去？先生到底哪里得罪他们了？他们到底讨厌先生什么呢？

为什么历史上那么多流氓成性的窃国者，都可以鸡犬升天，配祭飨祀，而先生却被刻意地长期忽略，肆意贬损，被人骂"梁贼，梁强盗，梁乌龟，梁猪，梁狗，梁畜生"，冠上"奴才民贼""反动势力""军阀走狗"等等莫须有的恶名，甚至祸延子孙，连先生的孙子，也免不了被打成"保皇党的孙子，反动学术权威的儿子，修正主义的苗子"？这是我百思不得其解的。

记得在一篇文章中看过，曾经有人请教先生的孙子梁从诫先生，怎样看待你们三代人的共同点和差异。他不假思索地说：最大的共同点是都有强烈的责任感和爱国心。为了这种责任、爱国，而不顾个人。但最后他说过一句让闻者无不伤感的话："我们一家三代都是失败者。"

作为一个知识分子，成功与失败，不是以国家对他的喜恶为标准，能够坚守道德理想与人格精神，保持思想的自由与尊严，无所陷溺，不受污染，即为胜者。国家视他如敝履，那是国家的失败，不是他的失败。因此，梁先生的意思应该是：您不幸生在了一个失败的国家里，生在了一个晦盲否塞的时代。天意如此，夫复何言！临颖神驰，不尽缕缕，先生若知，还入梦来，导我之滞，启我之蒙。此信我将焚化，盼祷先生在天上能够看到。

晚　叶曙明　顿首再拜

2012年5月24日

进取就是最有效的保守

新民说，是梁启超提出来的一个永不过时的话题。因为"新"是无止境的，永远在动态之中。什么是新？梁启超在《新民说·释新民之义》中说得很清楚："一曰淬厉其所本有而新之，二曰采补其所本无而新之。"也就是说，一是从原本的树干长出来新枝叶，二是嫁接过来新枝叶，缺一不可，二者都是为了让这棵树变得更加健壮、更加旺盛、更加苍翠，不断向更高的天空舒展。

由于不断嫁接外来的枝叶，也是在不断改造着这棵树的基因，而由原本树干上长出来的枝叶，也会不断发生变化。这个过程，本身就是互相交融、互相改造的过程。所以，梁启超的新民说，比起张之洞的中体西用，前进了一大步。张之洞的中体西用，还是把"体"与"用"截然分开，以为无论怎么"用"，"体"是断断不能变的。

但梁启超已敏锐地看到，"体"与"用"并不是对立的，也无法截然分开，它们总是互相作用的。从来没有一成不变的"固有文化"，即使没有西方文化的植入，中国的传统文化，也在不断地变化，先秦时代的体，与秦汉时代的体已经不同；宋体与汉体也有了很多变化。

所以，不必担心西方文化的植入，就像当年宋儒与汉儒的争论一样，二者终究会融为一体，成为"中体"的一部分，白话文的出现就是一个好例子，宪法的出现也是一个好例子。历史上，连天下之恶皆聚焉的所谓"保守派总头目"慈禧，都没担心引入西方制度会使我们礼崩乐坏，我们还担心个啥？难道我们要倒退到顺治、康熙的年代？

因此，梁启超说，中国固有文化当然要保护，但不是整天对着天空嚷嚷"我保之，我保之"就能保的，因为树注定要长大，你硬是限制它长出新枝叶，一见冒出新枝叶就忙不迭折断它；或者光是嫁接外来的枝叶，而不让原来的树干正常生长，其实都是在杀这棵树。

梁启超指出一个保护固有文化的办法，就是积极地让这棵树长出新的枝叶，也积极地引进新的文化，你越是向各国各民族文化敞开怀抱，就越能保有固有的中国文化；积极的进取，其实是最有效的保守。相反，当你拒绝外来文化时，其实你也就在充当摧残传统文化的凶手。拒绝的力度，与摧残的力度，往往是成正比的。君不见，戊戌变法时严厉拒绝新文化，旧文化不仅没能保住，反而分崩离析。谁是摧残旧文化的元凶？不是康有为、梁启超，而是那些反对变法的"守旧派"。

梁启超还向我们提出了一道非常深刻的思考题，他说，民德、民智、民力，是政治、学术、技艺的大原。前者是本，后者是末。取人之长，是要取其本，学习各民族的民德、民智、民力，也就是怎么做一个公民。没有真正公民意识，徒学政治、学术的皮毛，难免变成东施效颦。他的这个观点，在辛亥革命以后，已得到了验证。

辛亥革命虽然推翻了皇帝，建立了民国，表面看来，责任内阁、总统、国会、代议政制，这些西方的政治概念与制度一应俱全，但公民社会并没有出现，或者说凭着晚清十年的新政，这个公民社会刚刚有了萌芽，还远远没有成熟，就被急风骤雨的内战与革命，荡涤一空了。很多人害怕革命，担心革命一来，泥沙俱下，玉石俱焚。但梁启超并不害怕，他在某些时候甚至主张过革命，因为革命也有两种，一种是公民的革命，一种是草莽的革命，性质并不一样，结果也必迥异。梁启超认为，无论未来是君主立宪也罢，是民主立宪也罢，是改良也罢，是革命也罢，关键是要有"新民"——新的公民。有了公民，无论天翻地覆，海桑陵谷，都不可怕，最终都会导向光明。

中国最要紧的，是培养民德、民智、民力，也就是现代公民。有了现代公民，还愁没有现代的政治、学术、技艺吗？

有人把新民的"新"字，理解为动词，新民即改造国民。这是一个很危险的误读。因为但凡改造，就会有改造者与被改造者，如果国民是被改造者，那么谁是改造者呢？是言出法随的皇帝吗？是六部九卿的大臣吗？是殿阁大学士吗？还是翰林院的侍读、侍讲学士？一句话，是"由我来改造你"吗？如果把"新民"理解为改造国民，那么和国民党的"训政"有什么区别？如果没有区别，那梁启超的《新民丛报》和同盟会的《民报》，争得面红耳赤，又在争些什么？

梁启超所说的"新民"，并不是谁改造谁，而是国民自我改造。国民怎么自我改造？就是让他们实行自治，公民在自治中学习、成长；公民社会也是靠自治才能产生，也许一天不成熟，两天不成熟，但总会慢慢成熟。事实上，梁启超所处的那个时代已经证明，国民总是走在官僚的前面，素质总是比官僚要高，如晚清的立宪运动，便是一个显例。

梁启超的广东老乡陈炯明曾经说过这么一段话："试问政为何物？尚待于训耶！民主政治，以人民自治为极则，人民不能自治，或不予以自治机会，专靠官僚为之代治，并且为之教训，此种官僚政治，文告政治，中国行之数千年，而未有长足之进步……徒使人民不得自治机会，而大小官僚，反得藉训政之谬说，阻碍民治之进行。"很多时候，官僚也借着国民性的谬说，阻碍民治之进行。

梁启超在《新民说·释新民之义》中指出："冲突者，调和之先驱也。善调和者，斯为伟大国民。"谁是善调和者？新民是也！新民从何而来？从自治来也！

2013年

巨变中的广州

辛亥前后的商业变迁

在历史上，广东人是以会做生意出名的，"四民之中，商贾居其半"，而广州是千年商都，除了战乱时代，商业一直很繁荣。

粤商参与地方事务，主要是通过七十二行和九大善堂。1904年，朝廷推行新政，颁布《商部奏定商会简明章程》，要求所有旧式的行会、公所、会馆，一律改为具有现代意义的商会。商会成立的初衷，是把商人团结起来，对抗外商，可以说是一种带有民族主义色彩的对外组织。

以前广州的商品集散地，都叫"栏口"。清代有所谓"七十二行"的货栏，俗称"九八行"。早在甲午战争时，"七十二行"就是一个松散的"联盟组织"，尽管它没有固定的办公地点，也没有章程，需要讨论重大事项时，便由各行的代表在文澜书院集议，决定集体行动。这个组织是行商内部联络感情、启发见闻、调解纠纷、调查实业、研究商学的机构，并非用来对抗洋商的。

"行商"这个概念的内涵，在广东时有变化。有时是指十三行商，有时是指七十二行商。所谓七十二行，囊括了主要的工商业行会，它们是：土丝行、洋装丝行、花纱行、土布行、绒线行、绸绫绣巾行、颜料行、南海布行、纱绸行、上海绸布帮行、疋头行、故衣行、顾绣班靴行、靴鞋行、牛皮行、洋杂货行、金行、玉器行、玉石行、南番押行、典押行、米埠行、酒米行、糠米行、澄面行、鲜鱼行、屠牛行、西猪栏行、菜栏行、油竹豆行、白糖行、酱料行、花生芝麻行、鲜果行、海味行、茶叶行、酒行、烟叶行、烟丝行、酒楼茶室行、生药行、熟药行、参茸行、丸散行、薄荷如意油行、磁器行、潮碗行、洋煤行、红砖瓦行、青砖窑行、杉行、杂木行、铜铁行、青竹行、电器行、客栈行、燕梳行（保险业）、轮渡行、书籍行、香粉行、银业行、银业公会、矿商公会、报税行、北江转运行、北江栈行、南北行、天津公帮行、上海帮行、四川帮行、金山庄行等。

而日本人1907年在广州进行调查，他们所开列的七十二行是：银行、金行、当行、土丝行、出口车丝行、土茶行、熟膏行（鸦片烟膏）、生土行（未煮之鸦片）、柴行、米行、油行、酱料杂货行、酒行、海味行、咸鱼行、猪肉行、鲜鱼行、鸡鸭行、菜栏行、高楼行（茶楼）、饼行、布行、疋头行、染料行、鞋行、帽行、顾绣行、新衣行、故衣行、戏服行、玉器行、烟丝行、熟药材行、蜡丸行、参茸行、豆腐行、铜铁行、缸瓦行、砖瓦行、泥水行、杉行、杂木行、竹器行、搭棚行、石行、铁梨行（铁梨木）、车花行（雕刻木器）、油漆行、牌匾行、仪仗行、洋灯行、香行、山货行、颜料行、锡器行、檀香行、长生行（棺木）、茶箱行、鲜果行、洋货行、席行、戏班行、宫粉行（化妆品）、绒线行、刨花行（妇女的一种化妆品）、金线行、金箔行、象牙行、烧料行（琉璃器具）、花纱行、纸料行、机房锦纶行。

七十二行在不同的文献里，颇有差异，而且数目出入也很大，1910年香港报纸在报道广州商界拒赌时，标题为《省城一百二十行西家行拒赌传单》，似乎当时的工商行业，至少有一百二十行之多。

大行之下，又有许多小行，如绵纶行是广州丝织行业的大行，下面还包括有放机行、朝蟒行、金彩行、宫纻线平行、牛郎行、杂色行、洋货三行、十一行、十八行、丝纱行、线纱行、广纱行、绍纱行、三纱行、八丝行等。洋货三行下面又细分为安南货行、新加坡行、孟买货行；机房行又分东家行、西家行。

而药材行业则可以细分成南北药行、西土药行、参茸行、生药行、药片行、生草药行、熟药丸散行和樽头店等"药业八行"。每一行又按经营方式、规模和性质的不同，分为行、店、铺三类。南北药材行经营南北药材（长江以南的川、滇、浙、赣和长江以北诸省所产的药材）；西土药材行主营广东、广西的土药材和湖南、江西一带所出产的同类药材；参茸行经营人参、鹿茸和一些贵重药如珍珠、琥珀、牛黄、犀角等为主。这三大药行，大都集中在仁济路、仁济西路、回栏街、潮兴街、潮音街、水月宫、晏公街、一德西路一带。

玉器行是大行，下面又分成章堂、镇宝堂、裕兴堂、城福堂、崇礼堂、崑裕堂六大堂口，主要分布在城西华林寺周边。成章堂主营花件和光身碎件的制作；镇宝堂以制作玉镯为主，亦兼做光身产品；裕兴堂负责零售，管理玉器圩和玉器摊档摆卖；城福堂以吸玉镯圈为主；崇礼堂专营开大料生产；崑裕堂经营玉石原料交易。缕析条分，各开门户，彼此执业，不能稍逾。

栏口这种贸易形式，既不是零售，也不完全等同批发，有点类似中介。行栏的收益，主要靠向买卖双方收取成交金额2%至5%的服务费。以前十三行的性质也相类，似乎在广州有特别强的生命力。

昔日广州的货运主要靠水路，从西堤到东堤，沿江几乎全是栏口。城里的零售商，大多是通过栏口进货。竹木柴炭业有柴栏、杉木栏、桨栏、竹栏；米业有糙米栏、沙基米行；油业有油栏、豆栏；水产品类有咸鱼栏、塘鱼栏；猪有猪栏；牛有牛栏；鸡有鸡栏；蛋有蛋栏；菜有菜栏；果有果栏。

清代嘉庆年间，苏州人沈复写了一本《浮生六记》，在写到广州时，有云"十三洋行在幽兰门之西"，令许多人一头雾水，走遍广州十八座城门，也找不到一座幽兰门。其实，沈复说的是油栏门，就是卖油的栏口。"幽兰"与"油栏"，读音相同，而雅俗竟有云泥之别，中国文字的微妙，真深不可测。

广州最大的果栏、菜栏、咸鱼栏都在一德路南侧（清代城墙之外的江滨地带）。广州的市井用语，喜欢造一些隐语来指代某一事物，比如用"九八行"指代"七十二行"，用"三栏"代表一德路。菜栏在一德路东端的五仙门附近，最初以卖韭菜为主，亦称"韭菜栏"，后来什么菜都有了，连菜种也有卖了。至清末民初，已发展起连丰、乐成、乐平、泰来、新大兴、新成记等十八家大栏。

广州疋头行主要集中在扬巷一带经营，通街通巷，几乎清一色是布匹店，竞争十分激烈，店员们都站到门外招揽生意，一见妇女经过便扬手高叫："大姑，买布啦！"呼叫声从街头响到街尾，以至广州人都把扬巷叫作"大姑街"。

每个行都有自己的祖师爷，比如中药业的祖师爷是药王孙思邈，农历四月廿八是药王诞，城内大小药材商，都要烧香拜祭，加菜庆祝，把拜祭的烧猪分送各同业，还会用彩轿抬药王神像游街过市。绵纶行的祖师爷就是"汉博望张侯"，即出使西域、开辟丝绸之路的张骞。每年农历八月十三"师傅诞"，绵纶行业的人都会大肆庆祝。东家（雇主）在绵纶堂聚会，而西家（工人）则在中山七路的先师庙聚会。

商人们通过这类活动仪式，增强行业的凝聚力，维系同业感情，调解业内纠纷，对外办理交涉。行内立有各种严格的规定，从货式大小到人工高低，都不可任意违反，否则会受到全行集体排斥。1908年，由于新茧供应太多，市场丝价暴跌，车丝行成员立即召开会议，一致决定暂时停工一个月，停缫新茧。在这一个月内，有谁敢私缫新茧，罚款一千两银，五百两归举报者，五百两归公箱，以此维持丝业的市场价格。

高楼行是茶楼业的大行。广州的传统饮食业，以茶楼为老大。最为广州人所津津乐道的是所谓"九鱼（如）齐出"，即珠玑路的多如楼、三角市的东如楼、海珠路的三如楼、惠福路的南如楼、卖麻街的福如楼、长堤的瑞如楼、河南的天如楼、一德路的宝如楼、同兴街的九如楼，每条"鱼"都有自己的忠实茶客。

其实广州茶楼不止"九如"，中山路（旧称"惠爱路"）的惠如楼开业于1875年，是广州数一数二的大茶楼，楼高四层，陈设古色古香，不仅"茶靓水滚"，而且以"问位点茶"，即使同一桌的茶客，也可以根据各自不同的口味分壶冲茶，为广州茶客所称道。

茶楼的特点就是"泡"。一盅两件，可以泡上大半天，特别是西门口一带的茶楼，不少无所事事的满汉旗人，每天天刚亮便带着自己的雀鸟上茶楼，这边给鹌鹑洗澡，那边逗画眉唱歌，吱吱喳喳，吵耳吵鼻，往往一坐就一个上午。直到民国以后，这种风气才渐渐消失。

茶楼通常有两三层，越高层茶价越贵，所以广州人有句老话："有钱上高楼，冇钱地下踎（蹲）。"楼上的雅座是绅商们平时联络感情、交流信息的场所，许多影响广州商业社会，甚至影响政治的大事，都是在茶楼中"泡"出来的。

既然广州的商业，远不止七十二行，那么七十二行是怎么形成的呢？其源头可溯至鸦片战争，因南方海防吃紧，朝廷拿不出钱巩固海防，就把炮台经费转嫁到广州商人头上。那时广州商人没有组织，一盘散沙，圣旨之下，谁敢违抗？只好由几个大商人出面和各行商协商，把四百万两的炮台经费，分摊给七十二个大行商，小行商可免交。后来便成了所谓的"七十二行商"。他们虽然破了财，却换来了与官府讨价还价的筹码，逐渐形成自己的团体，掌握了广州商界的话语权。

在广州这个传统的商业社会，"商人"概念的定义，本来就十分宽泛。由于大量手工业作坊，都是采用前店后厂的模式，手工业作坊与商业的关系，你中有我，我中有你，难以清晰划分。因此所谓商业，除了传统的行商坐贾之外，亦包括了众多的手工业作坊与商业组织的股东。

清末民初，广州到底有多少人靠做生意维生？根据广东省咨议局在1909年的调查，广州城内的商业店铺，有2.7524万家，那时广州人口约为60万，假设一家店铺养活六口人（东家与店员的家庭加起来，往往不止六口），那么，便养活了近17万人，接近全城人口的三分之一，这还没把在洋行做进出口贸易的商人、走街串巷的流动商贩和穿州过省的行商算进去。

辛亥革命后的几十年里，广州发生了翻天覆地的变化，但栏口这种贸易形式，一直岿然不动，显示了顽强的生命力，直到1950年代公私合营以后才退出历史舞台。

在广州，还有另外一种机构，与七十二行商平起平坐，在商人中同具领袖地位的，那就是善堂。

善堂，顾名思义是一种慈善机构，由士绅、邑人主持。初期的功能，主要是平粜与赈恤。经济来源，靠富户捐助和置田收租。但实际上，善堂的功能，除了慈善公益外，还有更深的一层意义，即在朝廷禁止民间结社的情况下，发挥维系社会秩序的作用。商人在善堂中充当董事、值理、总协理一类职务。爱育善堂的总理，便是由十大行递年轮值，以公举方式产生；而方便医院则由七十二行商递年推举两行为总理，两行为协理，轮流主政。

广州的九大善堂为方便医院、爱育善堂、广仁善堂、广济医院、崇正善堂、惠行善堂、润身社善堂、述善善堂、明德善堂。

方便医院成立于1899年，前身是方便所，专门收殓无主死尸和贫民弃置的死婴。后来得到银号商人陈惠普赞助，发动中药业、丝绸业和土杂货业的行商，共同募集了数千元，设立董事会，公推陈惠普为首任总理，延聘中医驻院诊治，增设有留医院，免费施医赠药，死后无力执葬者，亦由该院施棺执殓。九大善堂之中，只有方便医院至今犹存，即今广州市第一人民医院。

爱育善堂成立于1871年，设于十七甫，由绅商钟觐平、陈次壬、林建照、陈桂士、吴昌元等十二人发起，并得广东按察使钟谦钧的大力赞助，先后捐助白银四千两，又得各行业捐助三万两，大盐商潘仕成捐出产业房屋一所，作为善堂地址。除了赠医施药、施棺执殓等一般的善堂工作外，爱育善堂还举办义学，招收贫民子弟免费读书，备受社会好评。

广仁善堂成立于1890年，设于靖海门外吉昌街（今一德路石室对面），并分设西堂于广西桂林、梧州等处，故名两粤广仁善堂。

广济医院成立于1892年，由七十二行富商吴昌元、朱其英、黄天侣等共同创办，设于油栏门迎祥街东约（即一德中路）。

崇正善堂成立于1896年，设在十一甫，由药材行创办。凡属行内的店号，每号捐出药材若干，并发出缘薄募捐，作为经费，聘请四名医生坐堂，为病者诊治，免费诊病，每天发免费药一百服。遇有天灾人祸，则联合其他善堂举办赈灾。

惠行善堂成立于1900年，初设于濠畔街，后来迁往天平街，至1903年在晏公街购地建设院址。善堂的经费，最初由七十二行的热心人士捐款赞助，后来也得到南北美洲和南洋各地华侨的踊跃捐款。历届主席，由各行推举产生，朱文沛、冯彭龄、陈香邻、黄载堂等均担任过主席。善堂设有门诊，为贫民免费看病，冬天施衣施粥，夏天施茶。

润身社创立于1869年，原来是一个文人雅集，设于大东门外绿香街（今中山三路荣华南约）。清光绪年间，城东暴发疫病，许多贫民都染上病，润身社的成员便集资聘请医生，为贫民施医赠药。后来向当地殷实绅商募捐，把这个文人结社改变成善堂，延聘医生坐堂诊病，参与各种慈善活动。

述善善堂成立于1897年，设于黄沙述善前街。明德善堂成立于1898年，设在第七甫，由西关绅商发起组织，设有门诊，赠医施药，但每日只能接诊三四十人。这两个善堂规模较小。

善堂逐渐发展成为宣讲圣谕、办义学、施棺、赠药、平粜、赡老恤嫠、扶养废疾的慈善机构。由于它们与商人的关系密切，透过七十二行，网络覆盖至全社会每个角落。规模之大，积储之厚，捐输之广，施济之宏，都令其在地方上拥有呼风唤雨的能量。

广东，对于近代中国来说，是一个风雷激荡的名字。近百余年来社会的嬗变，几乎所有涉及中国现代化进程的重大事件，背后都有一股来自南方的力量起着推波助澜的作用，恒为社会变革的强力催化剂。甚至可以说，如果没有广东的参与，中国要进入现代国家之林，至少推迟一百年。

在我们读得烂熟的教科书里，对广东在近代史上的位置，已形成一种陈陈相因的印象，似乎总离不开"革命"二字，太平天国革命、辛亥革命、国民革命，一波未平，一波又起。革命并不必然结出好的果实，有时革命的巨浪，滔滔滚滚，泥沙俱下，对社会经济、文化造成的破坏力，亦相当惨烈，但广东始终有一股积极向上的力量，在危亡衰乱之秋，为国家、民族保存血脉，为社会培护元气，为生民立命，使中华文化的慧命，历尽百年惊涛，能够危而不亡、似断还续，再显生机。

这股力量，来自于广东的绅商阶级。他们代表着岭南源远流长的商业文明，站在与世界现代文明最接近的位置。翻开中国近代历史这部巨著，洪秀全、孙中山、陈少白、胡汉民、汪精卫这些名字，人们大都耳熟能详，但对陈惠普、江孔殷、黄景棠、李戒欺这些名字，就可能十分陌生，不知何许人也了。他们的名字，在历史书上，即使出现，也往往是不光彩的反派角色，被斥为欺骗人民、阻碍革命的保守势力，是反动统治者的帮凶。

读邱捷的《晚清民国初年广东的士绅与商人》一书可知，在清末十年轰轰烈烈的政治改革大潮中，广东绅商积极从事立宪运动，启蒙民众，推动国家的政治转型；建立现代的经济体系，从事各种工商业的事业，推动经济的转型；从金钱上支持革命者；当官府追捕革命者时，他们又挺身而出，用自己的羽毛去保护革命者，展示了作为绅商阶级的政治自觉与社会关怀。在1904年的废约运动、1905年的铁路商办运动、1909年的禁赌运动、1910年的国会请愿运动、1911年的保路运动中，时时可以听到广东绅商的声音回响在舞台的中心，如此铿锵有力，如此激动人心。

当国会请愿运动席卷全国时，广东绅商虽然也派了代表到北京请愿，也召开过几次声势浩大的民众大会，积极参与成立"国会请愿同志会"，但他们的活动，主要都在广州，很少参与全国性的行动，有人因而讥讽粤人政治冷感。其实，自治是宪政之基，没有乡村自治，没有城市的市民自治，空谈官制改革，仅把军机处变成内阁，把书院改成学堂，甚至把衙门的龙旗换成了铁血十八星旗，变来变去，也不可能达至真正的宪政。

广东绅商是在默默经营着最基本的建设——社会自治。在辛亥革命中，广州的政权得以和平易手，便是这种基本建设的成果。邱捷在书中感叹："商会、粤商自治会等新型商人团体也出现了，并且相当积极地参与政治活动。无论是在同地方官员的合作还是对抗中，商人都显示出前所未有的信心、团结和力量。"

没有绅商长期致力于构建地方社会，组织社会自治，积累了丰富的公共治理经验，民间的自治运动与反抗运动，如何能够有序地开展？辛亥革命在广州最后又如何做到不费一枪一弹，和平地完成政权转移？我们在谈论辛亥革命，谈论推翻皇权专制的革命时，如果眼里只看到孙文、黄兴，只看到同盟会的武装起义，而看不到士绅和商人群体，那我们就是半个瞎子，根本不可能理解这场革命的精神价值和真实意义。

清末民初，广州靠做生意维生的人数，接近全城人口的三分之一，这还没把走街串巷的流动商贩和穿州过省的行商算进去。然而，尽管传统小商业有着深厚的基础，但其经营规模与手法，在20世纪已愈来愈显得落后了，受到一些新兴商业模式的挑战。

1907年，是广州商业新纪元的开始。《广东七十二行商报》创刊了，粤商自治会成立了。第一家以公司形式经营的百货商店——光商公司，在十八甫开业，首创分柜式售货。人们到了百货公司，可以方便地买到各类日用商品，而且款式新颖，这是传统杂货铺望尘莫及的。1910年，真光公司也在十八甫开业，标志着广州的商业正式迈过了现代化的门槛。

辛亥革命以后，民风丕变，喜新厌旧、追求洋货，成了消费主流，人们剪掉辫子，梳起了小分头；脱掉马褂，穿起了洋服。官仔骨骨，一身笔挺的西服，衣袋露出手帕一角，头戴白色拿破仑帽，腕上挂一只欧米茄手表，手持一根士的（手杖），还有什么比这更有型有款呢？那时一只名贵的外国手表，在广州可以换一幢三层高的楼房。

因此，舶来的商品、观念、娱乐方式、生活方式，大行其道，汇成一股狂欢的热潮。清末民初的高第街，出现了一个有趣的现象，服装店泾渭分明地分成唐装衫和西装两大阵营，各出奇谋，争夺顾客。

高第街一向以经营鞋帽布匹和"苏杭杂货"著称，人称"苏杭街"，也有不少卖广东土布、香云纱、加工唐装、丝绵衣的商铺，鳞次而列，十分繁华。唐装店的丝绵衣是"皇帝女唔忧嫁"，每年秋冬两季，都是销售旺季，裁缝师傅日夜加班，忘饥失食，从中秋一直做到大年三十，满街小孩都在唱卖懒歌了，他还在灯下密密缝。

但1900年以后，唐装的一统天下被打破了，从日本学习裁缝技艺后回国的潘礼、潘伯良两人，在高第街开设专做洋服的元发店，由于手工精致，大受顾客欢迎，"洋服状元"的外号，红透了半边天，许多经营洋服的店铺，也纷纷搬到街内，想沾一点"洋服状元"的光。民国以后，经营洋服的店铺愈来愈多，生意大大胜于唐装。不独服装如此，衣食住行各种日用商品，只要有"来路货"（洋货）进来，几乎都会压倒国货。在洋货的冲击下，国货节节退却。

民国初年有一首竹枝词，生动地反映了市场的变化："土布人家有织梭，女工岁月讵蹉跎；年来一事尤堪慰，丝袜通行国货多。"还加了一道注释："丝袜本始西洋，粤人多喜丝袜，近日省垣丝袜厂纷起，半是女工。女子职业有当焉。"头脑灵活的广州商人利用洋人的技术，通过模仿洋货款式，为国货打开一条出路。这与1980年代改革开放之初高第街小商贩自己缝制"港式服装"销售的情形，十分相似。

唐装生意也不是死路一条，他们在国内市场斗不过洋货，就把唐装卖到海外去。中国人喜欢洋货，洋人却喜欢中国货。这种"隔篱饭香"（粤语，隔篱，即旁边、隔壁——编者注）的现象，在民初的竹枝词中也有反映："东方人好饰西方，绸缎绫罗似滞场。厌旧喜新同一慨（概），美洲士女又唐装。"注释有云："美洲士女好玩麻雀（粤语，麻雀，即麻将——编者注），在家又好穿中国服装，广州西关新衣店办此货出口者颇兴旺。"

一些原本经营国货的商店，为了自救，也开始兼营洋货了。像著名的"九同章"，原来在惠爱路，以经营绸缎为主。清末有那么一阵子，服装流行以蚕丝绵为芯、绸缎为表的丝绵衣，"九同章"的牌子愈做愈响，但民国初年，随着洋服大兴，绸缎式微，"九同章"的生意一落千丈，几乎濒临倒闭。后来，几位归侨把店承顶下来，迁到高第街，除绸缎外也兼营洋服和礼服出租，直接移植国外百货公司的经营手法，比如把传统的百子柜改成玻璃饰柜，在店门口安排迎宾导购员，用印有广告宣传资料的纸袋给顾客装商品，还在店里搞酬宾抽奖活动，才令这家老字号，从病榻上起死回生。

与海外交往频密，信息灵通，紧贴市场，紧追国际潮流，这是广州商业一直保持畅旺的重要原因之一。

大百货公司的出现，是辛亥革命前后商界发生的一场革命性变化，堪称不同时代的分水岭。1914年，澳大利亚华侨马应彪投资港币100万元，在长堤开办先施公司环球货品粤行，附设了化妆品、汽水、服装、鞋帽等十个加工厂，这是广州规模最大的民族资本企业，它首创的不二价的营销方式，对百货零售业影响巨大。以前栏口、商铺买卖，都是可以讨价还价的，卖手"喊冷"（喊价），买家还价，你压一毫，我杀五仙，直到卖手认为价钱合适时，一声"杀你"，便算成交。卖家本事大小，全看他喊价的技巧。但先施公司实行明码实价，令顾客感觉货真价实，童叟无欺。

在经营手法方面，先施还有很多了不起的创举，它在店内首设招待员导购、24小时内送货上门、质量问题可凭发票交涉等，都是开先河的，至今仍被百货业所采用。先施还有一项划时代的创举，就是首次聘用女售货员。为了顺利推行这一改革，马应彪夫人霍庆棠女士甚至亲自到柜台做售货员。这种经营模式，获得了极大的成功。

1916年，澳大利亚归侨蔡兴、蔡昌兄弟，独具慧眼，相中了原广州府衙与藩司之间的一片土地，认为这里将是广州未来的黄金地段。清代的中山四路叫惠爱大街，中山五、六路叫惠爱街，属于城内的街道，民国后拆城筑路，中山四路改称惠爱东路，中山五路改称惠爱中路，中山六路改称惠爱西路。

清代的惠爱（大）街两侧，是官署衙门最密集的地方，商业不算很昌盛。革命后，民国政府不愿进驻清政府的官衙办公，另觅地方去了。新政府把惠爱街规划成一条60米宽的标准商业大道。蔡氏兄弟购下地皮后，兴建了一座五层高的大厦——"大新公司支店"（他们之前在香港已开了一家大新百货公司），除了经营百货外，还有天台游艺场，可以演大戏，也能放电影，并设有酒业部、饮冰室、浴室等，提供吃喝玩乐一条龙服务。后来他们又在西堤开了第二家大新支店（今南方大厦），广州人习惯把它称为"城外大新"，而把惠爱中的支店称为"城内大新"。

蔡氏兄弟原籍广东香山（今珠海）。蔡兴毕业于上海英华书院，英语说得略略响，在澳大利亚食饱咸水（粤语，指在国外接受了教育——编者注）后，回香港发展，是多间大公司和银行的董事会主席，也是广州、上海、香港三地的先施公司大股东；蔡昌也是长袖善舞的巨商，人称"大班昌"。这两兄弟可以说是中国近代百货业的巨子。

城内大新公司建起后，蔡氏兄弟又把大楼旁的空地，辟成内街，以他们的名字命名为昌兴街，后来发展成著名的洋服街。在新文化运动兴起之际，"拥护西装""打倒长衫马褂""眼镜精神不死""皮包万岁"，成了流行一时的口号，谁喊得响亮，谁是新派人物。洋服街的生意，一天比一天兴隆。

大新公司的磁铁效应，很快就显现出来了。洋服店来了，车衣铺来了，洗衣铺也来了，永汉路、惠爱路、新民路、广卫路一带，就像孵豆芽一样，忽地冒出了一大片专做新款洋装，包括西装、礼服和各式时装、制服的市场。以"新派人士"自居的军人、政客、文化界人士、学生，最爱逛惠爱路，广州人把逛大商场，称作"逛公司"，就是从这时叫开的。这里除了洋服，还有各种书店、文具店、皮鞋店、钟表店、西餐厅、照相馆、西式百货公司，足可以配齐一个"新派人士"的全副行头。

当时人们习惯把大百货公司称为"文档"，把中小百货店称为"武档"。广州的文档，以先施、大新、真光、光商为四大巨头，占据了大半江山，财大气粗，令许多传统店铺难以生存，即使经营洋货，也竞争不过文档。有一首竹枝词描写他们的困境："货物铺排任品题，偶经扬巷铺东西。疋头生意真难做，门口拉人似野鸡。"注释云："西关扬巷为洋货疋头聚处，年来生意半为先施、大新、真光各公司吸引，扬巷各疋头店均用少年三五人，遇过客即招之入店求照顾，生意艰难，此其一斑。"

说到辛亥革命前后广州商业的变迁，不能不说饮食业。俗话说"食在广州"，广州的饮食业在海内外大名鼎鼎。

传统饮食业，以茶楼为老大。最为广州人所津津乐道的是所谓"九鱼（如）齐出"，每条"鱼"都有自己的一班忠实茶客。其实广州茶楼不止九如，惠爱路的惠如楼开业于1875年，是广州数一数二的大茶楼，为广州茶客所称道。

晚清十年，广州已经度过了鸦片战争的阴影，日子过得相对太平，酒家开始兴起，与茶楼一争高下。茶楼讲究随意小酌，兼营饼业；而酒家则以大型宴席为主。长堤的东亚大酒店，创于1914年，是先施公司的附属企业，以豪华的设施和一流的服务，号称"百粤之冠"；大三元酒家创于1919年，其时与南园、西园、文园，并称广州四大酒家。

酒家就好比饮食界的"文档"，茶楼就好比"武档"。在一般市民的印象中，文档代表着豪华、高级、西化，上酒家是身份的象征。民初竹枝词以夸耀的语气写道："大东东亚又西濠，酒店趋时竞俊髦。建筑谁家夸第一，层楼还让大新高。"注释云："大东、东亚、西濠均酒店名，大新公司（指城外大新）高十二层，当时为最高楼房。"

1919年初，广州如庐诗钟社以《羊城竹枝词》命题征集作品，各地作者纷纷投稿，其中一首是写东亚大酒店的："东亚宴开胜大东，佛兰地白樱桃红。五洲一室成佳话，纽约伦敦一壁通。"当时东亚酒店房间，均以欧美城市命名，纽约厅与伦敦厅只隔一墙。短短几句诗，便出现好几个外来词，由此可以看出辛亥革命后社会心态与文化的嬗变。

辛亥前后的娱乐业变迁

1911年，在中国的历史记忆中，是一个翻天覆地的年份。二百六十余年的清王朝被打倒了，两千余年的帝王专制被推翻了，亚洲第一个民主共和国诞生了。

一百个春秋，风里来雨里去，如今蓦然回首，那场大革命，似乎只剩下关于改朝换代的宏大叙事，至于生活在那个年代的平头百姓，他们当年遭遇过什么？他们是怎样度过那段暴风骤雨的日子的？革命究竟给他们的日常生活带来了什么变化？风暴过后又留下了什么痕迹？许多生动的细节，都已模糊不清，逐渐消失于岁月的深处。

现在，让我们回到1911年前后的广州吧。

很多的变化，其实都不是革命爆发后才发生的，而是从1905年清廷宣布推行新政，进行全面改革就开始了。1905年以后，朝廷废除了科举，制订立宪时间表，选举咨议局，种种改革使得广州这座商业城市也感受到了政治风气的转换。以前人们把革命党叫作"反贼乱"，现在人人同情革命党；以前没有人敢谈立宪，现在人人都谈立宪；以前个个脑后拖条猪尾巴，现在剪短发的人愈来愈多了。

不过，平民百姓的日常生活并没有多少改变。他们依然每天要为生计奔波劳碌，日作夜息，生活依然是那么忙碌琐碎。"讲古寮"里的讲古佬，每天下午还在那里说书，听众也还是那些贩夫走卒、屠儿咕哩（苦力），为口奔驰了一天，筋疲力尽，就等着讲古佬把茶壶往桌上一放，把香点燃，再把惊堂木一拍，说一句："闲文少叙，书接上回……"一天的疲劳就忘记了。在"讲古寮"外面，围了一圈"打古钉"（听说书不付钱）的人，个个伸长耳朵，听得津津有味。

在"讲古寮"对面那个盲公，肩披红布，左手握一条木雕小龙舟，右手拿根木棍和小锣，胸前还挂面小鼓，每天依然在那里敲着小锣小鼓唱龙舟：

"天生朱红主为尊，要结桃园四海同……"据说他的小锣小鼓也有讲究，代表着日与月，暗含反清复明的意思。

在"讲古寮"的周围，总会聚拢着一些小贩，向听众推销零食。卖花生肉的小贩边走边唱："花生肉，南乳肉，仲好食过焗腊肉！"卖栗子的小贩也扯着喉咙在唱："良乡风栗，新鲜炒熟，剥壳九里香，食落百日味，嚟啦，食过都会返寻味！"卖云吞的竹板声，卖鸡公榄的唢呐声，每天都像雾一样弥漫在广州全城。

这一类的坊间娱乐节目，并不受到革命风潮的影响，只要不发生战乱，它们都会存在于老百姓当中。辛亥革命，广州是全国唯一兵不血刃、和平易帜的省会城市，老百姓的生活没有受到太大冲击。孙中山回国时，人们兴奋了一阵子；宣统皇帝宣布退位时，人们又兴奋了一阵子，但兴奋过后，还是照旧买包南乳花生，到"讲古寮"听古，革命前听《薛仁贵征东》，革命后还听《薛仁贵征东》。

生活在那个年代的人，也许不会察觉到变化，但当我们拉开历史的距离看时，便发现随着革命的临近，变化确实开始了。由于新政的推行，为艺术提供了较为宽松的环境，甚至谈论革命也不再是禁忌。锣鼓大戏粤剧除了《寒宫取笑》《苦凤莺怜》一类旧戏，也开始有艺人唱起了《地府闹革命》一类新戏。

粤剧一向最受广州人喜爱。广州第一家售票公演的戏院是西关的广庆戏院，建于1889年，其时离辛亥革命还有二十二年。1902年，同庆戏院在长堤开张，这是广州最早的一家专演粤剧的戏院，有五六百个座位，后来改名叫海珠大戏院。1905年，两广总督岑春煊以长寿寺和尚私藏妇女的罪名，下令拆毁寺庙。长寿寺位于西关繁华之地，尺土寸金，拆庙后的废址，本可以做许多的商业用途，但岑春煊却用它来盖了一座乐善大戏院，让广州人多一个听戏娱乐的地方。

那时的粤剧戏班，大多坐着红船，在珠三角地区漂泊，桨橹欸乃，随波逐流，哪里有迎神赛会、喜庆宴席，就去哪里演出。所谓红船，是一种绘有龙鳞菊花图案的红色木船，有人说，"红"字也是和反清复明的活动有关，与"洪门"组织的"洪"字同音，是梨园弟子的一个反清暗号。

粤剧曾长期被官府禁演，梨园弟子受打压很厉害，因此，其中不乏热心革命的人。在珠三角一带，就有一戏班叫"志士班"，专演针砭时弊、抨击官府的戏剧。他们为了标榜与传统粤剧不同，旧戏班坐红船，他们便把船涂成绿色，自称"绿船班"；别的戏班都到八和会馆拜田元帅，他们却刻意避君三舍，被同行戏称为"九和班"。

"志士班"开风气之先，不仅演粤剧，也演文明戏（话剧）。不少史料说，话剧是1907年传入中国的，但事实上，"志士班"在1905年至1906年之间，已经在珠三角演出话剧了。他们打着"采南歌剧团"的旗号，摇着颜色怪异的绿帆船，穿梭于省港澳等地，大演《地府闹革命》《文天祥殉国》等新戏和一些宣传民族主义的文明戏，备受舆论赞誉，称之为"开粤省剧界革命之新声"。

采南歌剧团因财政困难，1906年就解散了。1907年，黄鲁逸、卢梭魂、黄世仲、姜云侠、郑君可、靓雪秋等人再接再厉，又在澳门组织"优天影"戏班，用同盟会元老冯自由的话来说，"诸志士多粉墨登场，现身说法，对于暴露官僚罪恶及排斥专制虐政，不遗余力。粤人颇欢迎之，号之曰'志士班'"。这个戏班为了宣传革命，宁可忍饥挨饿，也不愿提高票价，据说黄鲁逸经常到菜栏捡烂菜叶，再加点猪红，煮菜叶猪红汤，给演员们充饥。

"优天影"只唱了一年，就被官府禁了。志士们不甘心，又组织"振天声"剧团，以荔枝湾彭园为大本营，继续到省港澳各地演出，大肆宣传民族主义，其激烈程度，较"志士班"有过之而无不及。不料开锣才几个月，碰上光绪皇帝和慈禧太后驾崩，全国禁止演戏娱乐，"振天声"没了舞台，只好收拾起锣鼓戏柜，告别荔枝湾，漂洋过海，到南洋各埠演出，宣传革命去了。

探究广州在辛亥革命中能和平过渡的原因，是非常有意思的。以前人们只注意到广东是同盟会最活跃的地区，也是起义最频繁的地方，却忽略了广州也是绅商势力最大、基础最深厚的地方。

1910年和1911年，广州先后发生过新军起义与三·二九起义，对官府震动很大。两次起义失败，都是由广州绅商出面收拾残局，甚至连烈士的遗骸，也由广州的善堂捐出棺材墓地安葬；在1911年的保路运动风潮中，也只有广东绅商有本事迫使朝廷允许粤汉铁路广东段继续商办，免于收归国有，显示出绅商的势力在广州如日中天，所以他们自信心满满，认为无论官府还是革命党，都要依靠他们，广东的前途由他们主导，革命也罢，不革命也罢，都不会影响他们的生活，戏照睇，茶照饮。

因此，当各地革命风潮此起彼伏，大清的江山岌岌可危之际，广州依然是一片灯红酒绿的景象。1909年，有1000多个座位的东关戏院在东堤开张。戏班红船可以停泊在东濠，上了岸就可以登台。东堤夜夜笙歌，日日箫鼓，戏台上的红伶，穿着金翠迷离的戏服，"呛呛呛呛"登上舞台，把靴底一亮，把水袖一甩，已博得满场喝彩。

1910年，也就是新军起义刚平息不久，由茶楼业老行尊谭新义、谭晴波等人筹建的襟江楼（茶楼），便在东堤开业了，高悬于门口的那副对联"襟上酒痕多，廿四桥头吹玉笛；江心云色重，万千帆影集金樽"，不知出自哪个文人的手笔，十分气派。与此同时，由邓亚善、李世桂等人集资兴建的大型戏院——广舞台，也在东堤破土动工，外形模仿上海天蟾大舞台，重楼复阁，富丽堂皇，座位多达2000多个。不过戏院还没盖好，革命已经爆发了。

当人们蜂拥到戏院听戏时，另一种新鲜玩意——唱片也悄然进入人们的生活。这是一种崭新的娱乐方式，不用上戏院也可以听戏。其实，早在1902年，美国的胜利唱片公司就录制了粤剧唱片，现存最早的粤剧唱片《围困谷口》和《闺留学广》，是1903年录制的。那时留声机还不普及，能听唱片的人寥寥无几，而坊间相传，灌唱片后留声机会把人的嗓音摄进去，引起失声（倒嗓），以后再也不能演戏唱曲了，所以粤剧演员们个个都畏缩不前，不敢尝试。

第一个吃螃蟹的人是八和会馆创始人邝新华（艺术大师红线女的堂伯父），他毅然灌录自己的第一张唱片。在他的带动下，灌唱片的粤剧演员愈来愈多，胜利、百代、高亭等外国唱片公司，纷纷到上海、香港等地，为粤剧录制唱片。在中国所有地方戏剧中，粤剧是灌制唱片最早、也是最多的。这是不得了的大事，农村酬神庙会上的古老戏曲，居然和最先进的工业文明产品相结合，这是具有划时代的象征意义的。

这时，电影也开始登陆广州了。这是一种更具工业文明色彩的东西，当时的人们完全想不到，若干年后，它在中国竟会成为上百亿票房的巨大产业。电影是1896年前后从西方传到中国的。法国人把电影放映机带到广州，在石室耶稣圣心堂的丕崇书院内放映电影短片。这是电影第一次出现在广州。后来，一位华侨从海外带回来了一台放映机和几部短片，在茶楼里放映，这是普通民众第一次有机会在小小的银幕里看到外面的大千世界。后来有了专门放电影的地方，叫"画院"，或叫"映画院"。

清末民初在广大路口开了一家电影院，名字起得十分有趣，叫"通灵台"，是广州最早的电影院之一。城隍庙附近也有一家，叫"镜花台"。这些名字都反映了电影初到中国时，人们对这门艺术的理解，意思是从这里可以走入一个疑幻似真的奇妙天地。

早期的电影都是"默片"，没有声音，内容大多为异国风光，为了增强电影的艺术感染力，中国的电影工作者请广东音乐的"五架头"在放映现场伴奏。银幕上出现的是西方的花花世界，但背景音乐却是流传于珠江三角洲的广东音乐，这种别出心裁的中西合璧，产生了非常奇妙的艺术效果。

广东人对中国电影事业的发展，曾作出过巨大的贡献，尤其是辛亥革命前后，广东人把电影这门艺术推上了一个新台阶。1913年，中国出品的第一部有故事情节的电影《难夫难妻》，就是由潮阳（今汕头）人郑正秋担任编剧的。

被誉为"中国电影之父""中国纪录片之父"的黎民伟是新会人，从小就是戏剧与摄影迷，也是属于被官府赶去革命的那些人之一。同盟会在广州组织三·二九起义时，他冒着极大的风险，主动协助革命党用戏箱偷运枪支入城。

辛亥革命后，黎民伟预见到电影在中国将有广阔的发展前景，1913年，他和兄长黎北海，还有美籍俄国人布拉斯基，合作创办了华美影片公司。在黎北海执导拍摄的《庄子试妻》中，黎民伟自己反串女角，而他的妻子严珊珊（广东南海人）在片中扮演侍女，成为中国电影史上最早的女演员。这部电影改编自粤剧《庄周蝴蝶梦》，不仅第一次出现女演员，而且运用了特技拍摄，使庄子的魂魄飘忽隐现，令观众耳目一新，大呼过瘾。

唱片、电影究竟给生活带来了什么新元素？它们改变了人们什么？怎么改变？改变了多少？点点滴滴，都是在不知不觉间发生的。粤剧演员从最初害怕录音会把自己的声音摄走，到后来争相灌制唱片；电影从全男班到后来出现女演员；观众最初看电影，一个脸部特写镜头也会把他们吓得尖声惊叫，甚至发生因银幕上有演员向观众方向开枪的镜头，令观众又惊又怒，竟放火烧电影院的事情，到后来电影院愈开愈多，至1930年代电影业出现了一个小小的黄金期。人们的观念在改变，生活也在改变。终于有一天，人们恍然大悟：原来世界真的变了。

辛亥前后的报业变迁

人们常常用"信息爆炸"来形容现在这个时代，其实，一百多年前的中国人，同样面对一个信息爆炸的时代，海量信息，汹涌而来，目不暇接。那是在一个封闭的时代结束以后，闸门打开，洪水一泻千里，人们在短期内无法适应的感觉。

广州因为毗邻香港，海外关系众多，鸦片战争以后，广州就是中外沟通的重要管道，甚至皇帝对西方国家的了解，也主要靠南方官员的奏报和南方人所撰写的书籍。风靡中国近代思想界的达尔文进化论和卢梭民约论，就是黄遵宪最早介绍到中国的。他编写的40卷《日本国志》，详细介绍了日本的历史和现状，特别着重介绍了明治维新以后的改革措施及成效，把人权、民主、平等的概念引入中国，对中国近代思想产生了深远影响。中国驻法公使薛福成见到这本书后，连声称赞："好书，好书，真是几百年少见的好书。"后来的维新派康有为、梁启超，乃至光绪皇帝，都把它当教科书来读。孙中山形成的民权主义思想，也受到这本书的积极影响。

梁启超翻译的政治小说《佳人奇遇记》《经国美谈》，也曾掀起洛阳纸贵的热潮。翻译是出版业的重头戏，中国许多知识分子，都是通过翻译著作，打开通向西方的窗口，"国魂""立宪""议院""公民""代表""义务""主义"这些五光十色的词，为中国的思想界注入了勃勃生机。南方成了近代中国思想变革的滥觞地。

其时广州最大的书市在双门底，也就是今天的北京路一带，这个书市历史悠久，见诸文字记载的璧鱼堂书店，早在清代乾嘉年间就已存在；道光年间的汲古堂，也是远近驰名。戊戌变法以后，风气大开，不少江浙人到双门底开书店，点石斋、蜚英馆、同文书局、纬文书局等，都是江浙人开的。时务书局、时敏书局、开明书局专销从上海运来的新书。《海国四说》《环游地球新录》《盛世危言》一类书籍，吸引了无数知识分子，他们像蜜蜂一样，纷纷到这里寻找精神的养分，也把更多的知名书店吸引来了，辛亥革命前后，商务印书馆、中华书局、世界书局、大东书局等都相继进驻双门底。

思想的闸口一旦打开，要关上就很难了。官府指望以宫门钞、辕门钞这类"通稿"统一舆论的时代，已经结束了。社会健康与否，舆论的开放程度，是重要的指标。尽管每前进一步，都备极艰难，但那个年代的媒体人，依然不懈努力，拼命往前拱，硬是把两千多年形成的冻土层，拱出一条缝隙，让一缕阳光照射进来。

1884年，广东第一份中国人自办的报纸《述报》，创刊于多宝大街海墨楼书局，这是中国最早的石印报纸。1886年，《广报》在广州创办，吴大猷等人担任主笔，内容以论著、本省新闻、中外新闻为主，也附有宫门钞、辕门钞和货价行情。这是中国最早的日报之一，与汉口的《昭文新报》、上海的《汇报》鼎足三立，同为最具影响力的近代日报。后来，因"辩言论政，法所不容"，《广报》被当局查封，改名为《中西日报》出版后，又被第二次查封。

1900年创刊的《商务日报》，把内容敏感的新闻以小说的形式写出来，让官府抓不到辫子。这种方法，居然也管用，只能说明在经历了八国联军事件之后，官府对舆论的管制，已经放得很宽了，只要你解释这是小说，他们也就懒得追究。如果换在雍正年代，管你是不是小说，你敢妄议朝政，官府就要把你"改低几寸"（江湖话，指断头）。后来有一份《博文报》转载文章，公然嘲笑慈禧太后"唇厚口大"，官府也只是要报纸停刊而已。

1901年以后，由于推行新政，言论的空间进一步放宽，尺度之大，史无前例。1902年及1904年，广州先后新出了两份报纸：《亚洲日报》和《开智日报》，公开谈论革命，刊登革命党人的文章，官府也听之任之，没有发生缇骑夜出、拉人封屋的事情。1903年创办的《时敏报》，第一次正面记述太平天国。

革命党也办报纸，陈少白在香港办的《中国日报》，在内地热卖，甚至连当时两广总督陶模父子都是《中国日报》的忠实读者，这份鞭挞时政、揭露黑幕的革命党报纸，每期在总督衙门可以卖出200多份，不能不说是一个奇迹。

凡此种种，在当时都是具有标志性的事件。

1898年及1902年，梁启超先后在日本办《清议报》《新民丛报》，针对国内的报纸杂志，他怀着无限激情地宣称："西人有恒言曰：言论自由，出版自由，为一切自由之保障。诚以此两自由苟失坠，则行政之权限万不能立，国民之权利万不能完也。而报馆者即据言论、出版两自由，以龚行监督政府之天职者也。"

这位流亡海外的思想启蒙大师认为，报馆愈多愈好，报馆愈多，国家愈强；报馆绝不是政府的喉舌，而应与政府立于平等地位，有报道事实真相的责任。追求真相就是对政府的最好监督。因此，报纸的作用，应提到关乎国家兴亡的高度。梁启超说，因为目前中国没有政党政治，更没有在野党，"惟恃报馆为独一无二之政监者，故今日吾国政治之或进化，或堕落，其功罪不可不专属诸报馆"。按他的说法，报纸有两大天职，"一曰：对于政府而为其监督者；二曰：对于国民而为其向导者是也"。

1906年7月，中国历史上第一部新闻出版法规《大清印刷物专律》颁行，对出版物实行注册登记制度，只要在"印刷总局"注册登记，就可以堂而皇之地出版；三个月后，颁布《报章应守规则》，针对报刊做出具体规定。

尽管这两部法规中，都划了很多红线，诸如不得"加暴行于皇帝皇族或政府，或煽动愚民违章国制""不得妄议朝政"之类的条文，但它们的出台，并非对舆论实行更严重的压迫，恰恰相反，是双方博弈的结果，实际上反映着朝廷的退让而不是进逼，民办报纸争得了自己的合法位置，不再是只有专录圣谕、章奏的"京报"，还有满天飞的日报、旬报、周报、画报、三日报。

广州的报馆大多在西关，位于下九甫的文澜书院是广州绅商的大本营，而报纸大部分是由绅商出资办的，所以，文澜书院的周围，形成了广州最大的图书报刊出版中心。在第七甫有群英阁、通艺局、丹桂堂，第八甫有载经堂、藏经阁、经纬堂，在十七甫有五经楼、明经阁、穗雅印刷局、东雅印刷局，在十八甫有允经楼、时雅书局、维新书局；《羊城日报》《时事画报》《中西日报》《博文报》《时敏报》《国事报》等报纸，也如北辰星拱一般，紧紧围绕着文澜书院。1908年成立的"广州报界公会"，会址便设在十八甫的《国民报》旧址。后来人们习惯地把第五甫至第八甫一带叫作"报纸街"。

1906年，在修筑粤汉铁路问题上，官府要官办，商人要商办，双方大起争执。由广东总商会主办的《广州总商会报》创刊，馆址设在十七甫，发起人是左宗藩、郑观应等官绅商人。内容包括上谕、商务、论说、本省商务要闻、京外商务要闻、译外国商务要闻、时事、本省要闻、铁路纪事等。

后来，粤汉铁路风潮愈闹愈大，官府抓了一些商人，左宗藩怒不可遏，到处散发传单，大骂官府逮捕商人是"狗咬主人"。由于言论过于激烈，把《广州总商会报》的几位主笔也吓坏了，生怕受连累吃官司，便相约辞职，才办了三个月的报纸，便告倒闭。但官府最后没有要报纸吃官司，而是把牢里的商人放出来了。时隔一年，《广东七十二行商报》便踔步而起，这是继《广州总商会报》后，又一份重要的商人报纸。

早期的报纸内容，以商情居多，后来转向谈论国事，立宪与革命，成为两大主题。一向淡泊政治的广州商人，也开始关心政治了。1909年，广东咨议局提出禁绝广东大小赌博案，引起全城热议。1910年11月，在咨议局会议上，丘逢甲副议长与陈炯明议员联名提出禁赌草案，但投票结果，丘逢甲、陈炯明等20人投了可票（赞成票），35人投了否票，讨论经年的禁赌议案，竟然搁浅，引起社会的强烈失望。民间组织起"禁赌总会"，声援"可"议员，声讨"否"议员，并在文澜书院召开公众大会，请愿"定期一律禁赌"，要求政府弹劾"否"议员，重开议会。

"否"议员也知道开赌不光彩，于是办了两家报馆，专为自己辩护。丘逢甲找到支持"可"议员的绅商商议，也成立一家报馆，专门宣传禁赌，和"否"议员唱对台。陈炯明担任编辑，邹鲁担任主笔，资金在咨议局内部筹措。此议一出，"可"议员有钱出钱，有力出力，一位议员捐出自己在第七甫的一间铺面，给报馆做发行所。

在讨论报名时，大家热心地出谋划策，最初想用"救亡"二字，后来觉得太过伤时，改为"朝报"，又有人担心"朝"字易让人误解为"朝廷"的意思，最后决定报名为《可报》，堂堂正正打出"可"议员旗号。

《可报》还没正式创刊，《国民报》《安雅报》《羊城日报》《时敏报》《粤东公报》《震旦日报》《广东七十二行商报》《国事报》《广东时报》《公报》等大小报纸，已一呼百应，对禁赌风波的前因后果，猛挖内幕，追踪报道，人们争相购阅，街谈巷议，不胫而走，造成十目所视、十手所指的效果，吓得那些"否"议员，纷纷躲起来避风头。

陈炯明、邹鲁都是同盟会会员，《可报》名义上是咨议局议员所办，实际上是革命党的报纸，大谈革命道理。按照黄兴的要求，报纸出版后，大部分是免费送给新军和巡防营士兵看的，据说"军界靡然争阅"，很受士兵读者欢迎。三·二九起义时，《可报》报馆成了收藏武器的秘密机关。

《可报》为什么赢得读者欢迎？无非是因其过激的言论，文章不激烈没人看。1911年4月8日，从南洋来的革命党人温生才在东校场前行刺广州将军孚琦，《可报》发表文章，对温大加褒扬，甚至公开支持暗杀，文章写道："呜呼！大陆沉沉，戾气遍于六合，不图白云之陬，珠江之湄，竟有温生才之人，与其人之短枪出，于是温生才之名以存，而短枪亦偕其人以共垂不朽！"结果报纸只出了二十四天，就被官府以"诋毁宫廷，扰害公安"为理由，予以永远停版处分，但并没有抓人。

一百七十多天以后，武昌起义就爆发了。广州在响应武昌起义，宣布独立后，报界还发生过一件趣闻。《国事报》原是立宪派的报纸，一向赞成君主立宪，革命后，他们主动在报馆门口张贴告示，上面写着："广东现已独立，快看《国事报》投降！"并积极燃放鞭炮，以示与民同乐。

立宪运动促使民间社会迅速兴起，日益成熟。最重要的标志之一，就是图书报刊的繁荣昌盛，形成了一股独立于政府的民间力量，监督官府，制约公权。由于科举废除，报禁解除，读书人从八股文中解放出来了，转而投身报界，为立宪运动、保路运动、辛亥革命打造了最重要的思想舆论工具。报业的百花齐放，背后是一个新型的知识分子群体在崛起。

革命成功后，军政府成立，老同盟会会员胡汉民担任都督，报纸自然而然也把军政府作为监督对象，频频发表批评官员的文章，并不因为这个政府是革命的，就放弃自己的职责。

胡汉民追随孙中山革命多年，当年在东京以《民报》主编的身份，与梁启超的《新民丛报》展开论战，也算是报人出身了，但他也不能理解，为什么革命党办的报纸，要监督和批评革命党的政府。

孙中山回国后，要到南京就任临时大总统，胡汉民马上辞掉都督不干，跟着孙中山去南京，其中一个原因，就是受不了报纸的监督批评，尤其当时的文风，流行嬉笑怒骂，极尽挖苦嘲讽之能事，比如廖仲恺是军政府财政部副部长，经常到都督府和胡汉民商议财政问题，至深夜才出，报纸便挖苦他："有新官儿仰卧籐兜，口喃喃犹呓经济术语。"胡汉民认为这些报纸是"专好反对民国军政府而已"。他在给同志的一封信中，愤怒地说："至于报纸，则以能与政府反对为雄。报律未施，警察无力，无法禁止。掩美扬失，其真相未易明。弟以在位之故，不屑与辩。"

民国都督座位还没坐热，就想到用警察对付报纸了，胡汉民不明白，报纸敢于批评政府，其实是社会健康发展的保证，如果他真的珍惜辛亥革命来之不易的成果，就应该为敢言的图书报刊护航，为舆论的畅所欲言创造更加宽松的环境。

胡汉民走后，陈炯明继任广东都督，他也是要接受舆论监督的。1912年1月10日，广州的报纸刊登了燕塘新军即将解散的消息，这是一条假新闻。陈炯明以"事关军政，不容捏造事实，扰乱军心"为由，扣留了两名发布假消息的记者。虽然旋即释放，但广州报界公会却不肯善罢甘休，17家报馆连署，发表"告同胞书"，非常尖刻地说："今日之广东军政府，为广东三千万同胞之军政府，敝同业任监督之责，只知竭力维持，无论何人有违共和政体不规则之行为，必起而纠正之。"

面对舆论的激烈批评，陈炯明没有一走了之，也没有像胡汉民那样痛骂报界。他派警察厅厅长到报界公会，听取意见和解释政府立场，取得了报界的谅解，事件最后"和平了结"。

　　清末十年新政培养起来的民气，在民国以后，并没有被混乱的政局所戕杀，反而得到进一步的伸张，使报业的繁荣局面，一直持续到1918年前后的新文化运动，为辛亥革命后一系列的价值重建运动奠定了基础。广州的图书报纸出版业，功不可没。

2017年

孤忠岭外

在广东，除了我的出生地广州之外，能让我有"回家"感觉的，就是海丰了。2003年我第一次到海丰时，那里的每一条老街、每一座老瓦房、每一条乡村小路，甚至每一处田畴阡陌、小溪河流，都让我有似曾相识的感觉，仿佛回到前世生活过的地方。这是一种很奇特的感觉，在这之前我写陈炯明传记《共和将军》时，并没有到过海丰，书中所描绘的海丰景物，全凭想象，但到实地一看，竟大致相符，岂非咄咄怪事？

海丰是陈炯明的故乡，位于粤东沿海，汉代属龙川县地，东晋分置海丰县，明、清皆属广东惠州府。县西北是海拔千米以上的莲花山脉，莲花山、大银瓶山、中银瓶山、小银瓶山、倒耙山、燕湖山，连绵起伏，其势如潮，冲开重重朔云阻隔，奔腾而来，直抵黄江流域，忽然俯伏，缓缓向南展开，前面是片片盐田、茫茫怒海了。

海丰县城外有一座五坡岭。1277年文天祥率兵抗元，转战于赣粤各地；1278年领着一支队伍，来到五坡岭时，人困马乏，刚埋锅做饭，忽听一声炮响，元兵四面杀到，文天祥猝不及防，束手就缚，被押往北京。过零丁洋时，他留下"人生自古谁无死，留取丹心照汗青"的绝句。

海丰人在文天祥被俘处筑了一座"方饭亭"，亭前有表忠祠和忠义牌坊。亭子如今还在，但表忠祠和牌坊却早已圮没，台阶前横置一石碑，凿

"一饭千秋"四个大字。两侧亭柱刻有明代潮州状元林大钦所撰对联："热血腔中只有宋；孤忠岭外更何人。"亭内立有文天祥半身像石碑，并刻《衣带铭》："孔曰成仁，孟曰取义，唯其义尽，所以仁至。读圣贤书，所学何事？而今而后，庶几无愧！"

方饭亭是我到海丰必去朝拜的地方，不仅因为它与文天祥有关，而且还因为在文天祥殉国六百二十四年之后，有一群年轻的海丰人目睹河山风雨飘摇，不堪其忧，在这里结盟组织"正气社"，誓要效法文天祥，为家国"成仁取义"，而他们的领头人就是陈炯明。

在二十年前，知道陈炯明的人也许不太多，无论官史、野史，甚至学生课本，都称他是背叛孙中山的"叛臣逆子"，无论他有什么功绩，都因"晚节不保，一笔勾销"了。但近年谈论陈炯明的人愈来愈多。

拨开五里云雾，重组历史的情节，则不难发现，他与孙中山的分歧，不过是政见不同，分道扬镳而已，实在谈不上什么叛逆。于是，一个真实的陈炯明渐渐浮现在世人的面前。这也不奇怪，在历史上，伟人并不总是站在舞台的聚光灯下，很多都被滚滚的尘烟所湮没，不经后人细细擦拭，谁知金玉其内。

我一直认为，在民国之初，有两个值得大书特书的人物，被长期忽略，一个是桃源宋教仁，一个是海丰陈炯明。宋教仁是中国宪政的设计师，不幸早死，只留下一幅宏伟蓝图，未及玉汝于成。而陈炯明是地方自治的设计师和实践者，经过他半生的艰苦奋斗，在广东一度初见成效，可惜千古江山，风流总被雨打风吹去。

陈炯明出身咨议局议员，早年在家乡办了一份《海丰自治报》，自任主笔，对民治、民有、民享一类概念，不像许多政客那样，只挂在嘴角笔端，以维新之名兜售私货，而是一有机会就借着一些很具体的、可操作的步骤，把它们一点一点付诸实现，比如在民国初年推行的乡村自治。

众所周知，陈炯明是一个坚定不移的联省自治主张者。他的自治路线图是这样的：先实行村自治，然后是县自治、省自治，再实现联省自治。用他自己的话来说："中国各村自古实行共和制，各村莫不以自治为宗旨。今中国之自治，应先自村庄施行，依次发展，及于全县全省与全国。此刻广东已在村上实行分区。自治村中，警察与税收由人民自办，将来各县县长与省议员亦归人民自举，再由议员共举省长。他省能仿行之，则可达到联省自治之目的。"

他在广东省省长任内，致力于把广东建成全国模范省，厉行禁赌、禁毒，兴办教育，改良市政，鼓励商人、工人组织自治团体，为全省自治奠下基础。1921年4月，他颁布了《广东暂行县自治条例》和《广东暂行县长选举条例》。当年8月，广东各县的县长便全面实行民选，由民众投票选出三人，省长在三人中选一人。全省共产生了85位民选县长。舆论盛赞："县长民选，不特在粤省为创举，即在全国民治史上，亦为破天荒事业。"

事实证明，广东民众的素质，完全可以行使民主权利，并不比任何一个民主宪政国家的民众要差。当然，被皇权专制禁锢了两千多年，不可能要求第一次选举就尽善尽美，但至少开了一个好头。若能持之以恒，循轨演进，渐入佳境，乃可预期。

只可惜——历史上有太多的"可惜"了——1922年，当孙中山发动北伐，欲以革命的武力统一中国时，陈炯明却以战争会破坏地方自治为由，断然反对，竟因此被撤职，甚至沦为"千古罪人"。孙、陈决裂后，人亡政息，民选县长被统统免职，重新恢复委任。破天荒的自治运动，亦戛然止步，铩羽而终。

我深信历史发展是有其内在逻辑的，联省自治在当时的失败，乃不可避免的宿命；而陈炯明的性格，用广东话说就是"托杉都唔识转膊"，用北方话说就是认死理，撞了南墙也不回头。如果把方饭亭的对联略作修改，套在陈炯明身上，也很恰当："热血腔中惟自治，孤忠岭外更何人。"其乖蹇的命运，也同样是不可避免的宿命了。

评价历史人物，不以成败论英雄。我在海丰有一个很深的印象，就是当地人对陈炯明非常崇敬，几乎每个人都能随口说几个陈炯明的故事，尤其提到他的清廉，更是个个赞不绝口。谁能相信，一个身兼粤军总司令、广东省省长、陆军部长、内政部长、国民党广东支部长的高官，麾下曾领十万大军，死后竟会一文不名，无钱置棺？

据说，陈炯明身后只留下两处房产，一处是祖父传下的瓦房，一处是由弟弟陈炯晖在香港做生意赚了钱，与族亲集资为他在海丰兴建的将军府。这座历尽沧桑的将军府，是一幢中西合璧式的双层楼房，面宽五间，坐北向南，现为老干部活动中心。我去过两次，第一次不得其门而入，只能坐在院子的凉亭里，望着斜阳下斑驳的树影，想象当年陈炯明在这里出入的情景。几年后故地重游，有一层楼已辟为陈炯明的展览室了。这一细节似乎表明，当地对陈炯明的评价，亦在潜濡默被之中，慢慢从历史的阴影里走到阳光下了。有人说，研究历史本无所谓翻不翻案，只是在不断迫近真相而已。诚哉斯言！

行文至此，海丰的朋友传来一个消息：2012年1月19日，一尊陈炯明的铜像被安放在海丰县城的文天祥公园里。我注视着电脑屏幕上的铜像照片，不由得想起文天祥临刑时的绝笔诗："惟有一腔忠烈气，碧空常共暮云愁。"陈炯明生于忧患，死于忧患，临终犹呼"共和，共和"，大约也是一腔忠烈之气，不知向谁人诉说呢。

2012年

有些线断了就续不上了

前几年，我主持编写出版了一套广东非物质文化遗产丛书，皇皇大观50卷，历时数年，竣工后最大的感慨，用一句话概括，就是："无可奈何花落去。"毕竟属于它们的年代，已经远去了，真正懂得欣赏它们的人，注定会愈来愈少。我虽然愿意为保护"非遗"卖力鼓吹，但其实我自己真的理解这些"非遗"项目吗？我把粤剧说得那么美妙，我自己从没到剧场看过粤剧，正如我也积极支持保护大熊猫，但从不去动物园看大熊猫一样。

很多地方戏曲、手艺，实际上只是在行家的小范围内有知音，与大众已渐行渐远。我支持保护"非遗"，往往也是出于对文化延续性的尊重，相信它有许多历史的记忆编码，我看不懂，但有看得懂的人。就像考古学家对即使已经残破的古物，依然呵护备至一样。不过我也明白，无论今天怎样申报"非遗"项目，拿了多少专项经费，怎样著书立说、大吹大擂，怎样做成旅游景观，它都不是原来的它了。

我们有一个坏毛病，就是喜欢把真古董毁掉，再造一个假古董出来。就像青岛的老火车站一样，拆了原装正版的，再按原貌重建一个。还有更奇葩的，陈拔廷是广州机器工业的先驱之一，他的故居被租用单位莫名其妙地拆了，管理部门罚了50万元，责令恢复文物原貌。复建后我去看了，问当地人：这房子是在原地重建吗？当地人说：不是，原来的在那边。我又问：是按原样重建吗？当地人说：也不是，原来不是这样的。这复建的文物，既不在原地，建筑材料、工艺也全是新的，甚至连外形也与原来不符，却堂而皇之地说：这是陈拔廷故居。这不是坑人吗？

所谓"厓山之后无中国"，其实中国还是在的。宋代的书院读四书五经，明代的书院还读四书五经；宋代的端午吃粽子，明代的端午还吃粽子；宋代的瓷器了不起，明代的瓷器也不弱；宋代的族谱可以一直写到明代、清代。厓山之前，人们写文章是之乎者也，厓山之后，照样是子曰孟曰。脉络一路下来，前有所承，后有所启，历历可辨，并没有真正地中断。元代人发明了青花瓷，明代人发扬光大，即使今天的藏家，很多还分不清元青花与明青花的区别呢。

但为什么今天学校推广读《弟子规》，人们就觉得很突兀？为什么让几百人在大操场给母亲洗脚，大家觉得不自然？是因为那根线已经断了，再接上已不可能，至少不能靠这种简单的表演方式接上了。以前的刺绣都是一针一线的，现在是用机器批量生产的，能一样吗？就算你把它吹到天上去，它还是不一样啊。机器是我们自己发明的，当初既然想到要发明机器这东西，就应该做好接受后果的准备。别等机器好不容易绣出花来了，又回过头说手工如何如何精妙，这不存心折腾吗！

2016年

达德学院的辉煌与寂寞

对熟悉中国现代史的人来说，杜国庠、叶圣陶、何香凝、臧克家、欧阳予倩、郭沫若、胡绳、章乃器、钟敬文、许涤新、千家驹、黄药眠、沈志远、乔冠华、马叙伦、冯乃超、林默涵、周而复、夏衍、曹禺、茅盾、杨东莼、侯外庐这些名字，亦当不会陌生，自五四以降，直至六七十年代，这些名字，闻于当世，领尽风骚，构成了文化史上令人感慨万千的红色传奇。共和国成立以后，他们的文章言行，更足以转移一时风气，几乎可以说，撑起了文化界的半边天。

然而，当我欲蹑其高踪、瞻其行谊时，却惊奇地发现，在他们的履历中，几乎都有这么一条：曾在达德学院任教或为客座。

达德学院，能够汇聚这么多文化名流，为之执教鞭，在教育史上应该大名鼎鼎，但我翻查了不少图书馆的资料，却找不到这个学院的校史。这么一所群星熠熠的学校，何以竟会在历史的长河中，消失得无影无踪？这勾起我极大的兴趣。

大约是在2005年时，应霍英东基金会负责人、南沙大酒店总经理何铭思先生邀请，我到南沙参观。席间听何老纵谈往事，偶然说起他曾在达德学院读书，令我心中不禁扑通一跳，真是得来全不费功夫。可惜那次行色匆匆，未及详谈。直到六年后，我才有机会在香港与何老再见面，听他细说从前。

抗战胜利前夕，董必武赴美国旧金山出席联合国会议，其间邀请陈其瑗回香港办学。于是，1946年9月就有了由中国共产党和香港左派人士创办的达德学院。李济深出任董事长，陈其瑗任院长。校名取自《礼记·中庸》："智、仁、勇三者，天下之达德也。"1946年10月正式开学。其教育方针，盖有五项：一曰广义的爱国教育；二曰和平的民主教育；三曰进步的科学教育；四曰人本的自由教育；五曰集体的互助教育。

据称，这是香港历史上第二所大学（第一所是香港大学），比中大崇基、联合等书院还要年长，地位不可谓不显赫。

学校以香港屯门新墟的蔡廷锴将军故居芳园别墅为校舍。蔡廷锴是广东罗定人，原十九路军军长，一·二八淞沪抗战的名将。芳园别墅现在尚存部分建筑，名为马礼逊楼，在中华基督教会何福堂会所内，为香港法定古迹之一。该建筑选用上海批荡，典型的装饰派风格，庑殿式的屋顶以青釉中式瓦片砌筑，四角则饰以瑞龙，这种中西合璧的建筑，在今天的香港，已难得一见。

达德的学生并不多，只有1000人左右，因地处荒僻，交通十分不便，学员往返市区，只能搭"猪笼车"，就是在一辆运货的大车上摆两排木板，大家挤坐一起，在崎岖蜿蜒的青山公路上，颠簸一天才能回到学校。

学院设商业经济、法政、文哲三个学系，另设新闻写作班。老师几乎都是名重一时的左翼学者，有"马克思主义史学五老"之称的郭沫若、侯外庐、范文澜、翦伯赞、吕振羽，其中两老都曾在达德任教；被达德学子尊称为"大师"的黄药眠，从一开始即参与创校，后来在"反右"运动中被打成全国闻名的"六大右派教授"之一；钟敬文有"民俗学之父"的美誉；而杜国庠以其学术成就被奉为"潮汕籍马克思主义哲学家第一人"。在那个风起云涌的大时代，他们每个人的经历，即使不加任何修饰，如实写来，也是一部跌宕多姿的精彩史记。

2011年我到何铭思先生家拜访，他就住在屯门，离达德当年的校舍不远。坐在他家的客厅，从阳台望出去，便是茫茫大海，风起潮涌，云卷云舒，我一边呷着清茶，一边听他侃侃而谈，说着那些六十多年前的如烟往事。何老说他在达德读书时间不算长，不会超过一年，"那时候我认真聆听老师的教诲，我倾慕同学的才华，也认真读书和思考一些问题"。在达德的求学经历不仅对他日后的人生，而且对所有达德学子的人生，都有着深远而重要的影响。

红色学人荟萃，达德的课程，自然大多与革命有关。1946年12月，政府的视学官到达德检查，吃惊地发现图书馆里几乎全是共产主义书籍，墙报上也公然张贴宣扬共产主义知识的文章。这已经为达德的夭折，埋下了伏笔。

何老赠我一本他的文集《家国情怀》，其中就有一篇文章是写达德生活的。他以感情充沛的笔触写道："记得黄药眠老师就曾在容龙别墅与我们三几个同学喝下午茶，斜阳下，远眺流水，心怀国事，神驰万里，从文艺概论畅谈天下事，师生情谊历历在目。那时候的生活充实而又多姿多彩，校园不仅仅可以听到老师们充满远见、智慧的教诲，同学们无拘无束的讨论，在田野上时常飘荡充满激情的歌声，我们参与推动香港学生的戏剧文艺活动，我们辅导一些学校演出，我们去铜锣湾孔圣堂演出过话剧《女子公寓》《少年游》……"

1948年12月，香港立法局通过《一九四八年教育修订条例第二条》，规定"教育司有权拒绝或撤销学校之注册或拒绝学校主管者或教师之施行该等有政治目的之教育"。法例一通过，政府立即致函陈其瑗，要求合理解释，否则取消该校注册资格。1949年2月，港督葛量洪会同行政局，以该院"利用学校以达政治活动之目的，而此项目的，系违反本港及其他地方之治安利益"为由，下令取消达德学院的注册资格。

达德的学制，要求学生在三年六个学期内，修毕有关学分才能毕业。而达德从开办到关闭，还不到三年，也就是说，连一届学生都未能毕业。学校关闭后，学生们纷纷返回内地，投身革命。何老离开达德后，便到了粤北，参加东江纵队。据一位屯门区议员的调查，当年达德的约1000位校友，如今只剩下约200人，他们在广州、北京、香港等地安度晚年，其他人都已作古矣。用何老的话来说，几十年经过多少风风雨雨，经过彷徨和高兴，他们都忠于自己的国家和民族，他们无悔所走过的道路。

我很能理解，那些如火如荼的往事，对于一位已年近九十、历尽沧桑的老人来说，是一种怎样的滋味。"人世几回伤往事，山形依旧枕寒流。"告别何老后，我一连几天都住在屯门的海边，望着潮涨潮退的大海、忽明忽暗的山影，脑子里总想着何老的那段话：

尽管整个环境已经是变化很大了，但我们少年时聚首的地方还依稀保留旧貌，学院大楼与红楼还在，旧时门前不远便是海边，树木葱茏，青山湾的码头、沙滩、容龙别墅、青山禅院、犹太花园还有痕迹可寻，当伫足于当年相聚之处，能不低首徘徊？！

2012年

故园深深

　　某天经过法政右巷，发觉光友街内一串绿荫森森的庭院都已拆平，变成了网球场。那些小楼以前住的都是官宦人家，每一个院子都有说不完的故事，每一幢小楼都满盛着历史的秘密，现在都已烟消云散，甚至连广州市委大院内的汪公馆也难逃被拆除的命运。一念及此，不禁有苍凉的感觉掩上心头。

　　汪公馆是汪精卫的故居。民间传说是汪精卫买给他的小老婆的，但据我所知，汪精卫并没有什么小老婆，他的妻子陈璧君是出了名的悍妇，抗战爆发后，汪精卫投敌，有人问过陈璧君，为什么不拉蒋介石一块儿投日？陈璧君傲然回答："难道当汉奸也要做老二？"其性格的强悍可知。抗战胜利后，她被蒋介石骗去重庆受审前，就是住在这里。

　　这一类中国近现代史上赫赫有名的名人故居，在广州不可胜数，像孙中山、毛泽东、陈独秀、鲁迅、胡汉民、陈济棠等人，都在广州居住过相当时期。周恩来的新婚故居也在广州，许多资料说是在文明路，但周恩来有一封给邓颖超的信说是在广卫楼，广卫楼究竟是在文明路呢，还是在广卫路？我也没有去考证。

　　古旧的庭院楼房，有些保存得很好，被列为文物加以重点保护，有些则在大规模的城市开发中，被隆隆的推土机夷为平地了。省委旁边的小岛宾馆原来是孙科的别墅，记忆之中，属于保护得最好的名人故居之一了，不过也有很多年没去看过，不知拆了没有？

有一天我探访位于农林上路的宋子文故居，看见墙上嵌着一块牌子，列明是受保护的文物。我推开那扇呀呀作响的生锈铁门，走进了院子里。里面很静，鸦雀无声，满地败叶，半掩着通向小楼的曲径，莲花池早已干涸，露出粗糙的灰石。这幢小楼后来还有两位名人住过，就是叶剑英和古大存。叶剑英是中华人民共和国成立后第一任广州市市长，古大存从东北到广州时间稍晚，因为其家属较多，叶剑英就把自己住的这幢房子让给古大存了。

我久久地坐在莲花池边，凝视着院内的一草一木，透过飒飒的风声，耳畔仿佛响起了汽车刹车的吱吱声，随着车门开关，宋子文从外面进来，步履匆匆地在我跟前一闪而过，消失在小楼的门廊里，大氅的一角拂过我的脸颊，我的心底泛起一阵寒意。我也仿佛看见古大存在受到反地方主义的批判后，曾多少次在这个院子里徘徊沉思，小径上依稀可以觅见他的足印。然而，当我蓦然惊醒时，一切都向虚空中迅速隐遁。

这幢小楼虽然年久失修，但至少可以免去被拆的厄运。前不久我经过烈士陵园前面，看见因地铁工程，马路两旁的楼房已经被拆得七零八落了。我忽然记起蒋介石在广州好像曾住过百子路2号，但问过许多人都说不清百子路的确切位置，只知道就在这附近。这时，一位白头老妪从横街走出，我连忙上前询问百子路怎么走，她指着中山二路，用沙嘎的声音说："这就是百子路。这就是百子路。你找百子路几号？"看她的神情，好像不知道面前这条马路叫中山二路似的。然而，我怔怔地望着尘埃飞扬的地铁工地，却再也说不出话来了。

我踽踽地来到烈士陵园正门东侧，发现路边居然还留着一幢荒废了的小洋楼，虽然已是窗颓门败，蛛网四垂，覆盖着厚厚的尘垢，与车水马龙的中山路显得极不和谐，但小楼当年美轮美奂的风采却清晰可辨。我想象着小楼落成时主人的喜悦之情，我似乎看见一些穿着旗袍、烫着卷发的女人身影，从台阶上飘飘忽忽地下来，又飘飘忽忽地进去；似乎听见小楼内洋溢着钢琴弹奏的肖邦乐曲和嘻嘻哈哈的笑语。刹那间，我不觉意夺神摇，忘却了四周喧腾的人流车潮，仿佛回到了那个陌生而遥远的年代。

　　每当我在东山新河浦、恤孤院路一带，或西关的九曲小巷中漫步时，常常会想，如果有哪家媒体能够开辟一个专栏，把这些即将湮灭的名人故居，或虽然不是名人，却见证着历史的建筑，逐一介绍，挖掘它们的掌故，追寻它们的岁月留痕，一定是件很有意思、也很有意义的事情。

1990年

浮生微痕

想起70年代

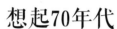

对于1970年代的流行服装，我已经记忆模糊了。印象中，整个70年代，我都是包裹在灰色和深蓝色的中山装里度过的。当然，那个时候，并不知道中山装有那么深奥的内涵，每个口袋都代表着一门救国救民的学问，每颗钮扣也代表着一种影响中国历史的主义。那时候穿中山装，只是为了让人觉得这家伙可能是干部子弟，在省委大院里长大而已，正如60年代对军装的迷恋，希望别人误会自己是军干子弟一样。

那是一个压抑、平庸、死气沉沉的年代。已经没有60年代的激情了，17岁的年龄，从未听说过CHANEL，也不知道世上有ALL STAR，大家如一群鸭子，扛着背包水桶，踉踉跄跄，被逐向穷乡僻壤，年轻人普遍沉浸在对前途的惶惑之中。在我下乡的背包里，依然只有几件中山装。不过，那时我却有一个隐秘而奇怪的心愿，就是希望有一件米黄色的唐装衫。我觉得那是世界上最好看的服装。当然，这个愿望实在太不合时宜，太滑稽可笑了，所以从未对人说起。我已经想不起它是怎么产生的了，依稀记得，舞剧《红色娘子军》里的洪常青好像穿过类似的衣服，那种临风衣袂飘飘的神态，令我心驰神往，久久不能忘怀。

70年代的生活依然沉闷难熬，秋冬季节，男孩子们喜欢在长裤里面露出半截红色的秋裤，如果秋裤太短，索性把长裤的裤腿卷起来。我虽然也心慕力追，穿上红色秋裤，却从不敢把它露出来，只是有时假装搔痒，才"偶尔露峥嵘"。夏天也有女孩子穿碎花布衫，但更多则是长裤白衬衣，简直和男孩子一模一样。冬天更惨了，几乎全是一种说不出款式（大兵不像大兵，售货员不像售货员）的灰蓝色衣服。忽然有一天，看见一个女孩，穿着一件咖啡色的细纹灯芯绒衣，领口露出一件米黄色衬衫！顿时全场肃穆，如睹天人。就好像哪只雌蛾子一不留意，把体内的蚕蛾醇全部释放出来，惊动了方圆几十公里以内的雄蛾子，令它们纷纷有头晕目眩、浑身抽搐的症状。

这件灯芯绒衣，为这女孩招来了许多风言风语，说她"作风不正派"。也许因为谣言多了，慢慢地，她也就真的变成一个"不正派"的女子了。但我至今仍清楚记得，她第一次穿那件灯芯绒衣时，脸上那种单纯的、兴奋的神色，让我蓦然发觉，一个十八九岁的少女，原来可以如此美丽动人。

今天，我在时装专卖店看见一些服饰入时的女子，以慵懒的神态，挑拣着上千元一套的时装，我想她们永远不能领悟，在禁欲主义的70年代，一件咖啡色细纹灯芯绒衣，对一个女孩子的巨大诱惑力。

2001年

一天一封情书

在这个城市生活了四十年，总会有某些地方，或是某条街，或是某条巷、某个不起眼的角落，对别人来说毫无意义，但在我生命的某个片段之中，却留下了悠长的回忆，让我每次经过那个地方，心里便会涌起电光石火般的悸动。

每个人的经历各不相同，一砖一石，一草一木，在不同的人眼里，意义也许天差地别，但有一个地方，几乎在每个人的心底，都有可能留下特殊的记忆，成为千万人心中一个具有特殊意义的符号，那就是医院。

有一年，我的妻子在中医学院附属医院（现为广州中医药大学第一附属医院，在机场路）住院，那时我们才结婚不久，说起来也是充满了大喜大悲的色彩。她和我相识七年，相恋六年，终成眷属，没想到在新婚之旅途中，她的父亲因心脏病不幸去世。我们在湖北接到电话，怀着凄惶不安的心情，兼程南返，蜜月旅行成了千里奔丧。她父亲是当时的广州市副市长，追悼会后，所有的挽联都拿回家，逐一抄录，于是在我们的新房里堆起了白花花的小山。在那种悲哀和压抑的气氛和心情下，我们的第一个小孩流产了……

后来，妻子住进了中医学院附属医院。那天我陪着她，刚到候诊大厅，她忽然低低地说了声"我很头晕"，身子摇摇晃晃就要倒下了。医生护士们见状大呼小叫，急忙把她扶上推床推走。我已经记不清她被送到什么地方去了，只记得她脸色苍白地躺在推床上，在医生护士的簇拥下，沿着一条走廊飞快地走着，一忽儿左拐，一忽儿右拐，推床的轮子发出吱吱嘎嘎的声音，很多惊讶好奇的目光一闪而过。

那一刻，我的男女平等观念第一次动摇了。男女真的可以平等吗？她要受这些苦，只因为她是女人，而男人是不必受这些折磨的。男人可以很安全地待在一旁，享受着身体每一个器官都如常运作的幸福，不必担心受到传染，只需扮演一个关心体贴的角色就可以得满分了。猛然间，我甚至有点为自己是一个男人而感到愧疚。

我发誓要好好待她。有一天探病的时候，她说看见邻床的病人吃葡萄，也很想吃。我二话不说，骑上单车就去找葡萄。没想到那时广州水果不多，葡萄更是罕见。我从沙河找到西村，找遍了所有农贸市场，累得半死，竟没有找到一档卖葡萄的，最后只好空手而回。当我垂头丧气地走进医院时，觉得自己真是一个失败的男人。

她还没出院，而我却因为出版《沈从文文集》的事情，要到上海出差一个星期。临行之日，少不了又是一番离愁别绪在心头，千叮万嘱，句句都是"小心，保重"。前一天晚上，我一口气写了七封信，封封情话连篇，分别装进七个信封，在信封上注明："第一天""第二天""第三天"……"第七天"。我让她每天看一封，就好像我每天都来探病一样。看到第七封，我就从上海回来了。她接过那些信时，眼泪一下子涌了出来。

好多年以后我问她，当时那七封信她到底是一下子全拆开看了，还是真的一天看一封？她说："我很老实，真的是一天看一封的。每天等着看信的时间，成了我在医院里的精神支柱。"那七封信一直保存到现在，前不久我家里装修，收拾旧物时，翻了出来。我愈看愈惊诧，原来热恋中的人会说出那么多蠢话！还不是一般的蠢话，简直就是一个疯子发烧时的胡话！呵呵呵！

从此以后，中医学院附属医院，在我的回忆之中，便占了一席之地，再也抹不去了。我每次经过它时，总忍不住要回过头看看那幢住院大楼，看看那扇熟悉的窗口，它是我年轻的记号，是我恋爱的记号。后来我有好多年不经过那儿了，有一天重临旧地，吃惊地发现四周竟完全改观，马路变得开阔了，到处车水马龙，当年那种宁静的郊区感觉，荡然无存。巨大的变化令人惊慌失措，那些浪漫的故事，与眼前的烦嚣闹市，丝毫扯不上关系。无论我怎么追思冥想，再也进入不了角色了。一切仿佛随风而散。

然而，当我看着妻子忙忙碌碌的身影，或者夜深人静的时候，有时又会想起那条通往机场的窄窄的林荫马路，想起它已经不复存在的老样子，以及那幢在林荫后面隐约浮现的灰色的住院大楼，还有那个热恋的季节。

1999年

毕竟是大王

夜雨敲窗，更阑人静，正是读史的好时候。在这个风雨之夜，终于读完了张发奎的口述回忆录《蒋介石与我》。从国民党奠都南京到抗战全面爆发这段时间，中国内战不断，遍地枭雄。张发奎是南方枭雄之一。

说起来，我的家庭与张发奎还有一些渊源。抗战时期，四战区长官司令部驻柳州，张发奎是司令长官，我外公是司令部的上校干事。当时离司令部不远的山洞里，有一个归军政部管的军火库，贮藏了大量炮弹和炸药，库长是何应钦的侄子。1941年6月，柳州连续阴雨，炸药受潮发热，洞口整天往外冒烟，附近的人都很担忧，张发奎天天派人查询，库长都说："没危险。"张发奎不放心，亲自跑到山洞察看，烟已很浓烈，他把库长叫来问："到底有没有危险？"库长还是那句话："没危险。"张发奎问："有危险，你负责？"库长拍胸脯说："我负责。"

但张发奎刚离开军火库，走出不到一公里，军火库便爆炸了，12名官兵殉难，我外公是其中之一。何应钦在重庆闻讯，一面表示从优抚恤死难官兵，一面要求把库长解送重庆，交军政部军法司讯办，其实是想保他。张发奎一口拒绝："难道12条人命，还抵不上他一条狗命吗？"下令把那个库长押到爆炸现场，一枪崩了。

张发奎很念旧。1947年，我母亲蹲了国民党的大牢，张发奎知道是四战区袍泽的遗属，马上亲自出具保函，把她保了出来。我从小就听过不少张发奎的逸事。比如他绰号叫"大王"，因他签名只签一个"奎"字，看起来像"大王"。其实他的举止并不像山大王，倒有点像绅士，他喜欢看话剧，听小提琴演奏，吐痰时总是小心翼翼地吐在手帕里，包好放在衣袋中。只有当他穿上戎装，扬鞭策马时，才显得八面威风。有一回在柳州马失前蹄，把他跌了个发昏章第十一，半个月动弹不得，但医生刚许他下床，他又策马飞驰了。这些在《蒋介石与我》里面，似乎都没怎么写到。

蒋介石与张发奎的关系，离离合合，确实很有意思。其实也包括李宗仁、李济深、陈济棠、阎锡山、冯玉祥、张学良这些地方诸侯，我很奇怪他们和蒋介石为什么总是格格不入，捏不到一块呢？他们之间，虽然也矛盾重重，但为了反蒋，却可以攻守同盟，甚至与共产党合作。以前说他们受到蒋介石的压制与排斥，但这些诸侯的地盘，加起来是大半个中国，蒋介石不过控制东部一隅而已。以一隅之地排斥大半个中国，近乎天方夜谭。张发奎在书中也承认，蒋介石"对我们两广军人最优容、最宽大"。

张发奎不是个阴谋家，不喜欢玩权谋，但他和蒋介石就是合不来，仿佛八字相冲。除了权谋之外，一定有什么更深层次的因素在起作用。我想，最大的原因，或与他们成长的地域文化背景有关。蒋介石来自东部的工商业城市，而他的对手们，大都来自西南、东北、西北的农村地区，身上还带着泥土的气味。张发奎家在粤北山区世世务农，李宗仁、阎锡山、冯玉祥与农村的关系，都比蒋介石深得多。农民与农民，总是比较容易谈得拢的。

张发奎批评蒋介石学外国都是学皮毛，诸如喜欢美式的大翻领制服之类。他说："如果由我作主，我会选择最佳的外国制度。"但什么是最佳的外国制度呢？他没解释，只是铿锵有力地说："我坚信，中山装最适合我们中国人穿。"可我怎么看，都觉得中山装像日本青年学生的制服。

2012年

209

我的家庭与抗战

在今年的南国书香节上，有不少关于抗日战争的图书推出，因为是抗日战争胜利70周年。这个胜利纪念日，对我的家庭来说，有特殊的意义。

我的爷爷花仙洲是1927年加入中国共产党的老党员，在河北通州地区委员会从事地下工作。九一八事变发生后，民族危亡，决于呼吸，抗日的怒吼，响彻华北。区委书记是东北人，奋然投奔黑河游击区抗日前线去了，我爷爷便继任了通州区委书记。当时河北空气十分紧张，日本军队集结榆关，战事有一触即发之势。爷爷家便成了中共在河北地下活动的一个据点，为各方联络的枢纽，后来做了北大校长的陆平也是常客之一，见面时的暗号是一手提黑皮箱，一手拿网球拍子。他们在房内密谈，我奶奶就在门外放哨。

后来由于华北兵荒马乱，爷爷与中共上级组织失去联系，生活亦陷于困境，所有衣物典当净尽，四壁皆空，唯束手就困。有朋友劝说并介绍他去军政界，但他坚决表示宁愿饿死也不为日本帝国主义和汉奸政府效劳。1940年，爷爷带着全家流落到北平，在中南海公园事务所当一名庶务员。1942年大饥荒时，公园内许多工人断炊，爷爷冒着砍头的危险，半夜三更撬开中南海内的日本军粮仓库，把粮食分给工人。这件事许多人在多年后忆及，仍感念不已。可惜，爷爷未能熬到抗战胜利，1943年身患重病，因无钱治疗，郁郁而逝。

我的外公叶博融是燕京大学法学院毕业生，曾任台山师范校长，后赴美国游学，回国后在广州市政府供职并在中山大学兼课。抗战爆发，外公投笔从戎，奔赴抗日前线，在张发奎的四战区长官司令部当干事，军衔上校。1941年，柳州蟠龙山军火库大爆炸，外公在现场指挥军民疏散，不幸被爆炸的飞石击中头部，昏迷多日后去世。

军火库的库长是何应钦的侄子，因疏忽职守，引发这次灾难，导致12名官兵死亡，虽然何应钦多次求情，但库长仍被张发奎枪毙了。后来四战区在柳州南卫门外山冈上建了一座由张发奎署名的"中华民国三十年六月三十日死难官兵纪念塔"。因我外公在12名死者中，军衔最高，故坟头最大。抗战胜利后，家属去柳州把他的遗骨迁回广东，据说棺木很难打开，开棺后外公已剩朽骨，但颅骨被击穿的洞，却赫然可见。

我母亲那时只有十几岁，作为烈士遗孤，被张发奎派人接到由他当董事长的志锐中学上学，但在风起云涌的抗日怒潮下，也不能安静地在教室里读书了，毅然参加东江纵队，成为活跃于粤北地区的北江支队曲南大队一名学生兵。

站在琳琅满目的纪念抗战图书之前，我内心有无限感慨，抗日战争实在是全民族为保存中华国脉民魂，为文化道统的传承不绝，亦是整个文明世界为反抗法西斯而战的一项悲壮事业，地不分地域，人不分男女，亦不分党派，是全体中国人共同承受了这场旷世浩劫带来的深重苦难，也为之作出了英勇的抗争与巨大的牺牲。一切曾经为这场伟大战争流过血、流过汗的人，都应得到历史的尊重，而不设任何先决条件。否则，我们愧对列祖列宗。

2015年

有需要才读书

我是1950年代生人。现在有一句话很流行："不是老人变坏，而是坏人变老。"这说的大概就是我们这一代人。之所以有那么多"坏人"，原因之一是这代人读书少。

我反省了一下，觉得这话不全对，我们小时候书是少，但读书并不少；现在书多，也不等于现在的人读书就多。记得中学时，哪个同学有一本破破烂烂的《说唐》《薛仁贵征东》，全班为之癫狂，规定每人看多久，大家排着队看；那时一本高尔基的《在人间》，或者巴尔扎克的《邦斯舅舅》，可以读上三五遍。我第一次读《三国演义》时，很认真地把全书的诗词都抄下来；读《水浒》时还画了表格，把所有人物的姓名、绰号、结局都一一记下；母亲不知从哪里弄了套《基度山恩仇记》，全家争看，我哥上半夜看，我下半夜看。那时看书的狂热，与今天打网游者相似。

那个年代，看书往往不是凭兴趣，而是看机遇，看环境，看能碰上什么书，碰上什么看什么。我的运气比较好，母亲在市委党校工作，"文革"后期她负责清理图书馆，有机会"假公济私"，把一堆一堆的书抱回家。我读苏联小说和19世纪欧洲那些现实主义小说，大部分是在那个时候。另一个阅读的来源，是1970年代中期搞"批林批孔""评法批儒"，出版了不少"法家"著作，像韩非子、荀子、王安石等等，那是我恶补古文的一次机会。

中学毕业以后，下乡当知青，没什么书可以带去，就带了《毛泽东选集》《列宁选集》《马克思恩格斯选集》《普列汉诺夫文选》这些书，还有鲁迅的书。晚上在被窝里打着手电看《费尔巴哈论》，就是在那个时候。虽然当时看不懂，只学了些名词。但现在回过头看，幸亏有这么一段，至少了解了些马列的皮毛，否则以后更没机会读了。现在谈马列的人，很多都没真读过马列的，因为太耗时间精力了，现在的人耗不起。

到1980年代，那是一个充满激情的年代。大量的书籍出版，大量的翻译作品涌入。那时我对现实主义的文学已失去了兴趣，袁可嘉等人主编的《外国现代派作品选》成了我的"圣经"，依着里面的作者名单再去找他们的作品，还有佛洛伊德、弗洛姆、荣格这些人的书，读完了就分析自己的梦，分析恋母情结，脑子里整天想着的是"我是谁？我从哪里来？我到哪里去？"这类的问题。

然而，这一切在1990年代突然终结了。对我来说，1990年代是一个剧变的年代，就像瀑布坠下，一切都四分五裂了。我几乎是一夜之间对1980年代所痴迷的那些书全然失去兴趣。从那时起，我不再看小说了，甚至不看任何文学书籍了，无论是现实主义还是现代主义，无论是中国的还是外国的，都不看了。任何虚构的情节都让我失去阅读耐心。我开始埋头历史，而且是埋头在档案之中，比如我想了解李鸿章，我宁愿读《李文忠公全集》，而不愿读后人写的李鸿章传记；我想了解戊戌变法，我宁愿读当时的奏稿、上谕和当事人的回忆，而不愿读学者们写的研究著作。我已很少再想"我是谁"这类问题了，而更多会想"我们为什么会这样"的问题。

人们以为读书可以陶冶性情，其实陶冶性情的方式有很多种，读书并不是唯一的，而且很可能是花费最巨，收效最小、最慢的一种。在媒体上经常有这样的统计数字：哪个国家的国民每年平均读几本书，中国人每年平均读多少本书。其实这说明不了什么问题。我们看见一位女孩在地铁里捧着一本书在读，会觉得那是一种很美好的姿态，但如果她在读《怎么抓住男人的心》，与如果她在读《黑格尔哲学》，我们的被感动程度会大不一样。

　　我从来不觉得读书是一件雅事，年轻时读书是一件快事，很痛快，中年以后读书就变成一件苦事了，像我前一阵子读的《光绪朝东华录》《中国近代铁路史资料》《盛宣怀实业函电稿》，光听书名，嘴里就能淡出个鸟来，但因为有需要，只好硬着头皮读，硬是读出味道来。鲁迅说"无聊才读书"，我现在是无聊也不读书，只有需要时才读书。如果有一个人说自己从来不读哲学，我觉得没什么问题呀，我也从来不读高等数学，因为我不需要。

　　我至今仍认为自己是一个读书少的人，不仅算不上"读书达人"，甚至连"读书人"都已不够格了。因为我已多年不会为"陶冶性情"读书了，甚至很少从头到尾完整地读完一本书，大多时候是为了查找资料才会翻书，实用性、工具性太强，不足为训。

1997年

加拿大的细节

到加拿大探望女儿，住多伦多亲戚家，旁边有一个公园。四年前来的时候，只见蓝天白云，绿树成荫，池塘蛙鸣，鸟语草香，偶尔会遇上一两位跑步的白人男女，在小径上友好地点头招呼。这次旧地重游，远远便听见打太极的音乐，公园里聚着一堆一堆的中国老人，或打太极，或闲聊天，喧闹不息，而白人则几乎绝迹了。刹那间我有一种感觉，仿佛回到了广州。据说，当中国人开始入住这个街区以后，当地人便逐渐搬走。不一定是种族歧视，但可见双方的文化差异，确实很大，要融合需要相当长的时间。

有一本书叫《民主的细节》，我十分喜爱，但我发现，在国内读与在国外读，感受迥然不同。民主，自由，这些皇皇大词，在国内代表一种政治立场，我们已习惯于用政治去解读生活细节；但在国外，却往往只是一种生活态度、生活习惯，不妨用生活细节去解读政治。加拿大没什么爱国主义教育基地，可人们却非常爱国；马路上不见有"诚于信、厚于德"的标语口号，但你却能从生活的细枝末节，感受到"诚信"二字，就像清澈的山泉水一样，汩汩乎而来。

在加拿大，有两件小事，令我感触颇深。一是我在一些商场发现有自助结账的通道，你在商场里买了东西，可以自己去称重量，自己扫条码，自己刷卡埋单，整个过程无人监视。这种系统四年前还没出现，看来加拿大人的

"信用度"仍然坚挺，值得信赖，就好像有某种力量，坚守着一道看不见的防线。

另一件事是我在巴士上丢了钱包，里面有几十块钱和两张信用卡。下车发现后，忙着打电话挂失，我女儿在旁边淡定地说："不着急，找个咖啡馆坐下，慢慢打。"我说："两张信用卡的透支额都比较大，我最怕现在手机不断响，说我刚消费了多少多少。"因为在加拿大刷卡是不用密码的。女儿说："钱包被人捡了，现金是肯定没有了，但信用卡一般不会出问题。"我诧异地问为什么，她说："因为盗用信用卡是犯罪呀。"原来"犯罪"是可以成为阻吓犯罪的理由的。我几乎已把这个常识忘记了。

女儿和我说了一个故事，有一回她的车停在商场外面，有个老太太进来问店员借笔纸，说她的车把别人的车刮了，想留个字条给对方，说明情况和留下联系方式，以便赔偿。我女儿跑到商场外一看，原来被刮的车正是她的。这故事如果让我的同胞听了，没准会大笑说：这老太婆有病啊！

我问女儿：加拿大人都这么诚实？她说，当然有犯罪的，全世界哪里都有犯罪。然后，她略一沉吟，作出貌似公允的总结：加拿大的白人比较缺少犯罪的智商，所以犯罪手法也是傻傻的；黑人的犯罪多是拼胆量；亚洲人的犯罪多是钻空子、出蛊惑。

细细琢磨，似乎是这么个理，可我一直弄不清，这种差异，究竟是文化原因，还是生理原因所致？《民主的细节》有一句话："当一个人做出善行的时候，我们管她叫'好人'，而当一大群人做出善行的时候，我们管它叫'文化'。"其实，无论善行还是恶行，只要形成一种模式，便已是"文化"了。我常听到一种说法：民众文化素质太低，还不能享受民主自由。加拿大人的这种素质，究竟是产生民主自由社会的原因，还是其结果？这又是一个我弄不清楚的鸡与蛋的问题了。

2013年

坐个巴士也要讲诚信

作为一个在加拿大短期生活的过客，这个国家给我最深印象之一，仍然是诚信二字。我知道我这么说，一定会有一些已经在加拿大生活多年的人跳出来批评我，说加拿大也不是十全十美，加拿大也有不讲诚信的人，等等。殊不知这全是废话，我从不认为加拿大十全十美，也不认为加拿大就是圣贤满街走，但比起我长期生活的环境来说，好了那么一点点，是不是就应该见贤思齐呢？至少得承认人家的好吧？

我在多伦多乘坐约克区的巴士VIVA，发现它有的线路是在车站刷卡的，车上没读卡机，你刷了卡以后，两小时内搭车都有效。我经常在车站刷了卡，过一阵子车才到，上车时司机不会问你刷了卡没有，我也无须证明自己刷了卡，就这么大摇大摆地上去了。我坐了十几回，只遇见过一回中途有稽查人员上车查票，其他时候，假如我坐霸王车也是没人知道的。在加拿大生活的人，也许早习以为常，但对我来说，却常常会冒出这样的疑问：这不是为逃票大开方便之门吗？

在国内也有上车前在车站刷卡的，但车站是封闭式的，你不刷卡进不了站，不像多伦多约克区这种巴士，车站是敞开式的，不刷卡也可以上车，司机弄不清你刷没刷卡。在国内我见识过五花八门的逃票方式，在地铁有飞身出闸的，有钻闸底出闸的，有骑膊马扮高佬出闸的，有两个人紧抱着扮胖子出闸的。我在网上看过最复杂的逃票方式是：先一个人刷卡进闸，然后马上到出口刷一次，但人不出来，再把卡递给外面的人到入口刷一次进来。出站时就是一个人刷卡出来，再到入口刷卡，但人不进去，把卡递给里面的人，再刷卡出来。据说这样七拐八拐地绕一轮之后，可以省一点钱，我没有数学头脑，早就被绕晕了，怎么也算不清这笔账。

乘坐巴士的逃票方式，最常见就是年轻人用学生卡、老人优惠卡或老人免费卡逃票。前不久报纸上才登了一条新闻，一位20多岁的女士，刷老人爱心卡乘坐巴士，被司机发现，卡的主人并不是这位女士，就按规定把卡给没收了。这位女士不仅没有表现出任何羞愧之意，反而破口大骂，甚至极彪悍地跳到司机座上，伸手抢夺方向盘，用力乱扭，令汽车左右摇摆，置车上几十位乘客的安危于不顾。更可怕的是，这不是一个孤例，上网查查，这类事情，各地时有发生，让人不寒而栗，实在弄不清这种人是用什么特殊材料构造的。

不过，在车站刷卡有时也会发生尴尬的情况，有一回我快到车站时，看见巴士已经来了，便快跑几步赶车，到了车站却怎么也找不到卡放在哪里了，而那巴士居然就很耐心地停在站上等我，直到我找到卡刷了上车。

我不太清楚，如果从成本考量，到底是每个车站设一个读卡机，再请几个稽查突击查票划算，还是每辆巴士上设一个读卡机划算，但我想，至少在车站上设读卡机，显得对人的诚信似乎更有信心一点。

最后顺便说一句，加拿大的稽查（保安人员），个个牛高马大，满身装备，威风得像当年史泰龙一样，确有威慑作用。

2013年

鸡年小劫

　　鸡年是我的本命年，听说腰上要系一根红绳子，才能逢凶化吉，遇难呈祥。我固然没有这份耐心，把一件无聊的事情坚持做365天，我总以为凶吉天定，如果系根红绳子就能解决问题，那世界早就天下太平了。

　　鸡年过得平淡无奇，虽无大吉，然亦无咎，顺利办了退休，从此不问江湖事矣（其实江湖事从来轮不到我问）。到了今年的1月，本以为已是鸡年的尾巴，要无惊无险地混到狗年，并非难事，当可破红绳系腰之说。殊不知，天意从来高难问，1月底我从温暖的亚热带城市广州跑来多伦多过冬，甫下飞机当晚，便被一场恶病急袭，不得不打了911，坐救护车进了医院。

　　加拿大的医疗，以前江湖传闻听得多了，这回竟得亲身体验，也是一桩趣事。我的第一个印象，就是进医院好像进了联合国。从救护车上的救护员，到医院里的护士、医生，我所接触到的，竟没几个是相同族裔的，白人、黑人、华人、印度人、韩国人，形形色色，五花八门。人们常说多伦多是一个由多族裔组成的城市，这医院大概可算一个缩影吧。

　　他们的族裔虽不相同，但那份认真、耐心，却是大体相同的。每个人来了，都会耐心地给我讲解病情，然后叫我笑一笑："来个大一点的微笑。"那天是我这辈子徇众要求微笑最多的一天了。不过，这不是因为我的微笑多么灿烂动人，而是要确认我的嘴角有没有歪到一边去；不是确认一次，而是每隔一会儿就来确认一次。

我在急诊室只待了28个小时，谈不上对医疗体制之类的宏大话题有什么见解，只是医护人员所表现出的人情味，给我留下了美好的印象。

那晚我要在医院过夜，按规定是要转到病房的，一晚就要上千元。医生知道我是游客身份，没有当地的医疗福利以后，便让我留在急诊室过夜，各种监测仪器照上，但免去了病房的费用。我太太需要留在医院陪我，心里正愁这漫漫长夜如何将息，谁知这念头刚一动，就有一位热情的黑人男护士，拖来一张很豪华的躺椅，请她躺下休息，我看整个急诊室，就她有这样的待遇，莫非因为我们是外国人？我的病床没有枕头，只能拿衣服垫着，心想要有个枕头就好了。这念头刚一动，就像呼唤了阿拉丁神灯似的，那位黑人护士已经把一个枕头塞到我的后脑勺下了。

鉴于以往我每次赞美加拿大时，总会有人提醒我：外国的月亮并不是特别圆，所以这次在赞美之余，我也一分为二地批评一下月亮不够圆的地方。这医院摆起乌龙来，也是有点匪夷所思的。

我被医生安排去照超声波，照完后没有人把我推回急诊室。我躺在走廊的推床上，等了老半天也没人管。我女儿忍不住去问护士，护士打电话问输送部门，他们说没接到要推我回去的通知；打去普通的超声波部门，他们说没这个病人，再打去处理紧急情况的超声波部门，对方才惊讶地问：这个病人还没送回去吗？好吧，我们马上安排。就这样，我在冰冷的走廊里傻等了将近两个小时。可惜我这人脸皮薄，没好意思在走廊里唱国歌，扮战狼，否则，我也会气吞山河地说："当你在海外医院的走廊遇到被人忘记时，不要放弃！请记住，在你身后，有一个强大的祖国！"

鸡年是我的本命年，有此一劫，没什么好说的。我在多伦多遇见的医护人员都很热情，但这不代表加拿大的月亮比中国圆。这个道理我还是懂的，即使不懂也可以装懂。

2018年

风
雨
故
人

岁月如歌　无声而唱

　　半夜辗转难眠，听秋风轻拍着窗子，忽然想起我在台湾的两位朋友，林燿德和蓝淑瑀。我和他们相识十年了。林燿德生于1962年，是一位才华横溢的青年评论家和诗人，思想敏锐，博闻强记，性格急进，他的文章自成一格，常常被人视为引领文坛风骚的路标，但由于锋芒过于外露，咄咄逼人，也有不少人骂他急功近利，露才扬己。但即使最讨厌燿德的人，也不能否认他是台湾最勤奋的作家之一。的确，从1986年出版第一本评论集起，他的作品源源不断地面世，几年间便出版了十几本集子。

　　1990年，燿德和朋友办了一个出版社，在推出的第一批书目里，便有我的一本小说集。我敢说那批书全是亏本的，书出完了，出版社大概也赔光了。我真不知道他是怎么筹集资金的，燿德却不以为意地说，能出几本好书，赔光了也值得。他还亲自为我的书写序，而这本书的责任编辑就是蓝淑瑀。

　　淑瑀的性格，和燿德恰恰相反，宽厚平和，锋芒不露，待人热情开朗，感觉细腻入微。她在来信中，常谈起自己的生活，谈起她对世间万物的感受，甚至她和男朋友之间的悲欢离合，但总是娓娓道来，那么平静，不见大波大澜。这种做起事来热情奔放、一丝不苟，放下事来又能虚怀静心、收敛凝摄的女孩子，在物欲横流的功利社会，已经很少很少了。

　　我为自己有这么好的朋友感到满足，常常幻想，有一天我能够和燿德、淑瑀共聚一堂，放开怀抱，秉烛夜谈，通宵达旦，那将是何等乐事。我期待着这一天，也许是几十年后，也许我们的头发都已花白，那也无妨。

耀德的出版社果然很快就散伙了。耀德继续埋头写他的书，淑瑀到了另一家出版社当总编辑。那年耀德的妹妹来广州，他托她送了一只精美的小座钟给我。当时我就哑然失笑，谁会给朋友送钟（终）的？

很久没有他们的消息了。1994年接到淑瑀从台湾寄出的来信，行文依然像一泓平静的秋水，她告诉我，她皈依空门了，一年前削发出家，在灵鹫山无生道场修行，法号法悦。她的出家并不像一般人是因为生活遇到挫折，而是一种信仰的驱使，对生命感动的驱使。不知为什么，我的心境竟平静如水。淑瑀出家后，联系渐渐少了，偶尔收到她寄来的一些佛教资料，知道她正为筹建宗教博物馆忙着。

冬天来临。1996年的冬天特别寒冷，我家阳台的植物几乎全部冻死了。那天晚上，忽然接到法悦的电话，她用淡淡的哀伤语气对我说："耀德去了。"我问："去了哪里？"她停了一下，似乎在稳定情绪，然后轻轻地说："去世了……"我的意识顿时空白了。法悦的声音仿佛从遥远的地方传来，仿佛隔着一个宽阔的湖泊："他坐在自己的书房里，正在工作，心脏病突然发作，就这么去了，没有一点异常，也没有一点痛苦。"长时间的静默。"虽然佛教说不要在死者面前哭泣，那会使他的灵魂舍不得离去……但我为耀德扶柩时，眼泪却止不住淌下来啊……"

耀德才30多岁，生命真的是那么脆弱，那么无常吗？我从书堆里翻出耀德送我的那只小座钟，不知什么时候它已经不走了，时针指着3时25分。我觉得一股悲哀的寒流穿透了五脏六腑。法悦最后在电话里说："耀德去了，你要好好保重啊……"刹那间，我觉得夜那么静，风那么冷。我的眼角潮湿了。

岁月默默流逝，二十年过去了，多少旧雨，风流星散。前不久听说法悦已还俗，在台北故宫博物院工作。我写信给她说："淑瑀，你好。终于又见到这个名字了，我上一次在计算机上敲这个名字时，字库里还没有'瑀'

字，现在已经有了，科技在进步，可我也老了……"她的回信以"岁月幽幽"为主题，文字依旧淡然："离开山头时，百感交集，情绪不稳定，等到有工作，逐渐稳定，知道如何面对社会新生活。毕竟，是个与社会脱节快二十年的中年人，这与众不同的十九年八个月如何合理化、淡化，过一般人的生活是一条漫长的路。一直想与你分享，时间不够……休假时，再说。"

我望着窗外想，生命就这样在平淡中，一点点耗去。人的一辈子，真如流星一般。

2014年

本来无一物

1

台湾有一位青年女作家叫蓝淑瑀，她写过不少的小说、散文，每一篇作品都充满了清新的灵气，被温瑞安称之为"台湾新锐作家中拔尖的清音"；她曾经在尚书文化出版社和圆神出版社当过编辑，后来又当过海风出版社的总编辑，对捍卫纯文学的残余阵地作出了不懈的努力。她对我说："出纯文学的书，从很多角度来评估，确实是辛苦的，但路总是要走的，文学脉搏的承递可不就是因此而延续下去吗？"

我曾推介过她的一篇散文《不安灰烬》在《潇洒》杂志上刊登，希望大陆的读者能认识这位才华横溢的台湾作家和出版人，但当时我并不知道她的生活已经发生了巨大的变化。最近忽然接到她的来信，才知道她已经于一年多以前剃度出家，在灵鹫山无生道场修行，法号释法悦。

在我的印象中，淑瑀是一位性格开朗、朝气蓬勃的女孩子，和我通电话时总是笑声不绝，据她自己说，小时候的她，既沉迷于《水浒传》《三国演义》《七侠五义》《封神榜》《镜花缘》，也酷爱《亚森·罗频侦探全集》《福尔摩斯侦探小说》。这是两种完全不同文化背景的作品，在孩提时对什么都囫囵吞枣并不奇怪，但长大后她依然保持着这种兼收并蓄的习惯。她既深爱ROCK摇滚乐，也深爱传统的国乐，还自己把玩南胡；她既对《弥赛亚》有着深深的感动，也对佛陀的智慧心驰神往。1991年她来信说："我挺博爱——对万物有情，该是属性情中人。"

这种博爱，就是佛缘。

2

许多人都会以为，一个女孩子出家，总离不开感情的缘故。我和蓝淑瑀认识时，她还在尚书文化出版社当编辑。那时她确有一位男朋友，后来不知什么原因便断了。对这段情感，她处理得很洒脱，"可能彼此都是理智之人吧"。她在来信中淡淡地说：

> 该说分别自然就心照不宣，连句分手的话都没说。再次见面，已生疏到忘了"往日情怀"。两人皆是多情之人，会演变成不愿多言形同陌路，表面蛮不在乎的自己，内心也是一番挣扎，伤感与落寞，但不说了，这是人生上会经过的成长之路吧！也或许是另一难解的任务。

以世俗的观点来看，这是一次失败的恋爱。但成功与失败本来就没有标准，全在于个人内心的感觉。淑瑀并不是那种爱情至上的女孩子，更不是那种以物质衡量爱情的女孩子。在她心目中值得爱的男人，"绝对要有丰富的涵养与知识，否则是会被我看低而不理会"。她对我说："但倒也非得西装革履的人，踏实而有涵养就对了。这年头太多不实在的男人，一下子就被我看穿了。"

试想一下，在这个物欲横流的世界，到哪里去找这样一个男人呢？当时我就想对她说，你这不是在找丈夫，而是在找精神上的导师。这样的男人就

算让你找到了，那种爱也绝对不可能是男女之爱了。

3

我深信淑瑀出家，绝不是因男女感情的纠葛，也不是因事业上的挫败，而的的确确是对佛的感悟，是一种佛缘。许多人一生逢庙烧香，见佛就拜，只是当作一种投资，好像把钱存入银行一样，指望得到丰厚的利息，得到佛的回报，保佑他荣华富贵，消灾增福。其实佛只是一种个人修行的境界，它没有丝毫功利的作用，一旦存了求佛保佑的念头，本身已经是愚痴邪见，不可见佛了。淑瑀来信说起她出家的经过：

> 当年离开圆神后，到海风接总编辑的职位，待十个月后，觉得无趣，遂决定重新思考人生定位——即面临到转型期，甚至考虑到转行的可能性。适巧灵鹫山无生道场的法师要到印度佛陀诞生地朝圣，期长十七天，请假不便，就毅然决定辞去工作，回国后再另行考虑未来发展。

然而，这次印度之行，改变了淑瑀的一生。也许很多人会问，在印度她究竟遇见了什么，经历了什么，竟使她毅然走上了出家这一条路？一个对佛有悟性的人，看到什么，经历什么，实在并不重要，也许是一砖一瓦，也许是一草一木，也许是名山大川，也许是细雨微澜；在一念回光之间，大彻大悟，见自本性，便是悟佛了。

> 奇特的遭遇、转变，在这时候出现了。于断垣残瓦、频遭人为破坏的佛教遗迹中，我的心灵视窗目睹了生与灭；重建与破坏……内心深处汩汩地淌下历史的眼泪，不知所以然地，每到一处圣地，我的泪水

就似自来水龙头,直泄而下。渐渐地,在这陌生的南亚国度,我思索到个人的小我与整个大宇宙存在的关系……萌起了弘法度众的弘愿。

对淑瑀来说,也许是印度古国的遗迹,使她感悟到历史的虚无、人生的虚无,而起大慈悲心,要精修三昧,誓度众生。其实每年到印度旅行的人不知凡几,真正悟佛的能有几人?这就是佛缘,缘至,枯树生花。所以从印度回到台北仅一周,淑瑀就决定出家了。为了避免朋友们的质询和劝阻,她没有通知他们,便削发为尼,皈依空门了。

我一向认为,佛和佛教是两回事。佛是一种悟性,而佛教是一种物质的东西,是给俗人看的,给不能悟佛的人去信的。佛是无形的,而佛教则是有形的,是各种经籍和仪式的结合。佛只有见与不见之分,而佛教则有信与不信之别。

悟佛不一定要出家。我笃信只要心寂,外缘自然也寂。执一法不成佛,舍一法也不成佛。令我感动的不是淑瑀接受了佛教的剃度和仪式,而是她要弘法度众的慈悲心。我们可以通过一块石头、一头驴子悟佛,也可以通过持戒打坐、颂经呗唱悟佛。因人而异,不必执着。如果淑瑀觉得剃度可使她心境平静,那么就不妨剃度,管旁人说三道四做什么?如果一味担心朋友的劝阻,已经是尘缘,是染污了。

4

当我离开原来工作的出版社之日,也正是淑瑀出家之时。我对她皈依佛门的事情一无所知,但在给她的信中,却和她谈起了"佛":

有时静下来想想,觉得这一切真不知是为了什么。其实好好的既没有人赶我,也没有人逼着我去做什么,为什么要选择这么一条路呢？……就像你那样，不停地换着工作，和朋友一会儿聚，一会儿散，究竟是什么东西在背后赶着你？让你想停也停不下来？我并不信奉某一特定的宗教，我觉得宗教的力量是无处不在的，从一石一木、一花一草、一粒微尘中都能感受得到。如果单说教义，我喜欢佛教的博大精深、无可穷究……

现在想来，这封信是11月3日写的，淑瑀是12月31日出家的。因缘巧合，不可思议。

近年来，文坛上自以为悟性甚高，自封"居士"，得意扬扬的人似乎甚多，都把这作为钓名沽誉的手段，其实就算是蝇头微利、蜗角虚名，半点也割舍不得，真个是"八万四千魔军者，乃众生八万四千烦恼也"。

因此，淑瑀的出家，确令许多台湾文坛的朋友大惑不解。一个前程似锦的文学青年，为什么要出家为尼呢？人们再不会仔细想想，怎么才算前程似锦呢？发表了十几二十篇小说就叫前程似锦了吗？做了个出版社总编辑就叫前程似锦了吗？本来无一物，全是过眼烟云。淑瑀出家后给我来信，说到她最近的心境，倒是令我十分感动：

不明白的人，会以为出家是一件令人不可思议而又无法了解的悲凄行为，臆测是否遭到人生上重大的打击而一挫不起。其实，出家是一件快乐事，生死解脱，逍遥自在，更因不汲汲营营于私人利益，清净许多。最重要的，是有位实证的法师、好的终生导师在教育、指导修行，着实是这生的好运、福报！

这种喜悦之情，又岂是终日在红尘翻滚中劳碌奔波的众生所能体会？正如法悦师所说："莲花池里的鱼儿，悠游自在，但鱼儿永不离水，何尝不是自我设限？"愿法悦师用大智慧打破五蕴烦恼尘劳，一切智、自然智、无碍智，则得现前。

1994年

230

寒月夜怀伊人

写下这标题时，手机里响起《送别》一曲，忽然想起已经失联二十多年的台湾作家冯青。

认识冯青，是1980年代的事了。台湾作家林燿德来广州，向我极力推荐冯青，说她文学才华横溢。我读了她的几本作品集，确实被深深打动。

我已想不起是怎样与冯青联系上的了，但她的来信我却一直珍藏着。其中1990年夏天的一封，她谈到了她对台湾文坛的看法，她写道："我希望自己谨守写作的本心，两岸的文化交流，官方色彩太多，可能又要失去另一种真理（诚？），而坠入重复的形式……我对任何事物都不想有寄望，唯一怕的，是自己厌倦了，放弃了，究竟，在台湾的社会，持续的幻想使人口整个的疯狂，连文坛也在互欺阿谀的场所。只希望真的有一场大雨，把这些洗干净。"

在冯青的小说中，常有一种对人世的巨大悲悯与深刻的绝望感，于字里行间，时时流露出来。

1991年，三毛去世，冯青在来信中写道："最近家中接二连三发生变化，先是别人将一只一个半月大的小狗丢在我门口，全身是病，从睫毛到疥疮、蛔虫、气喘，我送医至中大动物医院，奋斗了二十多天，小狗叫福福，终于不治，前几天含泪埋了它，这二十多天当中，我发现全家人都以它为中心，大家和它都有了深厚的感情。我把它埋在家后不远的竹林边。再来就是

231

三毛之死，有物与显悲之痛。最近提笔无力，仅有一千五百字的稿。孩子们的课业及学校方面，我都作了很大的奋斗与挑战，情绪起伏很大，简直无法握笔，及时回信给你，不要怪我吧！"

据她说，她的母亲曾在广州中山大学受教育，一位舅舅在香港中文大学教历史，也毕业于中山大学，所以她与广州是很有渊源的。那年，她跑到广州与我见面，我们一起去新华书店，她问我喜欢什么书，当时在我面前的货架上刚好摆着一套15卷的《傅雷译文集》，我随便地一指说："傅雷的译作就很喜欢。"她竟二话不说，马上买一套送给我。这套书至今还在我的书架上，每每见到它，就想起冯青。

在这个物欲横流的世界，要坚守一个文化人的理想与立场，是极为艰难之事。那时我写了不少小说，几乎每篇都会寄去给她看，没有电邮，只能通过邮局，得十几天才到达。她在给我的信中说："莫名之情交织之余，我相信你应该是接近那'芒鞋破钵无人识，踏过樱花第几桥'的曼殊的，那种生命情调及悲情，常在你故意压抑冷淡的小说里破格而出，读你的小说如见故人，可见'如晤'，实实在在没有错用啊，它不应该只限于传统的书信世界的。"

我的心情常会被她的来信牵动着，她欢喜，我也欢喜；她悲伤，我也悲伤。在我保留着她的来信中，有一封写于1990年9月22日，最后一句是："啊！你的前景多光多亮啊！为你欢呼吧！朋友！"

然而，我终于让她失望了，因那几年发生的刻骨铭心的事情，使我终于不再写小说，在多光多亮的前景面前，掉头他去。冯青也从此渺无音讯。冯青，你还好吗？

2015年

回忆端木蕻良

2013年，由霍建起执导的电影《萧红》上映后，我一直没有去观看，原因是里面写到端木蕻良与萧红的一段爱情。萧军、萧红与端木老的这段公案，长期众说纷纭，是文坛八卦的一个老话题。而端木老在我心目中，一直是一位温文儒雅的长者，我担心电影会影响我的记忆，所以有点抗拒。最近听说由许鞍华执导的《黄金时代》，也在制作之中，快要公映了，内容大致也是讲述这段故事，为持续高温的民国热，再添了一把火。我知道最终我是抵抗不了诱惑的，所以近日便先看了一遍《萧红》，然后等待着《黄金时代》。

回想起来，我第一次与端木老相见，已是1980年代中期的事了。那时，我刚进入出版界不久，非常幸运地参与了《沈从文文集》与《郁达夫文集》的编辑工作。这两套文集刚完成，我又接到任务，参与编辑《端木蕻良文集》。

我与老编辑郑潜云先生一起到北京去拜访端木老。记忆之中，他的家光线较为阴暗，且颇拥挤，各处堆放着简陋的家具，就像北京胡同里的一户普通人家。端木老与我们聊天，总是慢条斯理，脸带微笑，声调永远是那么阴柔，仿佛有点中气不足的感觉。他的夫人钟耀群则显得麻利而爽朗，忙里忙外，执意要留我们吃饭，亲自去厨房下面条。想想那时端木老已七十出头，而我才二十七八岁，大约也就是端木老与萧红结婚时的那个年龄，居然也跟着郑潜云"钟大姐、钟大姐"地叫，实在可笑。

端木老就在那间光线不足的房子里，重新修订了他的全部作品，所以，我所读到端木老的著作，包括《科尔沁旗草原》《大地的海》《大江》《大时代》《上海潮》等，全都不是正正经经的出版物，而是被端木老非常认真地一页一页剪贴在稿纸上的修订稿，上面用笔圈圈点点，密密麻麻写满了修改意见，摞起来，足足有三四尺高，看得我眼花缭乱。

每年春节，端木老都会从北京寄来一幅他亲笔画的水墨贺年画，有时是一朵莲花，有时是几叶兰花。后来我知道还有一些与他有交情的人，都收到他的水墨贺年画。我不禁惊讶，连我这样一位年轻编辑，他都如此谦和有礼，诚恳相奉，对一位70多岁的老人来说，这得花费多少时间与精力啊？据我所知，《随笔》主编黄伟经先生也收到过端木老的贺年画，有一天他到对外室，神秘兮兮地对我说：好好收藏，以后会很有价值的。可惜，后来因办公室搬家，这些贺年画竟全部丢失了。

不仅端木老送给我的贺年画和信函无一幸存，而且最后他的文集没有能够出版，他的那些弥足珍贵的修改稿，竟也不知所终。由于我已离开了原来的出版社，这些稿子是退回给端木老了呢，还是被某些有心人悄悄收藏了？我也不太清楚。

如今，端木老早已仙去，与他相濡以沫的夫人钟耀群（我心中永远的"钟大姐"）也已追随他而去。甚至连带我去见端木老的郑潜云，也已远行。当年在端木蕻良家下面条的那四个人，如今就我一人还在这尘世上不知忙些什么，北京那间昏暗陋室里的爽朗笑声，是再也不会有了。端木老留给我的东西，只剩下最后一幅约三尺的水墨荷花图，让我时时记起这位总是善气迎人、说话慢条斯理的老人。

我无意去评判二萧与端木之间的恩怨情仇，我们不是当事人，永远弄不清他们之间究竟发生过什么，甚至，他们自己也未必弄得清楚。那些都是历史了，历史本来就是任人评说的。我想起1987年端木老与钟耀群一起到萧红墓前祭扫时所写的一首词，其中有"惜烛不与魅争光，篋剑自生芒，风霜历尽情无限，山和水同一弦章"之句，让人感慨殊深。

2014年

春日忆老李

早上起床，拉开窗帘一看，外面又是灰蒙蒙的一片。大概是这个春天的最后一波寒潮来袭了，想起2008年的春天，正是我和李士非见最后一面的时候。

李士非是一位著名的诗人，但很惭愧，他的诗我读得不多，因为我自己不写诗，新诗也读得少。在我记忆之中，他是一位出版家，而不是诗人。我一直把他看作是我的恩师，是他带我走进出版这个世界的。

李士非曾经是花城出版社的总编辑，我们都叫他"老李"。那时的出版业，还很文人气的，虽然老编辑们都经历了几十年革命运动的洗练，但身上却依然留有传统文人的气质。不像现在，做领导的大多是修习成功学出身的，大班台上要插国旗，抽屉里要有EMBA证书，见面非得称呼某总不可，不然就好像大不敬。

1970年代末，我在红卫汽车厂当车工，恢复高考也没考上，一心只想写小说，但到处投稿都碰壁。稿子投到《广州文艺》后，还收到过主编的回信，劝我安心在工厂工作。后来，我的表哥、作家孔捷生把我的几篇小说拿去给李士非看，他看后马上约我上他家里面谈。那是在1980年的夏天。

他的家在北京路科技书店旁，要登上一道漆黑得伸手不见五指的楼梯。我第一次见到老李，他身材高大肥胖，说话铿锵有力，很容易触动兴奋点，一兴奋就神采飞扬，属于"热血质性格"——虽然心理学上无此说法。他先问我这些小说是怎么构思的。我这人不善表达，吭吭哧哧也答不出个所以然来。他忽然说："你的小说我们准备发表在《花城》杂志上。"我大感意外，本以为他会指出我的小说有何不足，如何修改，鼓励一番完事。那样我也很满足了，没想到竟一字不改，发表在当时在所有文学青年眼中简直像"圣坛"一样的《花城》杂志上。

临别时，老李给了我一摞稿子，说这是《花城》收到的来稿，让我帮忙看一下，写个读稿意见给他。我看了，写了，交回给老李。过了几天，他又约我见面，劈脸就说："我准备把你调到《花城》杂志，工厂那里你能离得开吗？"我不动声色地说："离得开。"其实我的心已"忽"地蹿出门外，从三楼滚下那条黑楼梯，跑到北京路上大笑了。

1980年的冬天，我的一生从此改变。那时花城出版社刚成立，正在招兵买马，我发现不少编辑，都和我一样，是老李从农村、工厂直接招来的，既不问学历，也不看人脉背景，更不用进行什么演讲答辩，就看作品。

我到花城后，做责任编辑的第一本书，是香港刘以鬯先生的小说集《天堂与地狱》。刘先生是香港的大作家、著名报人，我那时还是一身机油味的青年工人，为什么让我做责编呢？老李半认真半玩笑地说：刘以鬯是香港的现代派作家，你的小说也是现代派的，所以你来做吧。现在回想起来，其实是他有针对性地让我向刘先生学习。后来有人提出，我是借调到出版社的，不是正式编辑，署名责编似乎不妥。老李毫不迟疑地说：没问题，照署。

2008年春，我最后一次见老李时，他送我一本他的诗集《红尘琐记》。万没想到，半年后他就永远离去了。当我听到他去世的消息时，脑子里蓦然想起他写的两句诗："白天的终点是黄昏，黄昏是另一个黎明的起点。蚕的终点是茧，茧是丝的起点……"

现在的出版，已进入流水线生产的时代，和生产一件电器、一个罐头区别不大了。文人出版的时代，随着老李这一代知识分子的逝去，已悄然谢幕。世事的变迁，让人感慨。

2015年

我与刘以鬯先生

2018年6月8日，香港作家刘以鬯先生逝世。这个消息在华文世界中迅速传开，许多媒体都作了报道，在我的微信朋友圈中竟也刷了屏。这让我有点意外，因为我原以为，今天还记得这位老作家的人，不会很多。在人们的印象中，一说起20世纪七八十年代的香港文学，不是武侠，就是言情。写纯文学小说的作家，本已不多，写所谓实验性小说、现代派小说，更是寥寥无几，把实验性小说写得好的，简直就是凤毛麟角了。而刘以鬯先生，就是这凤毛麟角的作家之一。

1980年底我到花城出版社当编辑。那时我也写小说，我的小说也常被一些老作家、老编辑当成是看不懂的"现代派小说"（后来又多了一个名堂叫"先锋小说"）。有一天，总编辑李士非先生把一叠稿子放在我的桌面说："这是刘以鬯先生的稿子，他是现代派，你也是现代派，他的这本书就由你来编辑吧。"

那时由于内地长期封闭，我对外面的文学情况一无所知，对近在咫尺的香港，也是两眼一抹黑，以为香港就是小市民的天下，根本无所谓文学。在此之前，我没读过刘以鬯先生的小说，甚至没听过他的大名。因此，我对刘以鬯先生的书稿，并不抱多大的兴趣，以为写的大概又是"楼下关水喉""一盅两件"的小市民生活，但当我把书稿看完后，这种印象，便被完

237

全颠覆了。

刘以鬯先生的这本《天堂与地狱》短篇小说集，我至今还数得出里面收入了《一个月薪水》《龙须糖与热蔗》《圣水》《时间》《天堂与地狱》《对倒》等名篇。这是我编辑生涯中第一次当一本书的责任编辑。当时还有个小插曲，因为我没正式调入花城出版社，有人提出，我不能在书的封底作为责任编辑署名。我嘴里不敢说什么，内心却抱憾殊深。好在，事情反映到李士非那儿，他毫不在意地挥挥手说："署上吧，这没什么。"

这是我的名字第一次与刘以鬯先生的大名出现在同一本书上，我是编辑，他是作者。我因这本书，有了两个收获，一是对香港文学有了全新的认识，二是学会了"鬯"字怎么读，而且终生不忘。

在编辑这本书的过程中，我与刘以鬯先生通过几次信，具体内容都记不起了，大概是向他请教对稿子一些细节的疑问与处理。可惜，这些信件几经搬家，早就不知所终了。后来，刘以鬯先生知道我也写小说，就热情地让我寄几篇给他看看。那时还没有用电脑写作，也没有互联网，我认认真真地用钢笔抄写了几篇稿子，通过邮局寄到香港，然后天天等他的消息。

不久，刘以鬯先生来信告诉我，我的小说刊登在由他主编的《香港文学》杂志上了，这让我惊喜不已。在我的记忆中，先后登过两三篇。这是我的名字再次与刘以鬯先生的大名出现在同一本书上，他是编辑，我是作者。

也因为这缘故，我的工作有了一些意外的变化，出版社领导以为我对香港文学有什么特别兴趣与了解，或者与香港作家有什么密切的交往，干脆把我从《花城》杂志调到对外合作编辑室，专门负责港台书籍的出版。

今天，刘以鬯先生走了，而我也早就不再写小说了。三十几年前与刘以鬯先生的这段文学缘，在我一生中，很淡很淡，却很隽永。

2018年

春花不败忆岑桑

我还清楚记得，2022年2月26日，下午4时42分，我手机响起了一阵柔和的微信提示音，朋友发来一条简短的微信："岑桑永远是一朵花。"有那么一刹那，我以为是岑老在96岁高龄，又有什么新作要出版呢。我等着朋友往下说，但接下来，却是静默，静默，静默。我不知道这段静默有多久，也许只有几秒钟，也许很长很长，总之，我的心也随着静默，一点一点往下沉。终于，又一条微信弹出来了："岑桑于今天下午三时仙逝。"

突然间，我的心反而静下来了，仿佛一道湍流融入了深潭，我把脸转向窗外，天空依然飘着一些云，阳光淡淡地洒落下来，气温不冷不热，空气中有一层薄薄的雾霾。远处的中山一路，依然车来车往，也许因为疫情，马路上的行人，比往日稀疏。多么安祥的时刻，多么平静的一天。一颗星悄然陨落了，就在这一天，就在一个多小时前。

我与岑老的交往，其实不算多，但他的名字，我从很小的时候起，就常听长辈提起。把他与我们家联系起来的，是一所叫"志锐中学"的学校，这是在抗日战争最艰苦的1939年，由四战区在粤北始兴开办的学校，战区司令长官张发奎将军担任学校名誉董事长，并亲自题写了"公诚廉毅"四字，作为校训。这所学校，除了培养四战区的子弟、遗孤之外，在广东儿童教养院也招考一些学生，还有一些自费生。我母亲几兄弟姊妹，都在志锐读书，她的姐姐在志锐中学，她与弟弟、妹妹在志锐小学。

岑老也在志锐中学读书，和我姨妈、姨父是同窗。但岑老并不是四战区的子弟、遗孤，据说他是从茂名徒步走到曲江，凭考试进入志锐中学的。这份惊人的毅力，足以让我对他心生敬佩。

我母亲常常回忆在志锐学校的生活，我也查阅过一些志锐的校史，可惜资料不多，而且十分零散，无法给我一个清晰完整的印象，我只能想象着，在粤北暖洋洋的浅蓝色天空下，连绵起伏的群山烘托着，一座青砖筒瓦的破陋学宫前，有一群朝气蓬勃的孩子，齐声高唱"我们是小铁军，不怕风霜，不怕艰难，齐着脚步，挺起胸膛，武装我们的脑和身"校歌的画面，想象着他们在欢声笑语中，担沙挑石，除草铺路，开辟操场，修筑校舍的模样。在我想象的天地里，那支前进中的队伍，有个挺胸昂首的少年身影，他就是当年的岑老。

母亲告诉我，抗战胜利以后，大概是1947年左右，她和我外婆住在广州金城巷的一幢房子里，外婆靠给人车衣，在门前摆卖些甘草榄、话梅之类的零食，维持一家生计。那时经常有志锐校友来她们家聚会，人来人往，络绎不绝，那幢房子，俨然成了他们的"校友会"。有时聊天的时间长了，外婆就炒个小菜，招待一顿便饭。当时正在中山大学读书的岑老，是常客之一，不时来坐一会儿，聊聊天，不过很少留下吃饭。我曾好奇地问母亲："你们聊些什么？"她想了一会儿说："什么都聊。"

我看岑老的生平介绍，他从1942年就开始发表作品，如此说来，他上金城巷闲坐聊天的那段日子，已是一个作家了。不过真的很惭愧，岑老在1940年代写的作品，我还没有读过，如今很多人一提起岑老，都会说到他那本出版于1960年代初的《当你还是一朵花》。这本书，我倒是很早就读过的，第一次读的时候，还是个懵懵懂懂的小孩子，哪里知道什么叫"含英咀华"？甚至没有记住作者"谷夫"的名字，即便记住了，也没有把他与志锐中学那个追风少年联系在一起。

1980年，我到花城出版社工作。那时广东人民出版社与花城出版社刚分家，岑老是广东人民出版社总编辑。我虽然知道他的大名，但与真人还是对不上号。我刚上班那天，岑老忽然噔噔噔走进我们编辑部，大声问："谁是叶曙明？"我吃了一惊，赶紧站起来说："我是。"他走到我前面，打量了我一下，说了一声："好好干。"然后掉头蹬噔噔就走了。同事在旁问我："你认识老岑？"我一脸茫然。

但就是从这次以后，我才真正把母亲常说的志锐中学、我读过的《当你还是一朵花》与眼前这位举止利索的"老岑"，联系起来了。

我到出版社的那年，戴厚英的长篇小说《人啊，人》在广东人民出版社出版。这本书招来满城风雨，它是特定历史环境的产物，所受到的非议，也是特定历史环境下的产物。我虽然刚入行，对文化界、思想界存在的激流暗涌，毫不了解，但各种大会小会的学习、讨论、批评、检查，给我上了深刻的编辑第一课。我听说，是岑老坚持要出版这本书的，他的压力应该很大吧？但我每次见到他，还是那副噔噔噔走路的姿态，说话还是那么干脆利落，至少没有任何沮丧、忧悒的表情外露，让我对他愈加敬佩了。

因为在不同的出版社工作，我与岑老相处的时候不多，更谈不上有什么私交，我们大部分的见面，都是在各种会议上。1991年，《岭南文库》出版工程正式启动，岑老名义上是副主编，但众所周知，他是整套文库的真正推手。我相信所有关心岭南文化的人，都会把这套书当成必备的工具书，虽然因为规模庞大，个人全部拥有，几乎是不可能的事，但书架上有十本八本，则是必定无疑的，否则都不好意思说自己关注岭南文化了。

2009年的春节，岑老应佛山的邀请，参加元宵节"行通济"活动，我也是同行者之一。岑老是顺德人，对佛山有很深的感情，一路上他举着一架大风车，兴致勃勃，脸上荡漾着一种年轻人的光彩。我想那个在志锐中学的少年，大概也是这般模样吧。

那晚岑老谈兴甚浓，有问必答，开心地谈论着对家乡、对岭南的看法，我才逐渐明白，他为什么对出版《岭南文库》有那么深的执着。他说过，希望这套书能够证明岭南文化是实体的存在。其实，岭南文化从来就存在，巍巍若山，何须自我证明？岑老本身就是岭南文化的一根标杆。需要证明的，倒是那些认为岭南没文化的人，是一种怎样的存在。

就在那次"行通济"活动中，在汹涌的人潮里，岑老冷不丁交给我一个任务："你给《岭南文库》写一本书吧。"当时我又惊又喜，喜的是我的写作得到岑老的认可，惊的是我深知自己还不够格，达不到《岭南文库》的标准，怕辜负了岑老的期望。所以我嗯嗯地应着，不置可否。活动结束，临分别时，他又嘱咐了一句："记得了，给《岭南文库》写一本。你把选题想好了就告诉我。"可见他不是随口说说，但我还是嗯嗯地应着。

这本书我终究没有写成，让岑老失望了。因为我觉得，《岭南文库》是一座山，岑老也是一座山，而我始终只站在仰望的位置上。

光阴似水，记忆也在水中慢慢淡化了。近几年，再也没有见到岑老，只是偶然从朋友那儿、从网络上，看到他片鳞半爪的消息，知道他90多岁高龄，还经常回出版社上班，为《岭南文库》操劳。对这样一位真正为出版而活的老人，我除了"敬佩"二字，说什么都是多余的。

岑老就这么走了。

母亲常常叹息，以前志锐校友聚会，两大桌坐得满满的，十分热闹，现在一桌也坐不满了，疏疏落落。言辞间，透出无限的感慨。对她而言，又弱一名故人；对我而言，又少一位师长；对出版界而言，却是折了南天一柱。

岑老虽然走了，但我相信，只要给他一张书桌、一堆待阅的书稿，还要有一支笔，那么，无论是在天堂还是在人间，他都会快乐的，因为他永远是那个追风的少年，是那朵永不凋谢的花。

2022年

我的朋友杨小彦

　　和杨小彦相识几十年了，一起在茶场当过知青。有一次我和他一起值夜班，快天亮时，实在太过无聊，他问我会不会打拳，正好我学过几个动作，就打给他看了。也许姿势太有李小龙风范，型到要爆（嗯，这样想心里舒服点），他以后逢人就说我打拳的事，还眉飞色舞了。

　　那套拳术我早忘得一干二净了，好像叫小十字，是知青带队干部王士惠教我的。王士惠也是我几十年的好友，而且是那种从不需互相定期问候，也不管分开多久，都不会使感情淡薄的好友。他才华横溢，语言学硕士，教育学博士，现在却在多伦多做着一名基层社工的工作，办公室楼下，总有一群吸毒者和问题青少年，搞得他总是愁眉苦脸，我觉得真是浪费了他的才华。所以出国未必是好事。这是题外话。

　　因为经常与小彦一起值夜班，经常一起无聊，所以就留下了许多无聊的记忆。印象最深的是有一天清晨，天刚蒙蒙亮，忽见一名年长的科长，双手插裤兜，眉头紧皱，表情严肃，从操场上匆匆而过。我有点担心地问：是不是出什么事了？小彦瞄了一眼说：没事，他赶着上厕所呢。我大惊问：你怎么知道？他说：他上身前倾，急急而行，说明他内急难忍，插在裤兜里的手一定攥着张草纸。我几乎要大笑起来，几个小时的无聊和疲倦，顿时消散。

　　我认识小彦时，他画墙报，用得最多的颜料就是红与黑，内容大都是些

"身在茶场，胸怀天下"之类的主题。后来他画油画，后来写小说，再后来写评论，再后来画国画，还玩摄影，每一样都能弄出名堂来，这是我最佩服他的地方。

他仅有一次给我拍照，帮我设计了一个"甫士"（英文单词"pose"的粤语音译，即姿势——编者注）：把T恤下摆掀起来，蒙住脑袋。我不知有什么内涵，反正我那时既无腹肌，也无肚腩，肚脐周边无甚可观。但就这仅有的一次，最后他也没把照片给我，害我指望它升值的梦想落空。

近日读小彦的新书《看与被看——摄影中国》，收录了他1992年至2015年间很多关于摄影的文章，细细阅读，可以揣摸到他的摄影观念的一个变化过程，一步一步，一点一点，这么走了过来。其实也是中国摄影在这二十多年剧烈演进的时代中，嬗变轨迹的一个缩影。当然，我不懂摄影，门外汉看热闹而已。我最初看小彦的油画，觉得很有点俄国情怀，到后来的国画，变成了另一种的文人趣味。这也是一种嬗变。

我以前有一个狂妄的观点，认为历史学家具有神父般的权力，在天国与俗世之间，他可以决定人们看到什么，他有一千种方法，可以不知不觉地引导你去看他要你看的，让你按他的思路去理解世界。比如现在看《史记》，如果你要指出其中一条错误，可能要花很多的精力，翻阅很多的史料，才能做到，一般人没有这个闲工夫，都是《史记》怎么说，就怎么信。如果以后有人写出与《史记》不同的历史，人们会反驳：你这是错的，《史记》不是这么说的。这就是一种权力。当然，神父也要听上帝的，上帝不让你说，神父也得闭嘴。

摄影同样有着这样的权力。所谓有图有真相，我们在看历史照片时，往往以为我们看到了全部的真相，其实那只是摄影镜头想让我们看的东西。让人担心的不是它真实与否，而是以为它就是全部的真相。争论真实不真实，是没有意义的，眼睛不会说谎，它看到的一切都是真实的，连说谎也是真实的——它真的在说谎呀，不骗你！

小彦在书中说，在某一个时期，用图片来说谎可能是摄影界常见的风气。他把那种根据政治需要拍出来符合政治意图的图片，称之为"虚假照片"。然而，以我看来，这些都是实实在在的"真实写照"，并不虚假，它们反映了某一个时期某一部分的真实。比如在某个时期，留下了大量预先摆好各种各样造型的照片，认真读书啦、辛勤劳动啦、支援世界革命啦、田头批判会啦、车间宣传队啦，都是"某一个时期"的真实反映，"珍（真）珠都没这么真"。也许当时的摄影者确有用图片说谎的主观意图，但经过岁月的消磨，现在回过头来看，当初的意图已无关紧要，他们怀着一颗说谎的心，用不会说谎的镜头，记录了"某一个"说谎的"时期"。

小彦把书送我时，问我会不会去看。意思好像是说如果我说不看，他就不送了。我说我还是会看的，这是实话。最近他在红砖厂搞了一个猫图展，我也专程去看了。他喜欢画猫，很久以前我让他画一幅送给我，因为我也喜欢猫，家里就养了一只。他很爽快地答应了，而且真的很迅速地在三年之后送了一幅给我。哈哈！很好，我喜欢。别人说"我的朋友余英时""我的朋友胡适之"，我喜欢说："我的朋友杨小彦。"

2017年

245

春蚕吐丝的音乐人

广东音乐拥有众多优秀的作曲家、演奏家，但真正从历史传承上、从音乐乐理上，对广东音乐进行仔细梳理和研究的学者，则相对较少，而兼作曲、学理于一身的学者型音乐人，则更是凤毛麟角，作曲家卢庆文是其中之一。

卢庆文（1944—2019）是东莞人，据他自述，他从小酷爱音乐，在村头四棵荔枝树下，6岁那年就执荔枝树枝指挥小伙伴们童声合唱，被老师发现他具有非凡的乐感，刻意地呵护培养。1965年出任广东军区乐队队长兼笛子演奏员。1978年、1986年两次考进广东人民艺术学院、星海音乐学院作曲系深造，师从著名教授陆仲任（导师）、苏克（复调）、蔡松琦（和声）、黄英森（作曲）、陈家骅（作曲）、江颐康（配器）等。至今创作音乐作品600多首，获奖60余项。曾任广东音乐曲艺团专业作曲、团长，广东省曲艺家协会副主席、广州市音乐家协会副主席、星海音乐学院客座教授。

1993年1月27日，卢庆文作为领队之一，带着广东音乐曲艺团赴英演出。当他们搭乘的客机在伦敦徐徐降落时，透过朦胧大雾，"欢迎您们——祖国亲人"八个大字映入眼帘。伦敦、利物浦等侨领在舷梯前迎接，献花、问候、握手……此情此景，让卢庆文感到就像"一股股暖流驱散了清晨的阵阵寒意"。

当英国利物浦皇家音乐厅聚光灯亮起，舞台的帷幕，徐徐拉开，著名广东音乐演奏家汤凯旋（扬琴）、黎浩明（木琴）、黄鼎世（琵琶）、何克宁（高胡）、李敬云（二胡）、李友中（高胡）、吴国平（打击乐）、易志粦（唢呐）、刘国强（笛子）、陈方毅（喉管）等，带着新春的祝福，送上一曲《步步高》，大厅内欢声四起，掌声如雷。卢庆文作曲的高胡独奏《梦中月》，令在场的乐迷无不陶醉。

1995年9月21日，以卢庆文为团长的赴日广东音乐团，参加在福冈举办的第六届日本亚洲太平洋艺术节，由于受到台风影响，只演了两场，殊为抱憾。1998年9月12日，他再次率广东音乐团抵达日本福冈，参加第七届亚洲太平洋艺术节。卢庆文在回忆这次盛会时说："日本人民带着遗憾的心情等了三年，闻讯踊跃而来，尽管烈日炎炎，观众还是专心致志地欣赏着一首首粤韵浓郁的曲子。"

在一片掌声、鲜花之中，福冈市电台、电视台对首场演出作了现场录音、录像，九洲国际电台还特邀卢庆文作直播采访，各大商场反复播放演出录像。赴日广东音乐团演出四场，场场爆满，特别是最后一场，观众人数创亚洲音乐节历史最高纪录。广东的音乐人，与有荣焉。

卢庆文的广东音乐代表作有《梦中月》（获中国第三届民族管弦乐展播作品二等奖）、《人间有情》（获广东省广东音乐评奖二等奖、第六届羊城音乐花会奖）、《欢天喜地》（获第三届广东音乐创作大赛奖项）、《秋魂》。他的粤语歌曲《行花街》，也曾传唱一时。

他在讲述《梦中月》的创作思路时说，这个标题使人容易联想起生活中的月圆、月缺及团圆与离别。团圆是人间最美好的愿望，作品就是通过描写"沉思""想念""思绪万千""期望"，反映台湾与大陆两岸人民渴望团聚的夙愿。

尤其难能可贵的是，卢庆文还出版了广东音乐论著《粤韵论丛》《东方天籁——广东音乐》《广东音乐》等著作。2019年他患了重病，但仍坚持完成了三卷本的《广东音乐通典》的撰写，第一卷是"名家与乐器演奏"，第二卷是"名曲赏析"，第三卷是"百年史记"。直到他弥留之际，当我到医院探望他时，他还拼尽全力，指着病床前的一叠书稿，用嘶哑微弱的声音对我说："我的书……完成了……"

这就是催人泪下的"春蚕到死丝方尽，蜡炬成灰泪始干"；这就是一代一代广东音乐人的不死精神。传统音乐留有我们文化生命的历史印记，也可以说，保护传统，就是保护现实，就是对现实合理性的肯定。无古不成今，现实是从历史中成长起来的。

已经失去的，我们无法让它再生，但还没有失去的，断不能让它从我们手上失去。

2020年

蠹鱼在案

新不如旧的李鸿章

最近忽然对李鸿章很感兴趣，于是花了几个月，集中看了一批有关他的书籍。李鸿章这个人，浑身上下都是话题，死了一百多年也没说完，再过一百年还是说不完，可以搬个小凳子，在天桥下分九集来讲。但我在这里要说的，却不是李鸿章本人，而是这一百多年来有关李鸿章的书籍。

我感受最深的，就是越早出版的质量越好，比如《李文忠公全集》，1990年代出版的，错误百出，胡乱标点断句，人名地名错误、前后不统一，鲁鱼亥豕的错别字，数不胜数，几乎每页都有，令人无法卒读，李鸿章看了，大概也得吐血斗余。有时为了弄明白意思，我不得不拿光绪年间刊刻的《李文忠公全集》对照着读。就校对质量而言，光绪版本比1990年代版本，好上何止百倍。

我很奇怪，现在教育这么普及，硕士、博士满街走，怎么编校质量竟不如古人呢？九斤老太说一代不如一代，我很想反驳她，可简体横排胶钉的古籍，错漏就是比繁体竖排线装的多，怎么办呢？

以前人们把出版图书看得太神圣了，所谓文章千秋事，曾国藩编《经史百家杂钞》，由李鸿章校勘刊刻。光绪版的李鸿章全集，编者吴汝纶，也是堂堂进士出身，曾被任命为京师大学堂总教习。进士编书，进士刊刻，大家都一丝不苟，质量自然有保证。

现在不少古籍都推出影印版，无非也是受人才、经费的局限，自知编辑水平不及古人，认真精神也不及古人，弄了一笔项目经费回来，要赶紧出成果，只好走捷径，采用短平快的方法，复印机解决问题。不过，话又说回来了，如果出版社确实没有几个进士水平的编辑人才，还真不如影印算了，没标点好过乱标点。从这个角度看，新版《李文忠公全集》，敢于重新编辑、校勘，而且内容也比吴汝纶编的全面很多，勇气可嘉，值得钦佩，只可惜没有得力的编校人才，白白错失了一个名垂文化史的机会。

现在做出版，急功近利，入行门槛很低，学术门槛更低，懂市场、懂营销（也不一定真懂）比懂学术重要多了，出版就像一场大忽悠。所以我说过，现在的出版，不是在做图书，而是在做爆米花，编辑就是流水线上的工人。很难想象，李鸿章在为曾国藩校正《经史百家杂钞》时，会抱着"建立一条产品生产线"的心态。

再看内容方面，1949年以前的，以梁启超的《李鸿章传》写得最好，功过评价最到位。后来的从阶级斗争观点出发，李鸿章镇压太平天国、捻军，罪该万死，所谓中兴名臣，也是兴封建王朝，罪加一等，遂沦为千古罪人。进入21世纪以后，关于李鸿章的书，纷纷套上成功学、厚黑学的外衣，更没几本可读了。虽然关于他是不是卖国贼的有意义的讨论，零星见诸一些文章，但似乎还没有很完整的、有分量的学术著作出来，以至于让戏说的"历史"大行其道。

研究历史，史料永远是第一位的。流传甚广的"李鸿章家书"，已有人指出是伪造的，我读了他在北京会试期间的几封家书，确实破绽明显。后面的我没有逐一考证，因为一旦发现有假，对整本书就兴趣索然了，但近年出版的李鸿章书籍中，几乎无一例外地还在引用，而没有指出其可疑之处。这些家书的真伪，值得学术界拿出来认认真真考证一下，做出定论，以免贻误后人。

读了几个月李鸿章，总体感觉是简不如繁，新不如旧，悲哉，我也成九斤老太了！

2013年

被误读的香山买办

近来对广东香山的历史甚感兴趣。香山县虽已不复存在，改革开放后，被一分为二，划入了中山市与珠海市，但香山历史却永远是作为一部在中国近代史上独立成章的、完整的历史存在的。中国近代的转型史，自洋务运动以降，许多重要的人物与事件，似乎都与香山有某种联系。唐廷枢、徐润、郑观应、莫仕扬、容闳、孙中山、唐绍仪、唐国安……这一连串熠熠生辉的名字，已几乎可以把中国近代转型史串起来了。这是一个不能不令研究者兴趣盎然的现象。

我读过《被误读的群体：香山买办与近代中国》一书，人们说起香山买办，往往只提及唐、徐、莫、郑四大家族，其实香山何止这四大家族，我曾到珠海上栅村寻访卢氏家族，发现这个家族当年也非常显赫。

我为什么会想到去上栅村呢？因我认识一位加拿大的卢姓朋友，与我说起他的曾祖父，是福州的茶叶商人，从洋行职员做到大班，掌管收购茶叶送英国，也是很著名的验茶师，每天早上起床不吃东西先品茶。几个手下，一个捧脸盆，一个递白水，一个递茶。他呷一口茶，在嘴里吧嗒几下，然后报出多少级、什么红茶。手下递白水给他漱口，吐在脸盆上，再品第二口茶，再报级数。英国人就以他报的为准。

查福州的茶叶出口，是从1853年以后才开始兴盛的，最初只有怡和、宝顺、琼记几家洋行经营，到1858年已有20多家洋行竞争，福州及周边"商贾云集，人迹络绎，哄然成市"，并得了个"茶港"的雅号。我这位朋友的曾祖父，便是"商贾云集"中的一员。可惜他对自己曾祖的名讳、做事洋行，概不清楚，能说出来的，无非是一些童年听回来的零碎印象。

卢氏家族是从什么时候退出茶叶市场的？亦不清楚。中国茶叶的出口，从1886年以后开始急速地衰落，被印度与锡兰茶叶所击败。这里面有多少惊涛骇浪，有多少经验教训，值得后人好好梳理。

我这位朋友的父亲没有从商，而是投身了教育界，在清华大学任职，抗战时跟随西南联大颠沛流离，后来是中山大学著名学者陈序经的助手。大约是受着历次政治运动的冲击，不得不夹着尾巴做人，对家族历史闭口不谈。在中国，有多少这样的家族历史，随着老一辈族人的离去，渐渐消失在时间的烟尘之间。再不抢救，就真的永远没有了。

一个显赫的洋行买办家庭，到最后成一穷困潦倒的知识分子，在时代风浪中载沉载浮，这个转变，在中国近现代史上，也是有着某种标本意义的。幸得珠海市博物馆文物征集顾问吴流芳先生热心相助，在《江门（新会）潮连芦鞭卢氏族谱》中，找到了这位朋友先祖的蛛丝马迹。一段湮没的历史，将渐渐浮出水面，诚令人兴奋。正如《被误读的群体》一书所说，香山买办在近代中国社会变革和转型中所起的积极作用，应予以充分肯定，而非片面的理解和简单的否定。

2016年

听老先生说从前

　　听老人说往事，是一种享受。尽管他可能很啰唆，有些话可能说了百遍而不自觉，但只要用心去听，总能听出新的况味来。看书也一样，少时喜欢看"愤怒出诗人"，愤世嫉俗的、呐喊呼号的，像吃辣椒一样最好；但年岁稍长，慢慢明白了什么叫沧桑，什么叫岁月，然后读书的口味也开始转变了，比如读许姬传老先生所著的《许姬传七十年见闻录》，便读出了很多的岁月感慨。

　　这本书一半是写戊戌变法前后事，一半是写梨园往事。各种清末民初的秘闻掌故，娓娓道来，如数家珍，很有白头宫女话玄宗的味道。人物都是黑白分明的，忠就是忠，奸就是奸，像京剧脸谱一样，读来毫不费神，痛快，也如听戏一般。慈禧、袁世凯是奸的，康有为、徐致靖、梁启超是忠的。梁启超反对袁世凯称帝，是报戊戌之仇；康有为支持张勋复辟，是报戊戌之恩。一切错综复杂的剧情，都被简化为人与人之间的恩怨情仇了。

　　这样的写法好像过于简单，但细细一想，也不无道理。历史就是这么回事，很多时候是受当事人的性格、经历、亲朋戚友、同门故旧，甚至身体健康状况等因素的左右，而出现截然不同的结局。所谓"性格即命运"，梁启超与康有为最终走上不同道路，很大程度是性格决定的。康、梁二人的经历本来没有太大区别，梁启超接触到的东西，康有为几乎都接触过。但梁启超太善变了，思想就像一道敞开的大门，哪里有光亮就朝哪里开；康有为是太不善变了，犟脾气，认死理，一条路走到黑。

性格本无所谓好坏，就看他恰好站在历史的一个什么位置上。戊戌变法时康有为不变，他是英雄；但帝制被推翻，共和已成立，他还不变，他就成花岗岩脑袋了。探究一下他的思想，还是那些东西，大脑的重量也没变，沟回褶皱和以前都一样，但此时英雄，彼时狗熊，老天爷开的玩笑真够大的。

再说袁世凯，他多少有点赌徒的性格，在重大决策上，往往有押宝的心理。许姬传在书中写袁世凯在戊戌变法时，就因为不知该把宝押在戊戌党人身上，还是慈禧、荣禄身上，而犹豫不决，最后靠徐世昌替他拿主意。辛亥革命时，袁世凯的宝押对了，可是在恢复帝制一事上，他的宝押错了。此公时而选择康庄道，时而选择独木桥，他的思想真的变化如此之速、如此之大，就像坐过山车一样吗？其实多是受性格的影响，并非内心世界和政治主张有什么本质的变化。

看世上芸芸众生，有些人身患绝症，或会嫉恨别人的健康；有些人垂暮之年，或会忌羡别人的年轻；有些人觉得自己时日无多，或会有孤注一掷之想。这些病态的心理，在普通人身上常见，大人物也一样会有，别以为大人物想事情与我们不一样，他们的大脑结构与超市里卖鱼卖肉的老伯没什么不同。

许姬传老先生笔下的历史，就这样在人物的一颦一笑、喜怒哀乐、举手投足之间，从容不迫地淡进淡出，既没有什么微言大义，也没有什么含沙射影、指桑骂槐，老先生不屑于借古讽今，不想把历史复杂化，他只淡淡地告诉人们：我们曾经这样活过。

因为，当今很多人已经不知道该怎么活了。

2021年

可恶的甲午战争

近读宗泽亚先生所著《清日战争》一书。这是一本有关中日甲午战争的专著，是我读过研究这场战争最具价值的书籍之一，书中运用了大量日方的数据，几达巨细无遗的程度，甚至连日军炊事班使用什么炊具，都一一罗列出来。这种对技术细节的关注，一向是中国学者最缺的。因为这本书以日方史料为主，能引起争论之处甚多，光是书名，我估计就有不同的意见。

晚清时代，中国与外国打过多场战争。在这么短的时间内，与这么多的国家宣过战、打过仗，清政府不仅在中国历史上可称独一无二，甚至在世界历史上，也属罕见。一场战争打完了，总会给国家带来某些变化。这种变化是好是坏，要看和谁打，是打赢还是打输。我常常想象，如果中国打赢了鸦片战争，会出现什么状况？是更坚定地实行闭关锁国吗？像朱明与清初那样，片帆寸板不许下海？那将导致中国的进步延缓一百年。

这样的结论，很容易让人觉得是赞美侵略者，其实是赞美中国人，因为不是所有民族都能把失败变成前进的动力的。

鸦片战争后，经世派的主张很明确，就是学习欧美。自强运动基本上是以英美为榜样的。如果中国一直沿着这条路走下去，从器的改变慢慢走向道的改变，无论如何艰难曲折，摔上几百个跟头，也许最终还是可以走到英美模式的君主立宪，或民主立宪的。但事实上，中国人没这缘分，偏偏这时又打了一场中日甲午战争，而且又打败了。中国的前路，一下子变得模糊不清了。

在历史上，日本每次都在中国差点就要进入良性上升通道时，插上一脚，然后把整个方向都给扭转了。甲午战争就是典型的一例。战后，被林则徐形容为"内之空虚，无一足以自固"的中国，是学习英美，还是学习日本？这成了一个问题，由此在朝野形成两大阵营。而最糟糕的是，学习日本的声音，凭着所谓"同文同种"的幻觉，渐渐占了上风。

中国的倒霉还不止于此，更在于地理上与日本接近，中国的青年到欧美留学，成本太高，语言太难，来回一趟路程也太远，所以很多人宁愿到日本留学，其中既有语言易学的偷懒心理，也有亚洲人的自尊心作怪。

可那时的日本，民权衰弱，军人至上，1889年颁布的《大日本帝国宪法》进一步削弱了民权，扩大君权，为军国主义夯实了基础，中国能够学到什么呢？可以说后来北洋军阀崛兴、军人当政和漫长的军阀混战，都是从日本学回来的半吊子军国主义。甲午战争给中国造成真正长久的伤害，不在于打败了，而在于被日本打败了。

可笑的是当时的中国人，把世界的国家简单划分为立宪国与专制国，日本因有一部"帝国宪法"，便被归入了立宪国，而不认真研究日本立宪与英美立宪有何异同，这世上名字相同，实质相差万里的东西多了，以至于当日本与俄国在中国领土上打仗时，许多中国人竟热烈地支持日本，以为它是代表立宪国与俄国这个专制国打仗。真是瞎了眼了。

《清日战争》主要着眼军事，涉及政治与经济制度不多，它有一个结论，中国遭受列强的伤害和蹂躏，源于中国军队的懦弱，在1950年代的朝鲜战争中，中国打出了中华民族的世界地位，证明中华民族需要一支强大的军队。这却是我不能苟同的，日本的军队也够强大了，二次大战时不一样被打败了吗？一个民族是否强大，能否雄立于世界之林，受世人尊重，军队并不是主要的因素。

2012年

遗民不易做

近来读古人年谱，尤其是一些经历改朝换代的士人年谱，其中的变徵之声、桑梓之恸，往往令人掩卷叹息不已。想当初清军以区区十几万人入关，驰骋大江南北，扬州十日，嘉定三屠，如入无人之境，但在岭南却遇到最顽强的抵抗。明季广东学者中，不乏肝胆昆仑的英雄豪杰。当时参与和领导抵抗清军的，就有屈大均、陈邦彦、陈子壮、黎遂球等名重一时的士人。失败后，不少士人选择出家或隐居，甘做遗民，而不肯向清朝俯首，像屈大均就是非常著名的大明遗民。

到了大清倾覆之际，当年抵抗大清到最后、而发起"驱除鞑虏"革命最早的广东，竟然也出了不少著名的大清遗民，如康有为、梁鼎芬等。南明的遗民，在历史上还能得到一个"气节之士"的褒扬，而清朝的遗民则大多被唾弃，直到我少年时，常听到"遗老遗少"这个词，都是充满嘲讽与轻蔑的，这亦导致我在读《屈大均年谱》时的心境，与读《梁节庵（鼎芬）先生年谱》时大不一样。然而，为南明守节，与为大清守节有什么不同吗？难道南明值得为它守节，而大清就不值得？大清又为什么不值得？仅仅因为它是满人建立的政权？又或者因为大清之后的政权是民国，所以为大清守节就是为封建皇权守节？

有朋友说，汉人为大清守节，大概是当过官或得过好处的人多些。这固然是不错的，也只有这种人守节，才会引起别人注意，如果一个猪肉贩子要为大清守节，别人大概连眼角的余光都不会往他身上扫一扫。其实，直到1970年代末，在某些穷乡僻壤，依旧有不少老人留着一条猪尾巴似的小辫子，他们的小辫子就没有辜鸿铭的小辫子幸运，可以拿到北大课堂上讨论，写进历史书中。乡下人的小辫子，只能随其主人，由着时间慢慢消磨，直到入土为安，被人遗忘而已。

不做贰臣，是中国传统文化对士人的道德要求，与他是否得过前朝好处，或做过前朝的官，并无多大关系。所谓烈女死夫，忠臣死国，君死社稷，义士死难，都是传统文化提倡的，只要这种文化没有中断，到了新朝也往往对前朝的遗老遗少网开一面，对已死难的气节之士，加以褒扬、追封、建祠致祭。民国时的前清遗老在青岛就过得很悠游自在。

所谓死节，不一定要交出性命，心死也是死，对未来完全绝望，或遁隐山林，或削发出家，不食周粟，不事强秦，别人看足以名垂青史，但在其本人，根本不会去考虑是流芳百世，还是遗臭万年，对他来说，二者丝毫没有区别，只是为了对自己生平所学，有一个交代而已。

以往我们很少深入遗民的内心世界，真正了解他们的思想感情。其实他们并不是因为想做英雄，想青史留名才做遗民的，屈大均不想做英雄，梁鼎芬同样不想。他们与英雄的最大区别，在于英雄是开创未来的，有高远的理想，而遗老对明天则完全无任何的企望。

1912年1月1日，中华民国南京临时政府成立，孙中山就任临时大总统。梁鼎芬听此消息，即日穿孝，并立誓终身服孝。1919年，梁鼎芬去世，他留给儿子的遗嘱是："我生孤苦，学无成就，一切皆不刻……我心凄凉，文字不能传出也。"又嘱："吾儿此生不可作官，家贫无食，卖药卖菜，皆可为也。吾所遗书画文件，随时售去，若到尽时，饿死可也。"这种凄凉欲绝的遗老心境，那些在新朝意气风发、濯缨弹冠的人士，是无办法体会的。

2012年

黄埔精神　浩然正气

——写在《黄埔军校史料汇编》出版之际

　　我们都知道广州有个黄埔军校，早期军校大门有一副对联："升官发财请往他处；贪生畏死勿入斯门"，曾激动了无数热血青年，如水赴壑，投奔这片热土。也曾激动了无数的历史研究者，去探索、还原、研究作为一个时代的精神象征而巍然耸立于中国近现代史上的黄埔军校。

　　有关黄埔军校的图书，历年出版不少，但散见于不同的出版社和不同的年代，作为历史的研究者，为了查找一个史料，时常要在浩瀚的书海中苦苦寻觅。我曾经想，如果有人把它们汇编起来，那将是功德无量的事情。然而，当这套影印版的《黄埔军校史料汇编》摆在我面前时，我的内心仍有一种电流通过似的震撼：全书分四册，共100辑，收入各种文献史料1亿余字，影印6万页，堪称鸿篇巨制。这哪里是一套军校的史料汇编，分明是一部中国20世纪二三十年代的百科全书啊。

　　说它是百科全书，一点也没有夸张。它所涉及的范围，远不止黄埔军校，也不限于政治与军事，它涵盖了当时中国——主要是南方革命政权治下社会的方方面面，从政界到军界，从工商到农界，从商界到学界，甚至包括革命政府与世界列强的关系，旁搜远绍，钩深探微，用1亿余字、6万页原汁原味的史料，构建起一座恢宏壮观的轩堂。深入其中，览取挢掇，当可浸想

中国社会迁变的来龙去脉。

黄埔军校诞生的年代，正是国际共产主义运动方兴未艾，民族解放口号响遏行云之时代，与中国民族主义有不谋而合之处，中国革命被纳入世界革命的范畴。可以说，1920年代的国民革命，既不像汤武革命那样，是关起门来自己人革自己人的命；也不像鸦片战争那样，是楚河汉界式的中外对抗。国民革命是中国第一次成为世界革命的一个组成部分，中国人第一次登上第三国际的讲台，至少在名义上以平等的身份，对世界事务发表意见，中国首次有了与世界同呼吸、共命运的感觉。

历史是一个连绵的过程。试看从辛亥革命到国民革命这16年历史，一步一脚印，一步一惊雷，辛亥革命推翻了旧政制，旧的政制理论也随之瓦解，这是第一步；新文化运动踵兴，冲击固有的文化传统，这是第二步；五四运动爆发，为未来的革命定下了民族主义的基调，这是第三步；由共产党与国民党共同推动的社会革命，在长江以南地区，广泛地动摇了旧有的经济结构与社会基础，这是第四步；而到推翻北洋政府，是为第五步。

当历史走到第四步时，整个中国已经天翻地覆了。旧有的伦理秩序、道德价值、传统惯例、文化模式纷纷决堤，革命的风暴从城市蔓延到农村，从南部省份蔓延到中部、东部、北部省份。而黄埔军校是第四步的一个枢纽，各种社会关系、阶级矛盾，都在这个大舞台上高度聚焦。只要挈此裘领，诎五指而顿之，看似错综复杂的中国近现代史，当豁然开朗，来去分明。《黄埔军校史料汇编》为我们提供了进入这个轩堂的路径与钥匙，当历史如此清晰地再现于我们面前时，如黄钟、如大吕、如鼙鼓、如火炬，可以弘扬国魂士气，使民族精神有所凭借，弈世不灭。

让我们怀着感佩之心，向这套书的编者与出版者，脱帽敬礼！

2015年

想象中的民国范儿

近年来民国热持续高温，出版了很多有关民国知识分子的书籍，诸如《南渡北归》《民国衣冠》《战争与革命中的西南联大》《民国了》等，有一个词也随着这些书籍而广泛地流传起来，出现频率之高，听得人耳朵起茧，那就是"民国范儿"。

民国范儿大致上是形容男子端庄、率直、坦荡，有名士风度；女子娴雅、温婉、含蓄；老人雍容、有威仪的气质，也就是那种传统的士人和大家闺秀。然而，在我看来，民国范儿其实也可以分成两大类，一类是遗老范儿，如王国维、陈寅恪等，另一类是西洋范儿，出洋留过学的，如胡适、徐志摩等。但他们有一个共同的特点，就是都出生于晚清时代，受过晚清文化的熏陶。即使出生于民国时代，也大都是出自传统的士人家庭，从小在祖辈、父辈身上受着士大夫文化的言传身教、耳濡目染，哪怕后来出洋留学了，但就像俗话说的，三岁定八十，文化的根已经扎下了，挪不走了。因此，说到底，并没有什么所谓的"民国范儿"，有的，只是"晚清范儿"。

民国的整个北洋时代，政治、经济、社会、文化各方面，其实都是在吃晚清的红利。晚清的政治改革，奠定了宪政主义的基础；洋务运动奠定了现代工商业的基础；立宪运动奠定了民间自治的基础；废除科举的教育改革，奠定了现代教育的基础。没有这一切，哪来的民国范儿？到南京政府时代，虽然打倒了北洋政府，但还是吃着北洋的红利，等于间接吃着晚清的红利。否则，光靠黄埔军校里扛着木棍立正稍息，开步走，一二一，能培养出梁思成、梁思永这样的人物吗？

翻翻《民国衣冠》一书，里面那些星光熠熠的民国范儿——诸如蔡元培、翁文灏、陈寅恪、陈垣、丁文江、李济、傅斯年、竺可桢、赵元任、胡适等，这些名字在历史上，就像一串宝石，仅仅写下来，就足以令纸笔间霞光缭绕，让后人肃然起敬，屏息仰视了——但他们哪个不是晚清培养出来的？就算语言学家周法高，生于民国时代，但从小曾寄居于姑父王伯沆家，王伯沆就是晚清大名鼎鼎的学者，追溯起来，周法高的家学渊源，还是承传晚清一脉。

书中引用了王叔岷讲的一个关于傅斯年的故事，说有一回傅问他研究什么书，他回答说《庄子》，傅便怡然自得地向他背诵《齐物论》最后的"昔者庄周梦为蝴蝶"章，而且还严肃地教训他："研究《庄子》当从校勘训诂入手，才切实。" 于是在我面前便有了两个傅斯年，一个是五四热血青年傅斯年，一个是说话一副诂经精舍山长腔的傅斯年，哪个才是民国范儿呢？让我说，五四傅斯年是民国范儿，中研院傅斯年是晚清范儿了。前者是虚的，后者才是实的。

每个时代有每个时代的气质，民国时的晚清范儿，如果让阮元、曾国藩、朱次琦、陈澧在旁看着，也许也会觉得差一截，但那时毕竟有红利可吃。当红利已经消失时，什么"范儿"都会烟消云散，正如我们今天看着穿汉服逛大街的人一样。民国范儿受到热捧，我想原因之一，是出于"九斤老太"心理，觉得一蟹不如一蟹，今人过于浮嚣、猥琐，就把昔人想象成都是风度翩翩的雅士。另一个原因，大概是否定之否定，以前把民国批得体无完肤，现在想把它还原。但问题是，"还原"通常都不过是另一种歪曲，把自己心中的乌托邦，当成历史的真实罢了。

2013年

民国学术是否被高估

民国的学术成就，在历史上究竟应居一个什么位置，近来有不少的讨论。有人把民国学术看得很高，主要是"因人而贵"，换言之，并不是学术本身与前代比较，真的登上了一个空前绝后的高峰，而是因为人们一提起民国的学术大师，便往往先有了一种"独立之精神，自由之思想"的想象，认为这是民国学界的风尚，因此即使一本普通的大学讲义，甚至中小学课本，也会被渲染得熠熠生辉，赋予许多它自身承载不了的内涵。

我们谈论问题，喜欢笼而统之，高屋建瓴，比如一开口就说"两千年封建专制社会"，却不问中国是否真有一个两千年一以贯之的"封建专制社会"；又比如一说"道德滑坡"就痛心疾首，但究竟是从哪里滑下来？坡顶在哪里？却无从深究。

谈论民国学术是否被高估，首先要确定以什么为参照物。是以当代的学术？还是以清代、明代的学术？还是以西方国家的学术？任何时代的学术发展，都是一个承前启后的过程，民国的学术也是丕承前代，如果与明清相比较，在某些方面有所超越，在某些方面有所不及，都属题中应有之义。

除了翻译引进西方学术，是前代无法企及之外，我并没有看到民国的学术理论建构，在哪个方面取得了奇峰突起的成就。相反，党化教育的确立，恰恰是在那个时代。即如钱穆先生这样的学问大家，编写《国史大纲》作大学用书，纵论历史，析缕分条，提纲挈领，令人有豁然贯通之感，但一及自己身处的民国时代，说到创设国会、制定宪法失败的原因，亦有言不及义的感觉，好在这个"鸡肋"篇幅不多，匆匆翻过也就罢了。

又如近日重印八十年前的《开明中国历史讲义》，也是民国时期的一本函授学校课本，网上好评如潮，我看了介绍，说它不受当时政治倾向和主流意识形态影响，但同时又说明，因某些原因没有收录中华民国成立到九一八事变这部分内容。

我以为，所谓"独立之精神，自由之思想"，在那些具有这种禀赋的知识分子身上，其实更多是反映他们对士大夫精神传统中一些优秀因子的继承，并非民国所独有。民国学人最值得称道的，是他们的开放精神，大量地吸收各种新知识，大胆地与传统学术相结合，开创了新的学术方法，比如我读梁启超的著作，读胡适的著作，感受最强烈的，不是他们创立了何种高不可攀的学说，而是他们开放包容的学术态度。他们有不少立论，今天看来，甚至显得粗浅，但在当时却有振聋发聩、启人智慧之效。这样的学术，是高还是低？

笼统地谈论民国学术是否被高估，全然没有意义，要细分到哪些领域的学术，与哪个时代相比。亦正如说当今道德滑坡，是要看与什么时候比，以什么标准去比。若与鲁迅所说的蘸人血馒头吃相比，与"文革"时父子、夫妻互相揭发，学生剃老师阴阳头，随意抄家，没收财产相比，还能说今天的道德水准比那时低吗？

我很赞成重估民国学术的价值，这既是对还原历史真实的一种期待，更因为我们的学术有太多的东西，需要重新厘清，重新出发，这就需要找到我们的出发点。重建道德亦然，既然要扭转滑坡现象，首先就要弄清哪里才是我们该去的"顶坡"。

2015年

离开阳光就没有赢家

日前收到范泓先生惠赠他的两本大作：《历史的复盘》与《雷震传》，恰好都是我极喜欢的题目，一时为不知先看哪本而犹豫，这种阅读的心情已久违。范泓先生戏言：两本轮着看吧。这是一个好主意，不过我最后还是先看了《历史的复盘》。因为我对本书中所写到的人与事，较为熟悉，听范泓先生侃侃道来，仿佛在翻看老友的旧照片，别有一番亲切的意味。

清末民初，是一个说不完的话题。在竞技场上，哪一种情形，会让冠军也为之黯然失色呢？我想就只有原本遥遥领先的选手，在跑道上摔个嘴啃泥了。就好比辛亥革命时的中国，号称"东方醒狮""亚洲第一家"，推翻帝制，气势如虹，却在最后冲刺时，踩着了自己的鞋带，一跤摔到跑道外五丈远，大热倒灶，全场哗然，既有惋惜同情，亦有幸灾乐祸。

造成大热倒灶的原因很多，革命党人从事地下秘密活动太久，一时无法适应回到阳光之下，也是原因之一。民初频频发生政治暗杀案，便是这种"会党基因"的表征。关于民初的暗杀案，近人谈论较多的是宋教仁案，而范泓先生却把目光落在另外两宗暗杀案——黄远庸案与汤化龙案上。

在民主共和时代，如何对待政敌，是一门学问，从黄、汤二案可以看出，革命党还没有学会，他们依然停留在"如有越礼反教，五雷诛灭"的草莽时代，不懂得如何利用舆论监督，如何运用法律手段，如何在国会协商、讨价还价，他们觉得，这一切都太麻烦了，花太多的人力物力，成本过高了，远不如一颗子弹来得简单。一颗子弹在市场上才值多少钱？但这样计算成本，却大有问题，因为不能只考虑革命党的直接成本，而不考虑全社会将付出怎样的代价，实际上，最主要的成本，是社会代为埋单了。中国久久徘徊在民主共和的门槛外，迈不过去，便是最大的代价。

舆论、法律、国会，这些都需要在阳光下运作，如果弃而不用，就只能转入到黑乎乎的地下王国，行暗杀之道了。几千年的中国文化传统，一向崇尚侠义精神，如唐君毅先生所说："以一人之身，而欲伸张社会之正义，故或单身提剑入虎穴，以与权势相抗，或则置身家性命于不顾，而不惜犯法之所禁。故荆轲之提一匕首，入不测之强秦，见侠义而豪杰之精神。"侠士历来为史家所赞颂。

然而，侠义就像一把火，只有在黑夜里，才显出它的温暖与光明，如果在大白天，就不那么合时宜了。因此，为了使暗杀具有正当性，就必须把白天描绘成黑夜。于是，给黄远庸、汤化龙安一些"军阀走狗""卖国贼"之类的恶名，名其为贼，贼乃可克。杀黄远庸时，说是"诛锄袁世凯之走狗，以卫共和"；杀汤化龙时，也说因为"不忍坐视国亡，实行铁血主义"，好像不杀黄、汤，就要亡国一样。结果，本来是白日当头，暗杀的枪声一响，黑夜真的就降临了，共和真的就亡了。

在侦探小说中，我们常可看到这样的推理方法：要找凶手，就看谁获益。但历史的吊诡之处在于，杀掉黄远庸、汤化龙，谁也没有获益。你要是认真研究一番：国民党从这两次暗杀中，究竟得到什么利益？你会发觉竟然一无所得。黄、汤之死，只有受害者，没有获益者。受到伤害的，不仅仅是被暗杀者，也包括暗杀者。

国民党受了什么害？你看它最后不得不逃到台湾，不就是答案了吗？历史的因果关系，总是一环扣一环的。如果当初革命者不是侠义精神过度膨胀，以为用子弹可以解决一切，而是循宋教仁设计的路径，推动革命党转型为议会政党，与梁启超、汤化龙及各党各派，互相合作，互相制衡，好好维护民主共和制，好好运用选票说话，国民党何至于要跑到台湾孤岛？可见破坏共和者，最终还是要自己吃下苦果。

范泓先生在书中也表达了类似的观点，他引用了史家沈云龙所言："'袁氏固自食其果，身死名裂，而国民、进步两党亦两败俱伤，遂致酿成南北大小军阀累年混战不休，越三十余载之久……'如此结局，未必无人料到，只是在'共和'下，各有拥戴，党见忌人，盲人鼓吹，互不相让，'他们若不要国家，我们就不要法律'，这是黄远庸在《三日观天记》中记下的一段话，他的死，也正应了这句！"读史至此，令我亦不禁与范泓先生同声一叹了。

2014年

柯诺克魔咒

法国戏剧家于乐·罗曼的代表作《柯诺克或医学的胜利》（1923）讲述了这样一个故事：

20世纪初法国有个叫柯诺克的医生，他有一句名言："健康的人都是病人，只是自己还不知道而已。"柯诺克最初在一个山村行医，当地居民个个身强体壮，根本不必看医生。柯诺克生意清淡，于是心生一计，决定请村里的老师办几场演讲，向村民大谈微生物的危险性。他还买通村里传递消息的鼓手，敲着鼓，逐家逐户通知村民，为了防止各种疾病大幅传播，医生为大家免费义诊，逢人就说："我们这个一向健康的地区，近年来已遭各种疾病入侵了。"果然，看病的人开始增多，人人对健康都充满担忧。

本来没病没痛的村民，被柯诺克诊断出各种奇难杂症，还被再三叮嘱要定期复诊。许多人从此卧病在床，变得气息奄奄，只能靠喝水吃药维持生命。药店老板大发其财了，开饭馆的也大发其财了，连店面都被征用作急诊室，躺满了等待柯诺克救治的人。每到晚上，柯诺克环顾村中一片灯海：250间病房灯火通明，每间都备有一支体温计，根据医嘱，每到10点就被塞进病人体内。"凡亮着灯的地方，都是我的领地，"柯诺克自豪地说，"没病的人沉睡在一片黑暗里；他们是否存在无关紧要。"

一个伟大的恺撒大帝就这么诞生了。事实上，很多时候恺撒大帝的诞生，并不是这个人有多大能耐，而是因为大家都相信，离了他地球就不转了，或者乱转起来了，我们活着全靠这人的能耐，是他恩赐的结果，就像那些村民，能吃上柯诺克开的药，晚上能有一根体温计塞进体内的人，便无比幸福，感觉自己有救了；而那些坚信自己没病，不肯去看医生的人，则生活在一片黑暗里。

近日读范泓先生的《雷震传》一书，感慨殊深。雷震当年在台湾就是坚信自己没病，坚信有病的是柯诺克医生，所以他不甘生活在一片黑暗之中，不甘做个"无关紧要"的人。他的一生，便不得不在风雨泥泞中，趔趄前行。他比许多相信自己有病，满心欢喜地吃着柯诺克开出的药物的人，活得艰难许多。但他就是死也要为没病的人把那盏灯点亮。这样的人，真是柯诺克的天敌，他的存在，对柯诺克医生的饭碗，最终会变成不是"无关紧要"，而是"生死攸关"的威胁了。

心理学上有一种说法：你把自己当成什么人，你就会变成什么人。你把自己当成病人，你最终就会变成病人。据说很多身患绝症的人，被医生判定只有三个月、半年的寿命，时间一到便溘然而逝，比闹钟还准，哪怕病情并没多大变化。这真是一件不可思议的事情。

雷震就是那个极力要破除柯诺克魔咒的人。1961年，胡适曾经手书南宋诗人杨万里的《桂源铺》诗，赠与雷震，诗曰："万山不许一溪奔，拦得溪声日夜喧；到得前头山脚尽，堂堂溪水出前村。"他似乎已经预见到，病人的灯会愈来愈少，而没病的人，一定会把他们的灯一盏一盏点亮，愈来愈多。

2014年

秋天不是读书天

漫长的夏天终于过去了。这个夏天我没书单可晒，夏天不是读书天，太闷热，坐不住。但秋天也不是读书天，虽然不闷热，还是坐不住。总之，年纪越大越不想读书，春夏秋冬都不想读，一是不想伤神，二是不想伤心。

读书是伤心事，比伤神更甚。比如去年读过一本宗泽亚写的《明治维新的国度》，一直伤心到现在，脑子里老想这么一个问题：为啥人家可以做到的事，我们就做不到呢？为啥别人的船可以冲出三峡，我们的船就得在盘龙十八弯里打转？莫非我们是陀螺投世的？

老想这样的问题，当然是不会有结果的，徒添白发而已。宗泽亚在书中说："《明治维新的国度》之回溯，会让人们的思绪延伸到审视自身文明的进化史。看到在相同的历史时期，弹丸小国出现的人物、事物、思想、文明和大陆国家的差别。看到只有接受进步的文明，才能将国家带入先进的国度。"这话不仅伤人心，简直在抽脸，双颊热辣辣地痛。所以我不想再看，眼不看心不烦。

最近得知国内出版了39卷本的《唐君毅全集》，如果在两三年前，我会毫不犹豫去买，然后自得其乐地说："这个冬天有书读了。"但现在我大概是不会去买了。手头有一本唐君毅的《中国文化之精神价值》，早被我翻烂了，每每读到"一切书卷，皆藏之箧中，只留万古愁一卷，一灯荧荧，琅琅独诵"时，已不觉泫然欲泣。再读到："太虚幻境之外如何，有上帝乎？无上帝乎？有精神世界乎？无精神世界乎？悲剧之形成，由生存意志乎？由人之罪恶乎？由宇宙之盲目命运乎？由客观社会势力之胁迫乎？"更有摧肝裂胆之痛，竟至不能卒读。

在中国人的眼里，近代史就是一部屈辱史，从鸦片战争开始，不断地挨打，挨了一回又一回。很难想象，一个民族挨了十几回打，屈辱了上百年，经过几代人的反思，最后得出的结论是：落后就要挨打。什么是落后？就是没钱呗，如果中国有钱，把整个小日本买下来都可以，哪里还会有甲午之败呢？

于是，"富国强兵"成了一代中国人最伟大的梦想。大家努力挣钱，努力练兵，年轻人在晚清盛行的"军国民主义"感召下，人人练其筋骨，个个习于勇力，都意气风发地从军去了。甲午之后，淮军衰落，朝廷斥巨资创办新军，就是为了实现"富国强兵"之梦。但最后练出来的新军，没和日本人打，没和欧洲人打，倒和中国人打起来了，把中国带进了一个军阀混战的时代。

所以，无论读《中国文化之精神价值》还是《明治维新的国度》，我都难免自问：所谓中国文化精神，究竟是什么？有浴火重生的一天吗？是如梁启超所说，"合四万万人，而不能得一完备之体形"，抑或如唐君毅所说，"中华文化真精神，亦终将重自混沌中昭露以出，而光辉弥以新"？吾须日三省吾身也。

2020年

岭南弦歌

坏时代与好大学

这是最好的时代，这是最坏的时代。这句名言，不知被多少人引用过。有些时代，当时感觉很坏，但过了若干年回头一看，似乎还不错；有些时代，金玉其外，败絮其中；有些时代，看上去很坏，原来真的很坏。

当我读完《战争与革命中的西南联大》时，脑子里想得最多的就是这句名言了。作者把"战争与革命"并列，点出了这个时代的特点。战争迫使大学师生离开华北大城市，到贫瘠封闭的云南边陲，过了几年艰苦生活；而革命则深入每个人的思想底层，改造着他们的精神基因。这两者加在一起，就构成一个一言难尽的时代了。

西南联大集合了当时全国最优秀的一批学人，大多经历过五四运动的熏陶。人们自然而然，会把西南联大与五四时代的北大、清华、南开作比较。其实两者很难相比，因为时代背景已全然不同。五四就像朝气蓬勃、充满期望的青年时代，而西南联大所处的则是一个充满失望与愤怒的中年时代。

五四时的大学，有自由主义与保守主义之争，有西化与国粹之争，有爱国与卖国之争，但没有左右之争；西南联大时代，自由主义、保守主义、激进主义，都被归类到左右阵营之中了，成了左派、右派下面的子目录。五四青年对内的口号是"内惩国贼"，针对个别的卖国者；但西南联大学生的政治运动，往往是针对国家腐败的官僚体制，甚至激烈地辩论"皖南事变"这样的国内政治斗争话题。

一旦出现如群社与南针社这样的派系斗争，实际上，潘多拉魔盒已被打开了。一切学术问题，最后都将趋于泛政治化。左与右是一个很奇特的概念，别看它只是简单一个字，对于分化瓦解人群，却具有魔咒般的神效。你说一个人是自由主义、保守主义不要紧，大家还可以一起喝酒猜枚，但你一说他是左派或右派，马上会引起剧烈的化学反应，不爆炸也得燃烧，昨天的朋友立成今天的仇寇。蒋介石就曾惊叹，自从发明了左派、右派这些名词后，随便加到谁的头上，"受之者如被符魇，立即瘫痪而退"。

因此，我不太相信在激烈的左右派斗争的氛围中，可以有真正的"学术自由"和"学术自治"。五四时的大学理念，在西南联大也许得到某种形式的保留，但这是拜云南地方政府与重庆中央政府之间的矛盾所赐。本书作者是美国人，却似乎很了解中国人的面子观，他认为"云南王"龙云觉得庇护北大、清华、南开这样的名校，有助于补偿他"作为功勋卓著的部落男孩残留的自卑心理"，也有助于增加他与重庆对立时的筹码，所以他对西南联大网开一面。

于是，联大在一个土司出身的统治者保护下，可以自由地讨论各种学术问题，也可以自由地批评蒋介石政府，高喊"打倒孔祥熙"的口号。气氛如此热烈，貌似五四时代重临，其实却是三明治中间的几片青菜叶子，从面包与肉饼之间，顽强地探头出来，虽然碧绿可人，但从全局来看，已经无关宏旨，没几天可绿了。一二·一运动和闻一多之死，都为大学的自由与独立，敲响了丧钟。所以作者感叹："在中国自由讲学的历史上，西南联大既是其成就的高峰，又是它急剧衰落的预兆。"

高峰与衰落都在同一时间出现，不消说，又是一个最好的时代和最坏的时代了。

2012年

忍不住的沉重

不知从什么时候起，开始不喜欢看悲剧了。无论看书，还是看电影、电视，都不喜欢太过沉重的话题，但杨奎松先生的大著《忍不住的"关怀"》，我还是非看不可，于是电脑上放着一部好莱坞喜剧片，看一会儿杨著，感觉快要扼腕兴叹了，赶紧搁下，先看一会儿喜剧片，笑上一会儿。希望杨先生不要觉得我这种阅读方式，糟蹋了这本非常好的书。

杨先生在书中写了政权更迭之际，知识分子如何在新政权的大环境下适应与生存。对于历史当事人来说，这是一个很沉重的话题，但拉开时间的距离看，类似故事，在中国这幕历史大剧中，每次灯暗转场，都要经历一遍，并不是一个知识分子在1949年才开始思考的问题。也就是说，在历朝历代，对士大夫如何适应新政权的大环境，已经形成了一套价值标准与操作模式。

中国传统文化，极崇尚气节之士，"气节"两个字的分量，比才干、德操都重，其政治地位，似乎仅排在开百年太平的圣君与贤相之后，可以称第三了。如果我们重读宋元、明清的改朝换代史，不难看出，士大夫的去路，无非四条：一是臣服新朝，二是抵抗至死，三是归隐山林，四是削发出家。

在这四条去路之中，死是最受追捧的，以身殉道，不负平生所学，体现了士人的最高气节。在次一级气节中，就是归隐与出家了，两者都是"惹不起躲得起"的意思，其实等于是接受新朝了，至少愿意在新朝统治下生存，只是不愿为它效劳而已。

但是，最大多数的还是臣服新朝，这是必然的，不可能要求满天下的士人都死掉，或者都剃光头当和尚去。这是一个金字塔，处在最顶尖，不食周粟，反抗至死的，只是少数。处在中间层的，大都回乡下或结庐读书，风花雪月；或做个教书匠，教小孩《三字经》；或古寺青灯，从此敲木鱼念经去了。在古代朝廷对县一级管治十分松弛的环境下，这不失为一个阿Q式的避秦之法。而历代统治者，对于士人的这两种选择，一般也是尊重的，不怎么去干涉，毕竟为数不多，兴不起什么风浪。处在金字塔底层的，永远是大多数，他们愿意继续混，愿意学习怎么适应新朝，怎么生存，这些人已足够驱使了。

在历史上所有改朝换代中，过渡得最顺利的，也许是从大清到民国了。知识分子几乎是整体转换身份，无缝接合，没有任何窒碍。民国知识分子之于大清，从来没有受过所谓"变节""贰臣"之类的道德困扰。他们可以不用殉节，不用归隐，也不用出家，可以光明正大地做遗民，赞美大清；当然更可以赞美民国，没人会质疑你是大清的叛徒。很多以大清遗民自居的人，在民国一样过得很滋润，从容地留着辫子，从容地扮演着遗民的角色。北洋时代就有大批遗老遗少长年聚居青岛，有事没事，整天策划怎么复辟大清，但只要不付诸行动，北洋政府也懒得理会。

杨奎松先生说他这本书并不是为人立传，也不在研究某人的思想，而是想考察中国的知识分子群体，"对这世道之变从个人的角度是如何去认识、去适应，以及他们为什么会有这样或那样大相径庭的适应方法及其不同的结果"。我觉得，知识分子在1949年大环境改变后的种种际遇，很大程度是拜民国所赐，他们在清末民初的过渡太过顺利，以至于他们产生幻觉，以为这种顺利是理所当然的，以为一回顺就回回顺了，结果……

我该看一会儿喜剧去了。

2013年

白日飞升

死后的世界是一个谜，而谜的魅力在于能够破解，如果绝对解不开的，就没意思了，不会有人去关心它了。中国人对死的关注，在春秋战国时代，似乎是不太热心的，季路向孔子问事鬼神，孔子说："未能事人，焉能事鬼？"又说："未知生，焉知死？"孔子一方面坚持"不语怪、力、乱、神"，但另一方面又说："祭如在，祭神如神在"，"事死如事生，事亡如事存"，说明孔子并不是不关心生死问题和永生问题，而是因为心存狐疑，解释不清，所以只好回避。

但古人对生死的思考，最终没有导向宗教，而是导向了求仙炼丹。秦始皇努力寻找不死药，就是为了逃避死后世界，说穿了是一种鸵鸟心态。楚辞《招魂》，对死后世界的描绘，灰暗惨淡，灵魂跑遍东南西北，无一处可以安身，没有哪里比得上生前的奢华生活那样安逸快乐。所以嫦娥宁可永远过着寂寞冷清的生活，也不愿面对死后的世界。这个千年传说，并无凄美之感，无非"好死不如赖活"而已。中国人很忌讳谈死，用各种婉辞含糊过去，古人说"晏驾""登仙"，今人说"走了""去了"，弄到最后，连"走了"两字也蒙上不祥的色彩，不能随便乱说了。

近读张倩仪女士的《魏晋南北朝升天图研究》一书，令我对中国人的生死观，又有了更多的认识。魏晋南北朝是中国人生死观大转折的时期。汉代的升天图，基本上都出现在墓葬中，也就是说，升天与死亡有密切关系。人们的第一选择，自然是求不死仙丹，长生不老，但眼看着还是一天天衰老了，昨日戏言身后事，今朝都到眼前来，只好退而求其次，寄望死后可以升天。这是没有办法中的办法。这种升天，并非为了登入西方极乐世界，更多是为了延续人间的生活。

由于佛教的传入，对生死提供了更丰富的选择，有涅槃，有六道轮回，有十八层地狱，有西方极乐世界。尤其是净土宗的传播，大开方便之门，只要深入念佛三昧，念一声佛，便有一道光明从口出；念十百千声，便有十百千道光明从口出。人们可以由生直接进入永生，而不需要经过"死"这一关。

因此，张倩仪细心地观察到，在经过所谓南朝旷达、东晋风流之后，唐代墓穴中的升天图已经很少了，代之以世俗生活题材，如仪仗、狩猎、侍女、乐舞图等，表明唐代人已摆脱了汉人墓葬那种不可知而有所待的死后世界，将永生的希望寄托于墓穴以外的地方。

不过，我好奇的是，为什么不是西方极乐世界的图像取代升天图，反而是世俗生活的图像大行其道？莫非在中国人的理解中，西方极乐世界就是这样的？其实，大部分中国人信佛，对所谓的西方乐土和地狱，都不是太关心的，既不会太向往，也不会太恐惧，他们更注重的是求佛保佑自己和亲人今生的平安、富足、快乐，以及求来生的平安、富足、快乐。

他们甚至不太在乎能否跳出轮回，细细一想，里面所寄托的心思，和《招魂》一样，千好万好，不如眼前的世俗生活好。相信来生，也是为了延续今生的生活，还是一种变相的求长生不老，于是烧香念佛成了变相的求仙炼丹。净土宗似乎很能把握到这种心理的需求，因此它所描绘的极乐世界，大抵都是饮宴与舞乐，醇酒妇人，杂耍表演，与人间的浮华生活，何其相似。

张倩仪在书中说了一句话："净土在中国成为替代传统长生成仙的愿景。"实用主义足以消解宗教的意义，也许这是中国宗教一直不昌的原因之一吧？

2012年

永远不能完工的钟表

已经想不起来，到底多久没看过小说了。我从来没意识到，自己与小说的距离，会有一天变得如此遥远。最近看了近二十年来看的第一本小说，黄孝阳的《众生·设计师》。我讶然地发现，我以为早已烟断火绝的1980年代"现代派小说"，原来还有这么一脉，顽强地度过了物欲横流的1990年代和21世纪的头十年，依然展示着与众不同的枝叶。

我无意去评论黄孝阳这本被称为"透明又幽黑的小说"，因为我向来觉得小说近似绘画与诗，只能感觉，难以评说。读书评与看没看过作为评论对象的那本书，关系并不大，我自己的书也有不少人写过书评，我从来不觉得那些书评与我的书有什么关系，书评作者只是在阐发自己的思想，创作着另一个独立的作品，所谓借他人酒杯，浇自己块垒而已。所以即使没读过被书评作者当成酒杯的那些原著，也不妨碍我去理解他们内心的块垒。

1980年代的现代派作者，大多会自觉地把自己归入某一流派，强调自己今天要写一篇意识流，明天要写一篇存在主义，后天要推出魔幻主义。如此等等。每一流派都为自己制作了非常鲜明的标签，有一套一套的理论，有特别的表现形式，有代表人物。小说与哲学、宗教已经走得非常之近了。很多小说要作为哲学作品来阅读，来思考。这种哲学的思想，不是通过富有趣味的内容情节，而是通过结构、节奏、气氛这一类较为形而上的形式来表达。

　　当然，我以为这种结构、节奏、气氛，不是作者事先设计好的，而是被迫的，不得不这样写的。我曾经打过一个比方，将一把碎纸屑往空中一撒，几十片、几百片地在空中纷纷扬扬，东飘西荡，让人眼花缭乱。这时它们已形成了一个无比严谨、无比美妙的结构，看似混乱无序，实则井然有条，如果它们在空中忽然定格了，你将可以从中窥见整个宇宙的秘密。任何一片纸屑只要稍微挪动一下位置，马上形成另一个宇宙。

　　这是我在1980年代对现代派小说的理解。然而，经过近三十年的嬗变，整个社会的状态都发生了天翻地覆的改变，人心不同了，一切都已改观，从黄孝阳的小说也可以清楚地感觉到这一点。《众生·设计师》已经不是1980年代那种现代派意义上的作品了，可以说是超越了，也可以说是另辟蹊径了。总之，那个年代已经终结了，与那个年代共生的激情，已经熄灭了。只不过，当我读《众生·设计师》时，仿佛仍看到某些遗传的基因，在字里行间，向我发出某些久违的信号，让我在一瞬间心有戚戚焉。

　　我特别喜欢黄孝阳在后记中说的一段话："要找到秩序感，如同匠人坐在铺满零件的桌前，沉思着那块想象中的钟表。"钟表永远在想象中。

2019年